聊齋志異

原著／蒲松齡
編撰／曾珮琦
繪圖／尤淑瑜

好讀出版

一窺《聊齋》的宗廟之美，百官之富

文／盧源淡

《聊齋志異》是值得一看再看的好書。

這部小說光在清朝就有近百種抄本、刻本、注本、評本、繪圖本，截至目前，相關詮釋與討論的文字數以億計，根據它的內容所改編的影劇與戲曲也有上百齣，而這部中文短篇小說集到現在已有將近三十種外語譯本，世界五大洲都可發現它的蹤跡。這不是好書，什麼才是好書？

我很高興此生能與這本書結下不解之緣。

小時候，我和《聊齋志異》的首度接觸，是在兒童月刊《學友》。這本雜誌會不定期刊載童話版的志怪小說，當時只覺得道人種桃、古鏡照鬼的情節很好看，根本不知道、也不會想知道這些故事是怎麼來的。另外，《良友》之類的雜誌也會穿插短篇的《聊齋》連環圖，至今還依稀記得〈偷桃〉、〈妖術〉、〈佟客〉的精彩畫面。初中時，看過樂蒂和趙雷演的《倩女幽魂》，無意間從海報認識「聊齋」這個詞彙，後來聽老師講述，這才明白以前看過的那些鬼狐仙妖，都是從這本小說孕育出來的。

五十多年前的《皇冠》雜誌偶爾也有白話《聊齋》故事，印象較深的有〈胡四娘〉、〈局詐〉等等，都改寫得非常精彩，這也激起我閱讀原文的念想。就讀大學時，曾向圖書館借到一本附有注釋的《聊齋》，不過那本書品質粗糙，不但排版草率，聊備一格的注釋對讀者也毫無助益。後來雖在書店發現一些性質類似的「精選」本，但情況毫無二致。最後好不容易買到一套手稿本，卻讀得一頭霧水，即便手邊擺著一套《辭海》，仍舊跨不過那百仞宮牆。幸好，這一盆盆的冷水並沒有完全澆熄我對《聊齋志異》的滿腔熱火。

由於《聊齋志異》的手稿本斷簡殘編，因此幾十年前學者研讀的都以「青柯亭本」或「鑄雪齋本」爲主。呂湛恩與何垠的注解本雖在道光年間就有了，但不易取得。而一般讀者看的則大多是白話改寫的選本，通常都是寥寥二三十篇，實不容易滿足向慕者的需求。一九六二年，大陸學者張友鶴主編的《聊齋誌異會校會注會評本》問世，這對專業學者與業餘讀者來說，眞不啻爲一則天大的福音，有了這套工具書，研讀《聊齋志異》就相對輕鬆多了。後來，「康熙本」、「異史本」、「二十四卷本」，還有蒲松齡的相關文物陸續被發現，這些珍貴資料爲專家開闢不少探微索隱的幽徑，也造就一波波研討的浪潮。五十多年來，世界各地專家學者針對蒲松齡及《聊齋志異》所提出的論著和輯校的圖書，就像雨後春筍般出現，如：路大荒的《蒲松齡年譜》、盛偉的《蒲松齡全集》、馬瑞芳的《聊齋志異創作論》、于天池的《蒲松齡與聊齋志異脞說》、馬振方的《聊齋藝術論》、任篤行的《全校會注集評聊齋志異》、袁世碩與徐仲偉的《蒲松齡評傳》、朱一玄的《聊齋志異資料匯編》、朱其鎧的《全本新注聊齋誌異》等，數以千計。另外還有《蒲松齡研究》季刊和不定期舉辦的研討會，爲專家提供心得發表的平臺。「蒲學」遂一時蔚成風氣，足以與國際「紅學」相頡頏。

拜「蒲學」潮流之賜，我的夙願也得以逐步實現。兩岸開放交流後，我就經常利用暑假前往大陸，不是在圖書館蒐集資料，埋首抄錄，便是到書店選購「蒲學」相關文獻。我還三度造訪淄川蒲家莊和周村畢自嚴故居，向紀念館內的專業人士請益，並流連於柳泉、綽然堂，與「短篇小說之王」作穿越時空的交心偶語。我也曾趦趄濟南的大明湖畔，想像「寒月芙蕖」的奇觀；我也曾彳亍荷澤的牡丹花徑，領略「曹國夫人」的丰采。每次返臺，行囊、衣襟盡是濃郁的書香，這才體悟到梁任公所揭櫫的道理：「任何一門學問，只要深入的研究，必能引發出趣味來。」這是我畢生最引以爲樂的個人經驗，特地在此提出來與各位讀者分享。

在紙本文字日益式微的當前，好讀出版仍不惜耗費鉅資，禮聘學者點評、作注，出版一系列古典小說，促成多本曠世名著以最新穎的編排及更精緻的內涵增進大眾閱讀樂趣。這是經營者崇高的理念，更是使命感的展現，既獲取讀者的口碑，也贏得業界的敬重。而在決定出版《聊齋志異》全集時，好讀出版精挑的專家則是曾珮琦君。

曾珮琦君是位詠絮奇才，在學期間尤其屬意於中文，國學根柢扎實深厚。就讀研究所時，專攻老莊玄學，在王邦雄教授指導下，完成論文〈《老子》「正言若反」之解釋與重建〉，取得碩士學位。另外著有《圖解老莊思想》、《樂知學苑・莊子圖解》等書，字字珠璣，鞭辟入裡，備受學界推伏。近年來，曾君醉心《聊齋志異》奼紫嫣紅的幻域，含英咀華，芬芳在頰，乃決意長期從事注譯的編撰，將這部古典巨著推薦給青年學子，目前已發行《義狐紅顏》、《倩女幽魂》兩集單冊。我發現書中注釋引經據典，精確賅備，對理解原文必有極大裨益；白話翻譯則筆觸流利，既無直譯的生澀，亦無擴寫的模糊，文白對照，可獲得閱讀樂趣，並有助國文程度提升。此外，尤淑瑜君的插畫也能引領讀者進入故事情境，頗具錦上添花之效。我相信全書殺青後，必足以在出版界占一席之地。

馮鎮巒曾在〈讀聊齋雜說〉謂：「讀聊齋，不作文章看，但作故事看，便是呆漢。」馮鎮巒是清嘉慶年間的文學評論家，這句話說得眞夠犀利，同時也道出《聊齋志異》的特色。然而，從功利角度而言，但看故事實已値回書價，再涵泳辭藻便是物超所値了。總之，手執一卷，先淺出，再深入，則如倒吃甘蔗，樂即在其中矣。現在就請諸位在曾君的導覽下，跨進蒲松齡的異想世界，一窺《聊齋》的宗廟之美，百官之富。

盧源淡

淡江大學中文系畢業，桃園市私立育達高級中學退休教師，從事蒲學研究工作三十餘年。

著有《詳注．精譯．細說聊齋志異》全八冊，二百七十餘萬言。

〈夜叉國〉

中國第一部彰顯女性地位的故事集

文／呂秋遠

在我年輕的那個世代，大學國文只有《古文觀止》可以學習；不過運氣很好，一年級下學期時，學校開放選修文學名著，我選擇了《聊齋志異》。不過，這並不是我的第一次接觸，早在小學就已經開始接觸白話文版本。

《聊齋志異》所使用的語言，並不是艱深的文言文。事實上，作者蒲松齡身處十七世紀的中國，使用的文字已經不是那麼艱澀，而且他所蒐集的故事素材，也是透過不同的訪談及自己所聽說的故事撰寫而成，因此不至於過度艱澀。

有學者以為，《聊齋志異》這部書，是一個落魄文人對於男性情愛幻想的烏托邦故事集。然而，如果把這部小說放在十七世紀的脈絡觀察，則可以看出當時保守的中國，有多少的女權情慾流動已經躁動萌芽。在《聊齋志異》中，女鬼、狐怪往往是善良的，而男性卻有許多負心人。女性在這部書中的愛情角色是主動積極、毫不畏縮的，如果與故事中的男主角相較，更可以看出其批判禮教迂腐與封閉之處，這點在書中隨處可見。蒲松齡筆下的俠女、鬼狐、民女，都具備勇氣且勇於挑戰世俗。在那個婚姻奉媒妁之言、父母之命的年代，他藉由這些鬼怪故事，塑造出「嬰寧」、「聶小倩」、「白秋練」、「鴉頭」、「細柳」等人，她們遇到變故時總是比男性更為冷靜與機智；而男性在他筆下，無能者多、負心者眾。因此，論這部書，說它是中國第一部彰顯女性地位的故事集也不為過。

因此，我們可以輕鬆的來閱讀《聊齋志異》，但是當我們讀這些精彩俠女復仇記，或狐仙助人記的同時，別忘了，蒲松齡隱藏在故事中，想要說、卻不容於當時的潛言語其實是——女性的千言萬語。

呂秋遠

宇達經貿法律事務所律師、東吳大學社工系兼任助理教授。雖為法律背景，然國學根柢深厚，近年經常在FB臉書以娓娓道來的敘事之筆分享經手案例與時事觀察，筆力之雄健、觀點之風格化，贏得了「臺灣最會說故事的律師」讚譽。

熱愛文字與分享，著有《噬罪人》《噬罪人II：試煉》二書，曾於書中提到「希望讀者在書中找到自己人性的歸屬，也可以理解天使與惡魔的試煉，都是不容易通過的。如果能因此讓自己更自在，則一切的經驗分享也就值得了」，巧妙的與蒲松齡在《聊齋志異二．倩女幽魂》〈蓮香〉一文中的精闢結論，若合符節——「唉！死者求生，生者又求死，天底下最難得的，難道不是人身嗎？只可惜，擁有人身者往往不懂珍惜，以至於活著不知廉恥，還不如一隻狐狸；死的時候悄無聲息，還不如一個鬼。」

讀鬼狐精怪故事 讀懂蒲松齡用心

文／曾珮琦

談到《聊齋志異》這部小說（共四百九十一篇故事），給人的印象大多是講述些鬼狐精怪故事，歷來更有不少故事被改編成影視作品（且風行不輟、改編不斷）——其中最膾炙人口的是〈聶小倩〉，講述書生與女鬼之間的戀愛故事；〈畫皮〉也被改編為電影，然原本故事僅講述女鬼變化成美女迷惑男子，裡面並無愛情成分。無論是人鬼戀，抑或鬼怪迷惑男子的故事，《聊齋志異》的作者蒲松齡，於屢次科舉失意後日益醉心蒐羅並撰寫鬼狐精怪、奇聞「異」事，其眞正用意不只是談狐說鬼，而想藉由這些故事諷刺當時官僚的腐敗、揭露科舉制度的弊病，反映出社會現實。

書裡收錄的各短篇故事，均為奇聞異事，情節有趣、奇妙且精彩，不僅滿足讀者一窺天底下新鮮事的好奇心，還寓有教化世人、懲惡揚善的意涵，這也是這部古典文言文小說能從清朝流傳至今逾三百年的原因。當我們隨著蒲松齡的筆鋒遊覽神鬼妖狐的世界時，或可一邊思考故事背後隱含的思想，這些思想，很可能才是作者眞正想透過故事傳達的。

不過，《聊齋志異》中除了宣揚教化、諷刺世俗的故事，確實不乏浪漫純眞的愛情故事，如〈小翠〉、〈青鳳〉、〈聶小倩〉等均歌頌了人狐戀，意寓眞摯的愛情本質並不為人狐之間的界限所侷限，此等故事相當感人。

《聊齋志異》第一位知音——清初詩壇領袖王士禎

至於蒲松齡的寫作素材來自哪裡？他是將聽聞來的鄉野怪譚予以編撰、整理，亦有各地同好提供故事題材。他蒐羅故事的經過，傳說是在路邊設一個茶棚，免費提供茶水給過路旅客，條件是要講一個故事（但也有人認為不太可能，因他一生一直為生計奔忙，在別人家中設館教書，怎有空擺攤）。明末清初，蒲松齡的家鄉山東慘遭兵禍，當時屍橫遍野，於是流傳了許多鬼怪傳說，由此成了他寫作的題材。

《聊齋志異》這部小說在當時即聲名大噪，知名文人王士禎對此書更是大力推崇。王士禎（一六三四～一七一一），小名豫孫，字貽上，號阮亭，別號漁洋山人，人稱王漁洋，諡文簡。蒲松齡在四十八歲時結識了這位當時詩壇領袖，王士禎讀了《聊齋志異》後十分欣賞，為之題了一首詩：「姑妄言之姑聽之，豆棚瓜架雨如絲。料應厭作人間語，愛聽秋墳鬼唱時（詩）。」不僅如此，王士禎也為書中多篇故事做了評點，足見他對此書的喜愛，而其評點文字的藝術性之高，亦廣泛成為後代文人研究分析的主題。蒲松齡對此甚感榮幸，認為王士禎是真懂他，亦做了詩回贈：「志異書成共笑之，布袍蕭索鬢如絲。十年頗得黃州意，冷雨寒燈夜話時。」還將王士禎所做的評點，抄錄收進書中。王士禎的評點融入了他個人對小說創作的理論與審美觀點，這點影響了後世《聊齋志異》的評點家，如馮鎮巒等人。王氏評點貢獻有三：一、評論小說的藝術描寫與生活寫實。二、評論小說中人物形象的刻畫（然，他的評點往往過於簡略，未切合重點）。三、總結與簡述《聊齋志異》裡頭的佳作，所使用的高超寫作手法與傑出藝術成就。例如，他將〈連瑣〉評為「結而不盡，甚妙」，點出小說的敘事手法，亦表達出他的小說美學觀點。

在介紹《聊齋志異》這部小說前，先來談談作者蒲松齡的生平經歷。他是個懷才不遇的文人，參加鄉試屢次落榜，於是一邊教書，一邊將精力放在編寫奇聞怪譚故事上。讀這部書，可發現蒲松齡實際上將自己的人生經歷與思想寄託在其中——例如〈葉生〉，便是講述一個於科舉考試屢屢名落孫山的讀書人，而後遇到一個欣賞他才華的知府。後來他病重，知府正好在此時罷官準備還鄉，想等葉生一起回去。葉生後來雖病死，魂魄卻跟隨知府一起返鄉，並教導知府的兒子讀書，知府的兒子一舉中榜，這全是葉生的功勞。以此故事對照蒲松齡的經歷來看，可發現他屢經落榜挫折時，也曾受到江蘇寶應知縣孫蕙（字樹百）的青睞，邀他前往擔任文書幕僚，也就是俗稱的「師爺」，兩人不僅是長官與下屬關係，更是知己好友；也正是在此時，蒲松齡看盡了官場黑暗，對那些貪官汙吏、地方權貴深惡痛絕。

在〈成仙〉中，地方權貴與官府勾結，將成生的好友周生誣陷下獄，還隨便編派罪名，要置他於死地；於是成生後來看破世情，出家修道。蒲松齡本人並未如主人翁成生那樣出家修道，反倒將心中的憤懣不平，藉著他手上那支文人的筆宣洩出來。足見，《聊齋志異》不僅寫鬼狐精怪、奇聞異事，更抒發了蒲松齡懷才不遇的苦悶。難怪他在〈聊齋自誌〉中要說「三閭氏感而為騷」，意即將自己比喻成屈原——屈原被楚懷王放逐後，才作了《離騷》；同樣的，蒲松齡也因失意於考場，才編著了《聊齋志異》。

《聊齋志異》的勸世思想——佛教、儒家、道家及道教兼有之

蒲松齡除了將自己人生經歷融入這些奇聞怪譚中，還不忘傳遞儒釋道三教的懲惡揚善思想。如〈畫壁〉，故事主人翁是一名朱姓舉人，和朋友偶然經過一間寺廟，進去參觀，看到牆上壁畫有位美女，心中頓時起了淫念，隨後進入畫中世界展開一段奇妙旅程。朱舉人在壁畫幻境中，與裡面的美女相好，但擔心被那裡的金甲武士發現，最後躲了起來。朱舉人心中非常恐懼害怕，最後經寺廟中的老

和尚敲壁提醒，才總算從壁畫世界逃了出來，脫離險境。蒲松齡在故事末尾評論道：「人有淫心，是生褻境；人有褻心，是生怖境。」（人心中有淫思慾念，眼前所見就是如此；人有淫穢之心，故顯現恐怖景象。）

可見，是善是惡，皆來自人心一念，此種思想頗似佛教所謂的「一念三千」。「一念三千」是指，我們在日夜間所起的一念心，必屬十法界中之某一法界，與殺生等之瞋恚心相應的是地獄界，與貪欲相應的是餓鬼界。所以，顯現在我們眼前的是哪一個法界，源於我們心中起的是什麼樣的心念。〈畫壁〉一文，不僅蘊含了佛教哲理，苦口婆心勸戒世人莫做苟且之事，通篇還使用許多佛教詞彙，足見蒲松齡佛學涵養之深厚。

至於蒲松齡的政治理想，則是孔孟所提倡的仁政——他尊崇儒家的仁義禮智，講求道德實踐，因此《聊齋志異》書中時常可見懲惡揚善的思想。值得注意的是，孔孟所提倡的仁義禮智，並非外在教條，而要我們發自內心理性的自我要求。《孟子．告子上》提到：「仁義禮智，非由外鑠我也，我固有之也，弗思耳矣。」（仁義禮智，不是由外在的制約逼迫、強制自己必須這麼做，而是我發自內心想這麼做。）孟子還舉了個例子——只要是人見到一個小孩快掉進井裡，都會無條件的衝過去救他。這麼做不是想博得美名，也不是想巴結小孩的父母，純粹只是不忍小孩掉進井裡溺死罷了。

這個「不忍人之心」，每個人生下來即有，也就是孔子所說的「仁心」。而孟子將此仁心的十字打開，發展成「仁義禮智」，其實此四者簡言之，就是「仁」而已。清代政治腐敗，貪官汙吏橫行，權貴爲一己私慾，不惜傷害別人，甚至做出剝奪他人生存權利之事。孔孟所提倡的仁政與道德蕩然無存，這些貪官汙吏無視、更無法實踐，實是人心墮落與放縱私慾的結果。蒲松齡有感於此，藉著這些鄉野奇譚，寄寓了諷刺當時政治腐敗與人心黑暗的想法。因而，《聊齋志異》不僅是志怪小說，更是一部寓言。書中可看出蒲松齡試圖撥亂反正、為百姓伸張正義的苦心；現實生活中的他無能為力，只好將此憤懣不平心緒，藉自己的筆寫出，宣洩在小說中。

此外，《聊齋志異》也涵蓋了道家與道教的思想，像是書中時常可見《莊子》的詞彙與典故，亦有神仙方術、洞天福地等道教色彩。老莊等道家哲學，是以「道」為中心開展的哲學，追求人的心靈之自由自在，解消人的身體或形體對我們心靈帶來的束縛。而道教則認為，人可以透過神仙方術長生不老、飛升成仙。《聊齋志異》書中多篇故事，於是出現了懂得奇門遁甲法術、捉妖收妖、符咒的道士，這些奇幻的神仙色彩，增添了故事的精彩與可讀性，也讓後世之人改編成影視作品時有更多想像空間。

《聊齋志異》寫作體裁——筆記小說＋唐代傳奇

大陸學者馬積高、黃鈞主編的《中國古代文學史》，將《聊齋志異》分成三種體裁：一、短篇小說體：主要描寫主角人物的生平遭遇，篇幅較長，細膩刻畫了人物性格及曲折戲劇化的故事情節，此類作品有〈嬌娜〉、〈成仙〉等。二、散記特寫體：重點在於記述某事件，不著墨於人物刻畫，此則受到古代記事散文的影響，此類作品有〈偷桃〉、〈狐嫁女〉、〈考城隍〉等。三、隨筆寓言體：篇幅短小，將所聽之事記錄下來，並寄寓思想在其中，此類作品有〈夏雪〉、〈快刀〉等。

《聊齋志異》深受魏晉南北朝筆記小說、唐代傳奇小說的影響。筆記小說，是隨筆記錄下聽到的故事，比較像在記筆記，篇幅短小。此種小說乃受史書體例影響，十分重視將事件確實記錄下來，而非有意識的創作小說；且多為志怪小說，又以干寶的《搜神記》最著名。《聊齋志異》裡頭有多篇保留了筆記小說特點的篇幅短小故事，如〈蛇癖〉、〈眞定女〉等。

唐代傳奇，則是文人有意識的創作小說，內容是虛構的、想像的，題材有志怪、愛情、俠義、歷史等等。像是《聊齋志異》中的〈葉生〉，葉生死後，魂魄隨知己丁乘鶴返鄉，直到回家看見屍體，才發現自己已死；此種離魂情節，乃受到唐傳奇陳玄佑〈離魂記〉的影響。由此可見，蒲松齡無論在創作手法或故事題材上，無不受到古代小說影響，此乃《聊齋志異》之承先。

《聊齋志異》之啓後在於，蒲松齡將六朝志怪與唐宋傳奇小說的主要特色融爲一體，給予後世小說家很大啓發，進而出現許多效仿之作，如清代乾隆年間沈起鳳的《諧鐸》、邦額的《夜譚隨錄》等，以及現代諸多影視作品。不過值得注意的是，改編後的電影或戲劇，爲了情節精彩與內容多樣化，不一定按照原著思想精神呈現，若想了解《聊齋志異》的原貌，實應回歸原典，才能體會蒲松齡寄寓其中的思想精神與用心。

此次，爲讓現代讀者輕鬆徜徉《聊齋志異》的志怪玄幻世界，才有了這套書的編撰，畢竟古典文言文小說在我們現代人讀來相當艱澀且陌生。因此，除收錄「原典」，還加上了「評點」、「白話翻譯」、「注釋」。其中，評點部分要感謝元智大學中國語文學系兼任助理教授張柏恩（研究專長：文學批評、古典詩詞創作、明清詩學），提供了許多寶貴資料，特在此銘誌感謝。至於白話翻譯，儘管已盡量貼近原典，然而任何一種翻譯都是主觀詮釋，裡頭融合了編撰者本身的社會背景、文化思想等因素，這些都會影響對經典的理解。但這並不是說白話翻譯不可信，而想提醒讀者，本書白話翻譯僅止於一種詮釋觀點，並不能與原典畫上等號。眞正的原典精華，只有待讀者自己去找尋了。

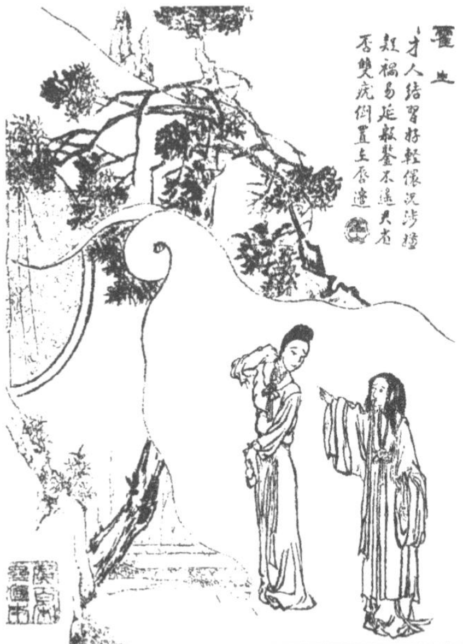

本書使用方法

原典，值得信賴

原典以一九九一年里仁書局出版的張友鶴《聊齋誌異會校會注會評本》（簡稱《三會本》）為底本。

張友鶴是以蒲松齡的半部手稿本，以及鑄雪齋抄本（乾隆十六年抄本，抄者為歷城張希傑）為主要底本，從而編輯了《三會本》。他的版本最為完整，且融合了多家的校注、評點，極富參考與研究價值。

「異史氏曰」，真有意思

《聊齋志異》有些故事在正文結束後，會有一段以「異史氏曰」開頭的文字，這是蒲松齡對故事及人物所做評論，或是陳述他自己的觀點、見解（但他亦有些評論，不見得都冠上「異史氏曰」）。這種作法沿用自史書，如《史記》的「太史公曰」，即司馬遷自己的評論。值得注意的是，有些「異史氏曰」相關文字，不僅僅做評論，還會再附其他故事，以與正文的故事相應和。

文章中除了蒲松齡自己的評論，亦可見以「友人云」為開頭的親友評論，其中最常出現的是蒲松齡文友王士禎以「王阮亭云」或「王漁洋云」為開頭的評論；這些評論由蒲松齡親自收錄在文章中，與後世所作評點不同。

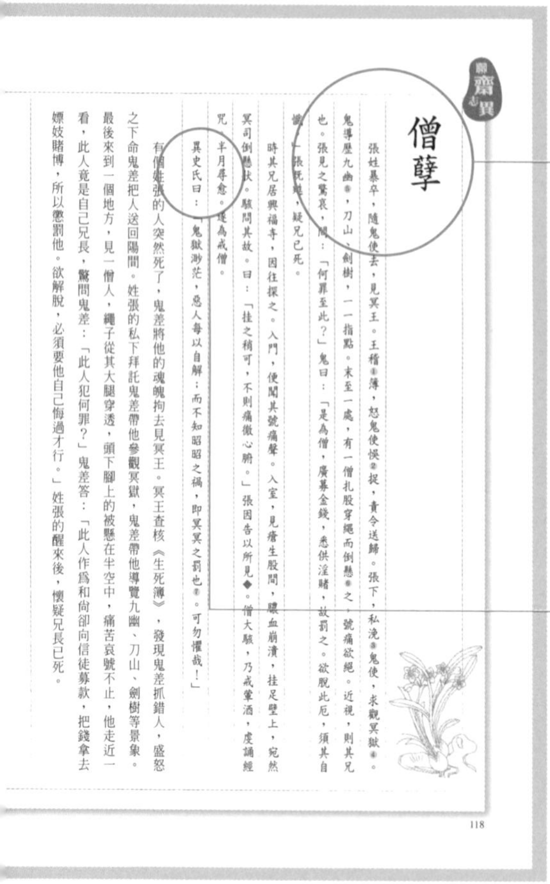

聊齋志異

僧孽

張姓暴卒，隨鬼使去，見冥王。王稽①簿，怒鬼使悞②捉，責令送歸。張下，私浼③鬼使，求觀冥獄④。鬼導歷九幽⑤，刀山、劍樹，一一指點。末至一處，有一僧扎股穿繩而倒懸⑥之，號痛欲絕。近視，則其兄也。張見之驚哀，問：「何罪至此？」鬼曰：「是為僧，廣募金錢，悉供淫賭，故罰之。欲脫此厄，須其自懺。」張既甦，疑兄已死。

時其兄居興福寺，因往探之。入門，便聞其號痛聲。入室，見瘡生股間，膿血崩潰，挂足壁上，宛然冥司倒懸狀。駭問其故。曰：「挂之稍可，不則痛徹心腑。」張因告以所見◆。僧大駭，乃戒葷酒，虔誦經咒。半月尋愈。遂為戒僧。

異史氏曰：「鬼獄渺茫，惡人每以自解：而不知昭昭之禍，即冥冥之罰也⑦。可勿懼哉！」

有個姓張的人突然死了，鬼差將他的魂魄拘去見冥王。冥王查核《生死簿》，發現鬼差抓錯人，盛怒之下命鬼差把人送回陽間。姓張的私下拜託鬼差帶他參觀冥獄，鬼差帶他導覽九幽、刀山、劍樹等景象。最後來到一個地方，見一僧人，繩子從其大腿穿透，頭下腳上的被懸在半空中，痛苦哀號不止，他走近一看，此人竟是自己兄長，驚問鬼差：「此人犯何罪？」鬼差答：「此人作為和尚卻向信徒募款，把錢拿去嫖妓賭博，所以懲罰他。欲解脫，必須要他自己悔過才行。」姓張的醒來後，懷疑兄長已死。

118

注釋解析，增進中文造詣

針對原典中的艱難字詞加注，既有助讀者領略古人的用語，亦可賞讀蒲松齡作文之美。每條注釋，均扣緊原典的上下文文意而注，惟該字詞自有它用在別處的可能解釋，注釋意涵恐無法盡括。

注釋盡可能跟隨原典擺放，以收對照查看之效。

白話翻譯，助讀懂故事

為了讓讀者能輕鬆閱讀，每篇故事均附白話翻譯（採取意譯，非逐句逐字譯）。

值得注意的是，由於《聊齋志異》為古典文言文短篇小說集，作者蒲松齡講述故事時有時過於精簡，白話翻譯將視情況需要，於貼合原典的準則下，增加一些補述，以求上下文語意完整。

插圖，圖文共賞不枯燥

為了更增《聊齋志異》故事閱讀的生動，一方面盡可能收錄晚清時期珍貴的《聊齋志異圖詠》線稿圖畫，另方面亦邀請廿一世紀新生代繪者尤淑瑜，以藝術家的眼光、樸實的全彩筆觸，讓故事場景更加躍然紙上。

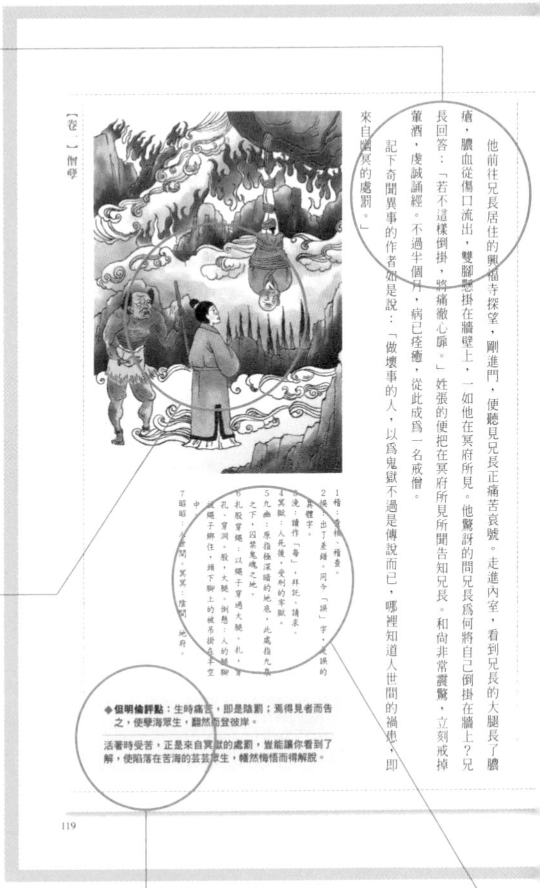
【卷二】僧孽

他前往兄長居住的興福寺探望，剛進門，便聽見兄長正痛苦哀號。走進內室，看到兄長的大腿長了膿瘡，膿血從傷口流出，雙腳懸掛在牆壁上，一如他在冥府所見。他驚訝的問兄長為何將自己倒掛在牆上？兄長回答：「若不這樣倒掛，將痛徹心扉。」姓張的便把在冥府所見所聞告知兄長。和尚非常震驚，立刻戒掉葷酒，虔誠誦經。不過半個月，病已痊癒，從此成為一名戒僧。

記下奇聞異事的作者如是說：「做壞事的人，以為鬼獄不過是傳說而已，哪裡知道人世間的禍患，即來自幽冥的處罰。」

1 稽：查核、稽查。
2 悞：出了差錯。同今「誤」字，是誤的異體字。
3 浼：讀作「每」，拜託、請求。
4 冥獄：人死後，受刑的牢獄。
5 九幽：原指極深暗的地底，此處指九泉之下，囚禁鬼魂之地。
6 扎股穿繩：以繩子穿過大腿。扎，穿孔、穿洞。股，大腿。倒懸：人的雙腳被繩子綁住，頭下腳上的被吊掛在半空中。
7 昭昭：人世間。冥冥：陰間、地府。

◆**但明倫評點**：生時痛苦，即是陰罰；焉得見者而告之，使孽海眾生，翻然而登彼岸。

活著時受苦，正是來自冥獄的處罰，豈能讓你看到了解，使陷落在苦海的芸芸眾生，幡然悔悟而得解脫。

119

評點，有助理解故事

評點，是中國獨特的文學批評形式，近似讀書心得或讀書筆記。礙於篇幅關係，無法將《三會本》所收錄的評點全都附上，每篇僅擇最切合故事要旨、或發人深省哲思的一家評點，供讀者參考。由於《聊齋志異》並非每篇故事都有評點，若無，即從缺。

常見的代表性評點有與蒲松齡同時代的王士禎評本（清康熙年間）、馮鎮巒評本（清嘉慶年間）、何守奇評本（約清道光年間），以及但明倫評本（清道光年間）。其中，以馮、但這兩家的評點特別能顯出故事中隱藏的思想精神，他們皆以儒家的道德實踐為準則，著重揭露蒲松齡寫作的思想要旨、故事中人物的心理活動，同時也涉及社會現象等層面。

目次

〈宮夢弼〉

〈李伯言〉

唐序[1]

諺有之云：「見橐駝謂馬腫背[2]。」此言雖小，可以喻大矣。夫[3]人以目所見者為有，所不見者為無。曰，此其常也；倏有而倏無則怪之。至於草木之榮落，昆蟲之變化，倏有倏無，又不之怪；而獨于神龍則怪之。彼萬竅之刁刁[4]，百川之活活，無所持之而動，無所激之而鳴，豈非怪乎？又習而安焉。獨至於鬼狐則怪之，至於人則又不怪。夫人，則亦誰持之而動，誰激之而鳴者乎？莫不曰：「我實為之。」

夫我之所以為我者，目能視而不能視其所以視，耳能聞而不能聞其所以聞，而況於聞見所不能及者乎？夫聞見所及以為有，所不及以為無，其為聞見也幾何矣。人之言曰：「有形形者，有物物者。」而不知有以無形為形，無物為物者。夫無形無物，則耳目窮矣，而不可謂之無也。有見蚊睫者，有不見泰山者；有聞蟻鬬[5]者，有不聞雷鳴者。見聞之不同者，聾瞽[6]未可妄論也。

自小儒為「人死如風火散」之說[7]，而原始要終之道，不明於天下；於是所見者愈少，所怪者愈多，而「馬腫背」之說昌行於天下。無可如何，輒以「孔子不語[8]」一詞了之，而齊諧[9]志怪，虞初[10]記異之編，疑之者參半矣。不知孔子之所不語者，乃中人以下不可得而聞者耳[11]，而謂《春秋》[12]盡刪怪神哉！

留仙蒲子[13]，幼而穎異，長而特達。下筆風起雲湧，能為載記之言。於制藝舉業[14]之暇，凡所見聞，輒為筆記，大要多鬼狐怪異之事。向得其一卷，輒為同人取去；今再得其一卷閱之。凡為余所習知者，十之三四，最足以破小儒拘墟之見，而與夏蟲語冰也[15]。余謂事無論常怪，但以有害於人者為妖。故日食星隕，

鷂飛鴿巢16，石言龍鬭，不可謂異；惟土木甲兵17之不時，與亂臣賊子，乃為妖異耳。今觀留仙所著，其論斷大義，皆本於賞善罰淫與安義命之旨，足以開物而成務18；正如揚雲《法言》19，桓譚20謂其必傳矣。

康熙壬戌仲秋既望21，豹岩樵史唐夢賚拜題

1 唐序：唐夢賚為《聊齋志異》所作的序。唐夢賚（讀作「賴」），字濟武，號嵐亭，別字豹岩，山東淄川人，是蒲松齡的同鄉，兩人交情甚好。唐夢賚是清世祖順治六年（西元一六四九年）進士，授庶吉士；八年，授翰林院檢討，九年罷歸，那時他才廿六歲，從此著書作文，閒居鄉里。

2 見橐駝謂馬腫背：看到駱駝以為是腫背的馬。橐駝，讀作「陀陀」，駱駝的別名。

3 夫：讀作「福」，發語詞，無義。

4 萬竅：世間所有的孔洞，如山谷、洞穴等。典出《莊子・齊物論》：「夫大塊噫氣，其名為風。是唯无作，作則萬竅怒號。」（大地間的呼吸，人們稱為風。要不就是靜止無聲，然而一旦吹起，世間的孔洞都會隨風怒號。）刁刁：草木動搖的樣子。

5 鬭：同今「鬥」字，是鬥的異體字。

6 瞽：讀作「古」，盲眼，眼睛看不見。

7 小儒：指眼界短淺的普通讀書人。人死如風火散：與「人死如燈滅」同義，人死了就如同燈火熄滅，什麼也沒有。

8 孔子不語：典出《論語・述而》：「子不語怪，力，亂，神。」（孔子不談論神怪以及死後之事。）

9 齊諧：古代志怪之書，專記載一些神怪故事，另一說為人名；後代志怪之書多以此為書名，如《齊諧記》、《續齊諧記》。

10 虞初：西漢河南人，志怪小說家。

11 乃中人以下不可得而聞者耳：典出《論語・庸也》，子曰：「中人以上，可以語上也；中人以下，不可以語上也。」（中等資質以上的人，可以告訴他較高的學問；中等資質以下的人，不可以告訴他較高的學問。）

12 春秋：書名，孔子據魯史修訂而成，為編年體史書；所記起自魯隱公元年，迄魯哀公十四年，共二百四十二年；其書常以一字一語之褒貶，寓微言大義；因其記載春秋魯國十二公的史事，故也稱為「十二經」。

13 留仙蒲子：指蒲松齡。

14 制藝舉業：科舉考試。藝：即時藝，指八股文，科舉考試所用的文體。

15 破小儒拘墟之見，而與夏蟲語冰也：破解一般讀書人的見識淺薄，進而談論超出見識的事物。拘墟之見、夏蟲語冰，典故皆出自《莊子・秋水篇》：「井鼃（同「蛙」字）不可以語於海者，拘於虛也；夏蟲不可以語於冰者，篤於時也。」（不可以跟井底的青蛙說海的廣大，這是受空間所限制；不可以跟夏蟲說冬天的寒冷，這是受時間的限制。）

16 鷂飛鴿巢：鷂鳥飛到八哥的巢中，意指超出常理的怪異之事，因為八哥生活在樹上，而鷂是水鳥，兩者生活領域不相同，鷂卻飛到了

八哥的巢。鷁，讀作「義」，一種水鳥。鴝，指雛鴝（讀作「夠玉」），八哥的別名。

17 土木甲兵：此應指天災與兵災戰亂。甲兵，原指鎧甲和兵械，後引申為戰亂、戰爭。

18 開物而成務：開通萬物之理，使人事各得其宜，語出《易經・繫辭上》：「夫易，開物成務，冒天下之道，如斯而已者也。」（人如果通曉周易卦象之理，就可以了解萬物的紋理，社會的各種領域、制度，都脫不了周易所涵蓋的範圍）。

19 揚雲《法言》：模擬《論語》語錄體裁而寫成的一部著作，內容是傳統的儒家思想；由揚雄所作，此處揚雲可能為筆誤。揚雄，字子雲，原本寫為楊雄，蜀郡成都（今四川成都郫都區）人，乃西漢哲學家、文學家、語言學家。

20 桓譚：人名，字君山，東漢相人，生卒年不詳；博學多通，遍習五經，能文章，光武朝官給事中，力諫讖書之不正，帝怒，出為六安郡丞，道卒；著《新論》二十九篇。

21 康熙壬戌：康熙二十一年，即西元一六八二年。仲秋：農曆八月。既望：農曆十五為望，十六為既望。

俗諺說：「看到駱駝，以爲是腫背的馬。」這句話雖只是嘲諷那些不識駱駝的人，但也可廣泛用以比喻見識淺薄之人。一般人認爲看得見的東西才是眞實的，看不見的東西就是虛幻、不存在的。我說，這是人之常情；認爲一下子在，一下子又消失，是怪異現象。那麼，草木榮枯、花開花落、昆蟲的生長變化，也是一下子在，一下子消失，一般人卻又不覺怪異；唯獨認爲鬼神龍怪才是異事。世上的洞穴呼號、草木搖擺、百川流動，都毋需人相助即自行運作，沒有人刺激就自行鳴叫，難道這些現象不奇怪嗎？世人卻習以爲常。只認爲鬼怪狐妖是怪異的，但提到人，又不覺得奇怪。人的存在與行爲，又是誰來相助，誰來刺激的呢？一般人都會說：「這本來就是如此。」

我之所以是我，眼睛能看、卻看不見之所以讓我能看的原因；耳朵能聽、卻聽不到讓我之所以能聽的緣由，更何況，是那些看不見、聽不到的東西呢？能用感官加以經驗認識，就以爲是眞實，無法用感官去經驗認識，就以爲不存在；然而，能被感官認識的事物實則有限。有人說：「有形的東西必有形象，具體的東西才是眞實。」卻不知世間存有以無形爲有形，以不存在爲存在的事物。那些沒有形象、沒有具體的事物，乃礙於我們眼睛與耳朵的限制而無法認識，不能因此就說它們不存在。有人看得見蚊子睫毛這類細小的東西，卻也有人看不見泰山這麼大的事物；有人聽得到螞蟻的打鬥聲，卻也有人聽不到雷鳴。這都是因爲看見的東西與聽到的聲音有所不同罷了，不能因爲看不見某些事物就說他是瞎子，也不能因爲聽不到某些聲音就說他是聾子。

自從有些見識淺陋的讀書人提出「人死如風火散」的說法以後，探究世間事物發展始末的學問，就無法盛行於天下了；於是人們能看見的東西越來越少，覺得怪異的事也越來越多，於是「以爲駱駝是腫背的馬」這類說詞充斥周遭。最後無可奈何，只好拿「孔子不語怪力亂神」這句話來敷衍搪塞。至於對齊諧志怪、虞初記異故事懷疑不信的人，至少也占了一半。這些人不了解，孔子所謂「不語怪力亂神」是指──中等資質以下的人即使聽了也不懂，還當作是《春秋》把怪神故事全都刪除了呢！

蒲留仙這個人，自幼聰穎，長大後更傑出。下筆如風起雲湧，有辦法將這類怪異故事記載下來。攻讀科舉考試閒暇之時，凡有見聞，便寫成筆記小說，大多是鬼狐怪異這類故事。之前我曾得到其中一卷，後來被人拿去；現在又再得一卷閱覽。凡我所讀到習得的事，十件裡有三、四件足可打破一般井底之蛙的見識，還能觸及耳目感官所不能經驗的事。我認爲，無論是我們習以爲常或怪奇難解的世事，其中只要對人有害，就是妖異。因此，日蝕與流星、水鳥飛到八哥巢中、石頭開口說話、龍打架互鬥之事，都不能算是妖異；只有天災人害、戰亂兵禍與亂臣賊子，才算妖孽。我讀留仙所寫故事，大意要旨皆源自賞善罰惡與安身立命之言論，適足以開通萬物之理；正如東漢的桓譚曾經說過，揚雄的《法言》必能流傳後世。

康熙二十一年農曆八月十六，豹岩樵史唐夢賚拜題

聊齋自誌

披蘿帶荔[1]，三閭氏感而為騷[2]；牛鬼蛇神，長爪郎[3]吟而成癖。自鳴天籟[4]，不擇好音[5]，有由然矣。松[6]落落秋螢之火，魑魅[7]爭光；逐逐野馬之塵[8]，罔兩[9]見笑。才非干寶，雅愛搜神[10]；情類黃州[11]，喜人談鬼。聞則命筆，遂以成編。久之，四方同人，又以郵筒相寄，因而物以好聚，所積益夥。甚者：人非化外，事或奇于斷髮之鄉[12]；睫在眼前，怪有過于飛頭之國[13]。遄飛逸興[14]，狂固難辭；永托曠懷，癡且不諱。展如之人[15]，得毋向我胡盧[16]耶？然五父衢[17]頭，或涉濫聽[18]；而三生石[19]上，頗悟前因。放縱之言，有未可概以人廢者。

松懸弧[20]時，先大人[21]夢一病瘠瞿曇[22]，偏袒[23]入室，藥膏如錢，圓黏乳際。寤[24]而松生，果符墨誌[25]。且也：少羸[26]多病，長命不猶。門庭之淒寂，則冷淡如僧；筆墨之耕耘，則蕭條似缽。每搔頭自念：勿亦面壁人[27]果是吾前身耶？蓋有漏根因[28]，未結人天之果[29]；而隨風蕩墮，竟成藩溷[30]之花。茫茫六道[31]，何可謂無理哉！獨是子夜熒熒[32]，燈昏欲蕊；蕭齋[33]瑟瑟，案冷凝冰。集腋為裘[34]，妄續幽冥之錄[35]；浮白載筆[36]，僅成孤憤[37]之書：寄托[38]如此，亦足悲矣！嗟乎！驚霜寒雀，抱樹無溫；弔月秋蟲，偎闌自熱。知我者，其在青林黑塞[39]間乎！

康熙己未[40]春日。

1 披蘿帶荔：語出《九歌》中的〈山鬼〉：「若有人兮山之阿，披薜荔兮帶女蘿。」這是指出沒在野外的山鬼，而薜荔、女蘿皆植物名。《九歌》原為南方楚地祭祀用的樂歌，經屈原潤色而成。分別為〈東皇太一〉〈雲中君〉〈湘君〉〈湘夫人〉〈大司命〉〈少司命〉〈東君〉〈河伯〉〈山鬼〉〈國殤〉及〈禮魂〉等十一篇。

2 三閭氏感而為騷：三閭氏，指屈原，他曾擔任楚國的三閭大夫。騷，指《離騷》，是屈原被楚懷王放逐漢水之北時所作自傳，抒發其懷才不遇的苦悶心情，以及理想抱負不得施展的悲苦。（編撰者按：蒲松齡之所以在作者自序中提及屈原所作《離騷》，可能是因他與屈原遭遇相似——蒲松齡鄉試落榜，正如空有滿腔抱負、卻不得君王重用的屈原。）

3 長爪郎：指唐朝詩人李賀，有「詩鬼」之稱；因其指爪長，故稱為「長爪郎」。

4 天籟：典故出自《莊子．齊物論》：「夫吹萬不同，而使其自己也。」天籟是無聲之聲，天籟因其無聲給出了一個空間，讓大自然的各種孔竅洞穴能發出聲音。此處指渾然天成的優秀詩作。

5 不擇好音：指這些作品雖好，卻不受世俗認可。

6 松：指本書作者，蒲松齡的自稱。

7 魑魅：讀作「癡媚」，山野中的鬼怪精靈。

8 野馬之塵：本意為塵土，此處指視科舉功名若塵土。

9 罔兩：亦作「魍魎」，山川草木中的鬼怪精靈。

10 才非干寶，雅愛搜神：不敢說自己才比干寶，只酷愛些鬼怪奇談而已。干寶，是東晉編集《搜神記》的作者，此書蒐羅了一些志怪故事，為中國古代志怪故事代表作。

11 黃州：指蘇軾，自子瞻，號東坡居士。蘇軾在宋神宗元豐二年（西元一〇六九年）因烏臺詩案獲罪，次年被貶謫黃州。他曾寫詩自嘲：「問汝平生功業，黃州惠州儋州。」

12 化外、斷髮之鄉：皆指未受教化的蠻夷之地。

13 飛頭之國：古代神話中，人首能夠分離、且會飛的奇異國度。

14 遄飛逸興：很有興致，欲罷不能。遄，讀作「船」，迅速。

15 展如之人：真摯、誠懇之人。依照上下文意，應指那些只相信現實經驗、而不相信那些奇幻國度的人。

16 胡盧：笑聲。

17 五父衢：路名，在今山東曲阜東南。孔子不知其生父所葬之地，而將母親葬於此處。衢，讀作「渠」，通達四方的大路。

18 濫聽：不實的傳聞。

19 三生石：宣揚佛教輪迴觀念的故事。佛教認為人沒有靈魂，但今生所造的業，會帶到來生。人今生今世所受的果報，無論善或惡，皆由過去累世累劫積累而成，而今生所造的業，亦影響來生所承受的果報。

20 懸弧：古人若生男孩，便將弓懸掛在門的左邊。

21 先大人：蒲松齡的先父。

22 瞿曇：梵文，讀作「渠談」，為釋迦牟尼佛的俗家姓氏，此處指僧人。

23 偏袒：佛家語，指僧侶。原指古印度尊敬對方的禮法，後為佛教沿用，僧侶在拜見佛陀時，須穿著露出右肩的袈裟以示尊敬；但平時佛教徒所穿袈裟，則無偏袒。袒，讀作「坦」，裸露之意。

24 寤：讀作「物」，醒來、睡醒。

25 果符墨誌：與蒲松齡父親夢中所見僧人的胸前特徵相符——「藥膏如錢，圓黏乳際」。墨誌，指黑痣。

26 少羸：年少時，身體瘦弱。羸，讀作「雷」。

野外的山鬼，讓屈原有感而發寫成了《離騷》；牛鬼蛇神，被李賀寫入了詩篇。這種獨樹一幟的作品，不見容於世俗，其來有自。我於困頓時，只能與魑魅爭光；無法求取功名，受到鬼怪的嘲笑。雖不像干寶那樣有才華，能寫出流傳百世的《搜神記》，卻也喜愛志怪故事；也與被貶謫黃州的蘇軾一樣，喜與人談論鬼怪故事。聽到奇聞怪事就動筆記錄下來，這才編成了這部書。久而久之，各地同好便將蒐羅來的鬼怪故事寄給我，物以類聚，內容更加豐富。甚至——人不處於蠻荒之地，卻有比蠻荒更離奇的怪事發生；即便在我們周遭，也有比飛頭國更古怪的事情。我越寫越有興趣，甚至到了發狂的地步；長期將精力投注於此，連自己都覺得癡迷。那些不信鬼神的人，恐怕要嘲笑我。道聽塗說之事，或許不足採信；然而這些荒謬怪誕的傳聞，有助於人認清事實，增長智慧。這些志怪故事的價值，不可因作者籍籍無名而輕易作廢。

我出生之時，先父夢到一名病瘦的僧人，穿著露肩袈裟入屋，胸前貼著一個似錢幣的圓形膏藥。夢醒，我就出生了，胸前果然有一個黑痣。且我年幼體弱多病，恐活不長。門庭冷清，如僧人般過著清心寡慾的日子；整天埋首寫作，貧窮如僧人的空缽。常常自想，莫非那名僧人眞是我的前世？我前世所做的善業不夠，所以才沒法到更好的世界；只能隨風飄蕩，落入污泥糞土之中。虛無飄渺的六道輪迴，不可謂全無道理。特別是在深夜燭光微弱之際，燈光昏暗蕊心將盡，書齋更顯冷清，書案冷如冰。我想集結眾人之力，妄圖再續《幽冥錄》；飲酒寫作，成憤世嫉俗之書：只能將平生之志寄託於此，實在可悲！唉！受盡風霜的寒雀，棲於樹上感受不到溫暖；憑弔月光的秋蟲，依偎著欄杆還能感到一絲溫暖。知我者，大概只有黃泉幽冥之中的鬼了！

寫於康熙十八年春。

27 面壁人：和尚坐禪修行，稱為面壁。面壁人，代指和尚、僧人。

28 有漏根因：佛家語。有漏，由梵語轉譯，是流失、漏泄之意，意即煩惱。有漏因，即招致三界（欲界、色界、無色界）果報的業因，語出景德傳燈錄卷三菩提達磨章（大五一・二一九上）：「帝曰：『何以無功德？』師曰：『此但人天小果，有漏之因，如影隨形，雖有非實。』」原文中並無「根」字。

欲界，指一切有情眾生所住之世界，地獄、餓鬼、畜生、阿修羅、人、六欲天皆屬此。欲界之有情，是指有食欲、淫欲、睡眠欲等。色界之眾生脫離淫欲，不著穢惡之色法，此界之天眾無男女之別，其衣是自然而至，而以光明為食物及語言。無色界，指超越物質現象經驗之世界，此界之有情眾生，沒有無色法、場所，無空間高下之分別。

29 人天之果：佛家語。有漏之業的善果。

30 藩溷：籬笆和茅坑。溷，讀作「混」。

31 六道：佛家語。眾生往生後各依其業前往相應的世界，分別為：地獄道、餓鬼道、畜生道、阿修羅道、人間道、天道。前三道為惡，後三道為善。

32 熒熒：讀作「迎迎」，微弱光影閃動的樣子。

33 蕭齋：對自己所居房屋或書齋的謙詞，典故出自——梁武帝造寺，命蕭子雲於寺院牆上寫一「蕭」字。寺院毀壞後，刻字的殘壁仍保存下來。至唐朝李約，將此牆壁運歸洛陽，置於小亭，以供賞玩，稱為「蕭齋」。

34 集腋為裘：意謂此部《聊齋志異》，集結了眾人之力，積少成多才完成。

35 幽冥之錄：南朝宋劉義慶所編纂的志怪小說集，屬於六朝志怪筆記小說，篇幅短小，為後世小說的先驅。

36 浮白：暢飲。載筆：此指寫作著書。

37 孤憤：原為《韓非子》一書的其中一篇篇名。此指憤世嫉俗的著作，意即對一些看不慣的世俗之事執筆記錄下來，以表心中悲憤。

38 寄托：寄託言外之音於文辭之間，猶言寓言。

39 青林黑塞：指夢中的地府幽冥。

40 康熙己未：清朝康熙十八年（西元一六七九年）。這一年，蒲松齡四十歲。

〈連瑣〉

卷三

陰司的刑罰比陽世殘酷，也比陽世嚴苛。
徇私護短不可行，受酷刑的人也不埋怨，
誰說陰間沒有天理呢？
只恨沒有一把火將人間的官衙焚燒殆盡！

江中

王聖俞南游，泊舟江心。既寢，視月明如練[1]，未能寐，使童僕為之按摩。忽聞舟頂如小兒行，踏蘆蓆作響，遠自舟尾來，漸近艙戶。慮為盜，急起問童。童亦聞之。問答間，見一人伏舟頂上，垂首窺艙內。大愕，按劍呼諸僕，一舟俱醒。

告以所見。或疑錯誤。俄響聲又作。羣起四顧，渺然無人，惟疎[2]星皎月，漫漫江波而已。眾坐舟中。

旋見青火如燈狀◆，突出水面，隨水浮游；漸近舡[3]，則火頓滅。即有黑人驟起，屹立水上，以手攀舟而行。眾譟曰：「必此物也！」欲射之。方開弓[4]，則遽[5]伏水中，不可見矣。問舟人。舟人曰：「此古戰場，鬼時出沒，其無足怪。」

1 練：柔軟潔白的絲絹。
2 疎：稀少。同今「疏」字，是疏的異體字。
3 舡：讀作「鄉」，同今「船」字，是船的異體字。
4 開弓：拉弓欲射。
5 遽：急忙、立刻、馬上。

◆何守奇評點：鬼燐。

鬼火（即夜晚在野外常見的青色火光，是燐化氫遇到空氣燃燒所產生）。
另一解釋，徐鍇引：「案：《博物志》戰鬪死亡之處，有人馬血，積中為粦，著地入艸木，如霜露不可見。有觸者，著人體後有光，拂拭即散無數，又有吒聲如鬻豆。」（《博物志》中說，戰爭打鬥之地，人馬的血囤積為粦，滲入地底，附著於草木，如霜露般難以察覺。人一碰觸，附著於身上會發出光芒，拂拭則發散無數光芒，且會發出很大的聲響。）

編撰者按：〈江中〉這篇故事的評點，應以徐鍇所引的《博物志》解釋較為適切。

王聖俞到南方遊玩，他的船停泊在江中。將要就寢，見明月皎潔如白絹，睡不著，便叫來童僕按摩。忽聽聞船頂似有小孩行走其上，踩得蘆棚沙沙作響，聲音遠遠地自船尾傳來，漸往船艙門戶靠近。王聖俞擔心是盜賊，急忙起身詢問童僕，童僕也說聽到了。兩人問答間，見一人趴在船頂，低首窺視船艙內動靜。王聖俞嚇了一跳，手按劍柄，呼叫僕人，整船的人全都驚醒。

王聖俞把所見所聞告訴大家，有人懷疑他們聽錯了。不久，響聲又起，眾人這才起身四處尋找，都沒看到人影，只見寥落星子與皎潔月亮而已。大夥便坐在船上。忽見一盞如燈的青色火焰冒出水面，隨水漂浮；漸漸接近船隻，頓時又熄滅。隨即有個黑人從水裡冒出，站在江上，手攀住船舷，拖著船走。眾人七嘴八舌的說：「這一定是鬼怪！」欲拿弓箭射它，才剛拉開弓，黑人便立刻鑽進水裡，再也不得見。王聖俞問了船夫，答：「這裡是古時候的戰場，時有鬼出沒，沒什麼好奇怪的。」

江中
長江天塹
渡無梁
南北中分
此戰場
無限青燐
明復滅
一抔我欲
弔蒼茫

魯公女

招遠[1]張于旦，性疎[2]狂不羈。讀書蕭寺[3]。時邑令[4]魯公，三韓[5]人。有女好獵。生適遇諸野，見其風姿娟秀，著錦貂裘，跨小驪駒，翩然若畫。歸憶容華，極意欽想。後聞女暴卒，悼歎欲絕。魯以家遠，寄靈寺中，即生讀所。生敬禮如神明，朝必香，食必祭。每酹[6]而祝曰：「睹卿半面，長繫夢魂；不圖玉人，奄然物化[7]。今近在咫尺，而邈若山河，恨如何也！然生有拘束，死無禁忌，九泉有靈，當珊珊[8]而來，慰我傾慕。」日夜祝之，幾半月。

一夕，挑燈夜讀，忽舉首，則女子含笑立燈下。生驚起致問。女曰：「感君之情，不能自已，遂不避私奔之嫌。」生大喜，遂共歡好。自此無虛夜。謂生曰：「妾生好弓馬，以射麞[9]殺鹿為快，罪業深重，死無歸所。如誠心愛妾，煩代誦金剛經[10]一藏數[11]，生生世世不忘也。」生敬受教，每夜起，即柩前捻珠諷誦。偶值節序，欲與偕歸。女憂足弱，不能跋履。生請抱負以行，女笑從之。如抱嬰兒，殊不重累。遂以為常。考試亦載與俱。然行必以夜。生將赴秋闈[12]，女曰：「君福薄，徒勞馳驅。」遂聽其言而止。

積四五年，魯罷官，貧不能輿其櫬[13]，將就窆[14]之，苦無葬地。生乃自陳：「某有薄壤近寺，願葬女公子。」魯公喜。生又力為營葬。魯德之，而莫解其故。魯去，二人綢繆如平日。一夜，側倚生懷，淚落如豆，曰：「五年之好，於今別矣！受君恩義，數世不足以酬！」生驚問之。曰：「蒙惠及泉下人，經咒藏滿，今得生河北盧戶部[15]家。如不忘今日，過此十五年，八月十六日，煩一往會。◆」生泣下曰：「生三十

餘年矣；又十五年，將就木[16]焉，會將何為？」女亦泣曰：「願為奴婢以報。」少間曰：「君送妾六七里。此去多荊棘，妾衣長難度。」乃抱生項，生送至通衢[17]。見路旁車馬一簇，馬上或一人，或二人；車上或三人、四人、十數人不等；獨一鈿車[18]，繡纓朱幰[19]，僅一老媼[20]在焉。見女至，呼曰：「來乎？」女應曰：「來矣。」乃回顧生云：「盡此，且去；勿忘所言。」生諾。女子行近車，媼引手上之，展軨[21]即發，車馬闐咽[22]而去。

生悵悵而歸，誌時日於壁。因思經咒之效，持誦益虔。夢神人告曰：「汝志良嘉。但須要到南海[23]去。」問：「南海多遠？」曰：「近在方寸地[24]。」醒而會其旨，念切菩提[25]，修行倍潔。

三年後，次子明、長子政，相繼擢高科[26]。生雖暴貴，而善行不替[27]。夜夢青衣人邀去，見宮殿中坐一人，如菩薩狀，逆之曰：「子為善可喜。惜無修齡[28]，幸得請於上帝矣。」生伏地稽首[29]。喚起，賜坐；飲以茶，味芳如蘭。又令童子引去，使浴於池。池水清潔，游魚可數，入之而溫，掬[30]之有荷葉香。移時，漸入深處，失足而陷，過涉滅頂。驚寤[31]。異之。由此身益健，目益明。自捋其鬚，白者盡簌簌[32]落；又久之，黑者亦落。面紋亦漸舒。至數月後，頷禿面童[33]，宛如十五六時。輒兼好游戲事，亦猶童。過飾邊幅[34]，二子輒匡救[35]之。未幾，夫人以老病卒。子欲為求繼室於朱門[36]。生曰：「待吾至河北來而後娶。」屈指已及約期，遂命僕馬至河北。訪之，果有盧戶部。

先是，盧公生一女，生而能言，長益慧美，父母最鍾愛之。貴家委禽，女輒不欲。怪問之，具述生前約。共計其年，大笑曰：「癡婢！張郎計今年已半百，人事變遷，其骨已朽；縱其尚在，髮童而齒豁矣[37]。」女不聽。母見其志不搖，與盧公謀，戒閽人[38]勿通客，過期以絕其望。未幾，生至，閽人拒之。退返旅舍，悵恨無所為計。聞遊郊郭，因循而暗訪之。女謂生負約，涕不食。母言：「渠[39]不來，必已殂謝[40]；即不然，背盟之罪，亦不在汝。」女不語，但終日臥。盧患之，亦思一見生之為人，乃託遊遨，遇生於野。視之，少年也，訝之。班荊[41]略談，甚倜儻[42]。公喜，邀至其家，方將探問，盧即遽起，囑客暫獨坐，匆匆入內，告女。女喜，自力起。窺審其狀不符，零涕而返，怨父欺罔。公力白[43]其是。女無言，但泣不止。公出，意緒懊喪，對客殊不款曲[44]。生問：「貴族有為戶部者乎？」公漫應之。首他顧，似不屬客。生覺其慢，辭出。女啼數日而卒。生夜夢女來，曰：「下顧者果君耶？年貌舛異[45]，覿[46]面遂致違隔。妾已憂憤死。煩向土地祠速招我魂，可得活，遲則無及矣。」

既醒，急探盧氏之門，果有女亡二日矣。生大慟，進而弔諸其室，已而以夢告盧。盧從其言，招魂而歸。啟其衾[47]，撫其尸，呼而祝之。俄聞喉中咯咯有聲。忽見朱櫻乍啟，墜痰塊如冰。扶移榻上，漸復呻吟。盧公悅，肅客出，置酒宴會。細展官閥[48]，知其巨家，益喜。擇吉成禮。居半月，攜女而歸。盧送至家，半年乃去。夫婦居室，儼然小耦[49]，不知者，多誤以子婦為姑嫜[50]焉。盧公逾年卒。子最幼，為豪強所中傷，家產幾盡，生迎養之，遂家焉。

1 招遠：招遠縣，今山東省昭遠市。
2 疎：粗心、不精細。同今「疏」字，是疏的異體字。
3 蕭寺：寺廟、寺院。南朝梁武帝蕭衍喜好佛法，命人建造寺院，命蕭子雲以飛白書題名蕭寺。後世通稱佛寺為「蕭寺」。
4 邑令：知縣。
5 三韓：漢代，朝鮮南部分裂為馬韓、辰韓、弁韓，後世以三韓為朝鮮的代稱。馬韓在西，辰韓在東，弁韓在辰韓之南，後皆為新羅、百濟所併。
6 酹：讀作「類」，以酒灑地祭祀鬼神。

7 物化：此指死亡。人死之後，回歸天地自然，與物無有分別。取自莊周夢蝶故事，參見《莊子．齊物論》：「周與胡蝶，則必有分矣。此之謂物化。」莊周夢為蝴蝶，莊周是人，蝴蝶是物，在心上解消人與物之界線分別，以達致與天地萬物合為一體的境界。
8 珊珊：形容女子緩步慢移，走路的樣子。
9 麞：同今「獐」字，是獐的異體字。動物名，體形似鹿但較小，無角，毛粗長而呈褐色。
10 金剛經：原名為《金剛般若波羅蜜經》，內容闡釋一切法無我之理，最為人熟知的一段經文為：「一切有為法，如夢幻泡影，如露亦如電，應作如是觀。」（世間的一切事物都處於變動之中（即佛教所說的無常），所以有如夢幻泡影，如朝露雷電一樣瞬息萬變，若心執著於這些變動的事物，就會感受到痛苦，所以應當去除心的執著，即不把一切事物視為永恆不變，如此心就能夠清淨自在。）

11 一藏數：指持誦佛教經文五千零四十八遍。

12 秋闈：闈，科舉考試的考場。此處秋闈，即鄉試。

13 櫬：讀作「趁」，棺材。

14 窆：讀作「扁」，埋葬，將棺木放入墓穴裡。

15 戶部：此應指戶部尚書，為戶部最高長官。至於戶部，乃古代官制六部之一，掌全國土地、戶籍、賦稅等事務，為國家財務行政最高機構。

16 就木：進入棺木，比喻死亡。（編撰者按：依下文意，「女亦泣曰：『願為奴婢以報。』」表示等魯公女投胎十五年後，張于旦可能已死，也可能年老離死不遠，依文意，筆者以為解作後者較適切。故此就木，應為「行將就木」的簡稱。否則，張于旦若身亡，投胎後的魯公女就算當奴婢，要回報何人？）

17 通衢：讀作「渠」，通達四方的大路。

18 鈿車：以金箔裝飾的車子，古代貴族婦女所乘坐的車輛。鈿，讀作「店」。

19 朱幰：紅色的遮陽車篷。幰，讀作「顯」。

20 媪：讀作「棉襖」的襖，指老婦人。同今「媼」字，是媪的異體字。

21 展軨：車輪轉動，猶言開車。軨，讀作「凌」，車輪。

22 闐咽：喧鬧貌。闐，讀作「田」，充滿。

23 南海：中國浙江省境內普陀山，相傳為觀音菩薩現身說法的道場。

24 近在方寸地：近在心中。此應指佛教中的「一念」，指心念活動的最短時刻。若此心念為善，則可解脫煩惱；若此心念為惡，則沉淪於苦海之中。

25 念切菩提：專注的領悟佛理。

26 擢高科：高中舉人。

27 替：衰減、衰落。

28 修齡：長壽。

29 稽首：叩首的跪拜禮，是極為敬重、隆重的禮節。

30 掬：讀作「菊」，以雙手捧取東西。

31 寤：讀作「物」，醒來、睡醒。

32 簌簌：紛紛墜下的樣子。

33 頷禿面童：下巴光禿禿無鬍鬚，面貌宛如童子。頷，讀作「翰」。

34 過飾邊幅：太過重視穿著打扮。（編撰者按：一般而言，年輕人較重視穿著打扮，老年人不會那麼重視，此指張于旦面貌變得年輕，心境、衣著打扮也與年輕人相同，卻不符合他實際年齡。）

35 匡救：矯正、改正。

36 朱門：指富貴人家。唐代詩人杜甫〈自京赴奉先縣詠懷五百字〉曾云：「朱門酒肉臭，路有凍死骨。」（富貴人家的酒肉多得吃不完，都發臭了；而路邊隨處可見無飯可吃、凍死餓死的人。故朱門指富貴人家。）

37 髮童而齒豁矣：頭髮掉光，牙齒動搖。形容人垂垂老矣。

38 閽人：守門人。閽，讀作「昏」。

39 渠：他，指第三人稱。

40 殂謝：亡故、辭世。

41 班荊：鋪草而坐。

42 倜儻：讀作「替躺」，指為人瀟灑豪邁，行事不拘小節。

43 力白：極力辯解。

44 款曲：殷勤招待。

45 舛異：差錯、不符。舛，讀作「喘」，錯誤。

46 覿：讀作「迪」，見。

47 衾：覆蓋在剛死之人身上的紙張，有黃白二色。衾，讀作「親」，被子。

48 官閥：指官階爵位和門第。

49 耦：配偶，此指妻子。

50 姑嫜：古代稱丈夫的父母，即公婆。

◆**但明倫評點**：以身相報，不計其年，而且訂於再生，約以異地。自古及今，以至百千萬億劫，三千、大千世界，只是一個情字。

魯公女以身相許，不在乎張于旦的歲數多寡，而且相訂於來生，約在異鄉。從古到今，甚至經歷了百千萬億的劫數，無論是三千、大千世界，能讓這對有情人跨越年齡的侷限、地域的分隔，還能遵守盟約者，終究是一個情字而已。

山東招遠有個叫張于旦的人住在佛寺讀書，其人性情狂放，不拘世俗禮節。當時的知縣魯大人是遼東人，有個喜好打獵的女兒，張于旦偶然在郊外看到她，見其容貌秀麗，身穿貂裘錦衣，騎著小黑馬，翩然如畫中人。張于旦回去後，不斷想著此女絕美容貌，後聽聞她猝逝，悲傷不已。魯大人因家鄉路途遙遠，便將女兒靈柩寄放在張于旦讀書寄宿的寺廟裡。張于旦對她敬若神明，早上一定點香供奉，吃飯前也必定祭奠。每次都會灑酒祝禱，說：「與你緣慳一面，魂牽夢縈；不料佳人突然過世。如今雖近在咫尺，卻如遠在天涯海角，只嘆奈何！活著的時候礙於禮教之防，不能一親芳澤；死後則無此顧忌，你若泉下有靈，當前來與我一會，以慰我相思之苦。」他日夜祝禱，將近半個月。

某晚，張于旦挑燈夜讀，忽然抬頭，見魯公女含笑立於燈下。他又驚又喜，起身詢問。魯公女說：「感君情深，不能自已，便不顧禮教，私奔前來。」張于旦很高興，與它共度春宵。從此，它每晚都來，對張于旦說：「我生前喜歡騎馬打獵，殺生無數，罪孽深重，死後無處可歸。若你眞心待我，勞煩代我誦讀《金剛經》五千零四十八遍，大恩大德必將銘記生生世世。」張于旦依其囑咐，每天半夜即起在靈柩前捻佛珠、誦讀經文。適逢佳節，張于旦欲偕同魯公女返家過節，它憂心自己雙足軟弱無力，不堪長途跋涉。張于旦就說要抱著它走，它笑著同意了。張于旦抱起它，身子輕盈如抱嬰兒，長途跋涉一點都不累。此後便常抱著它到處遊玩，連考試都帶它一起；只是，一定得等晚上才出門。有一次，張于旦要參加鄉試，魯公女說：「你沒上榜的福氣，去了也是徒勞。」張于旦聽了它的話，放棄赴試。

過了四五年，魯大人罷官準備返鄉，但因爲太貧窮，無法將女兒靈柩運回家鄉安葬，只能葬在當地，卻找不到合適墓穴。張于旦便挺身而出：「我在佛寺附近有塊地，願埋葬您的女兒。」魯大人聽了大喜。張于旦出錢出力幫忙辦理喪事，魯大人很感激，卻不懂他爲何要這麼做。魯大人回鄉後，他倆依舊恩愛如昔。有個晚上，魯公女倚靠在張于旦懷中，淚珠掉落如豆，說：「五年恩愛，到今日爲止了！受你的恩惠，幾輩子都無法報答！」張于旦驚訝的詢問緣由。魯公女說：「承蒙你替我誦經超度，如今功德已滿，可以投胎到河北戶部尚書盧家。如不忘今日之情，十五年後的八月十六日，勞煩前往相會。」張于旦哭訴：「我已經三十歲了，又等十五年，就算不死也已老邁，相會又能做什麼呢？」魯公女也哭著說：「我願爲奴婢報答你的恩情。」過了一會兒又說：「請你送我六七里路。這裡路上多荊棘，我的衣襬太長不好走。」於是抱著張于旦的脖子，讓他送到大路。見路旁有數輛馬車，有的馬上騎著一個人，有的兩個人；有的車上坐著三個人，有的四個人，到十幾人不等；只有一輛飾以金花的車子，紅色車篷下流蘇垂綴，僅有一名老婦在內。她一見魯公女來了，大聲呼喚：「是你來了嗎？」魯公女答：「來了。」她回望張于旦，說：「送我到此即可離去，勿忘我所囑之言。」他允諾。魯公女走近馬車，老婦伸手扶它上車，車子隨即開動，車馬喧囂而去。

張于旦悵然而歸，將約定之日記在牆壁上。他覺得誦經的功德頗爲神奇，於是更加虔誠誦念。有一次，他夢見神人告知：「你的功德值得嘉許，但必須到南海修行。」他問：「南海多遠？」神人說：「就在你心中。」張于旦醒來後領會神人之意，專注於領悟佛理，更加堅定的修行。

三年後，次子張明、長子張政，相繼考中舉人。張于旦雖變得顯貴，卻未因此荒廢修行與行善。夜晚作夢，有位穿青衣之人相邀，只見宮殿中坐著一個人，形如菩薩，迎之：「你的善行可嘉。可惜壽命不長，幸好我已向玉帝請求。」張于旦跪在地上叩謝。菩薩喚他起身並賜坐；請他喝茶，茶水芬芳如蘭。菩薩又命童子領他到池中沐浴。池水十分清澈，游魚分明可數，進入池中，水是溫的，捧著池水，散發出荷葉香氣。不久，漸漸走到水深處，不慎失足陷入，淹沒頭頂。他嚇得驚醒，覺得此夢異常奇特。從此他的身體越來越健朗，眼睛看得越來越清楚。摸摸自己的鬍鬚，白鬚紛紛掉落；又過一段時間，連黑色鬍鬚也掉落了。臉上皺紋逐漸消失，皮膚也恢復光滑。過了數月，下巴光禿禿的像個十五六歲的青年。他童心未泯，愛好遊戲。穿著打扮也像年輕人，兩個孩子急忙糾正他。不久，妻子年老病逝。孩子們想替他從富貴人家尋覓繼室。張于旦說：「等我從河北回來後再娶。」屈指一數，與魯公女約定的日期已到，便命僕人備馬至河北。幾經探訪，果然有戶部尙書盧姓人家。

先前，盧大人生了個女兒，一出生就會說話，長大後更加賢慧貌美，是雙親的掌上明珠。富家子弟紛紛下聘，她都不答應。父母覺得奇怪加以詢問，她便告知了生前與張于旦的盟約。雙親算了算日子，大笑道：「傻女兒！張郎算起來今年也已半百，人生無常，他早已入土爲安；縱然還活在世上，也是頭髮掉光而齒牙動搖了。」盧女不聽。盧母見她意志堅定，便與盧公密謀，告訴守門人莫要通報有客來訪，打算就這樣度過約定之日，好讓女兒絕望。不久，張于旦前來，守門人不讓他進入。他只好返回旅店，除了沮喪，也無計可施；閒時則到郊外遊走，並循線暗中訪查。盧女以爲張于旦不遵守約定，整日哭泣，不吃東西。盧母說：「他不來，一定是已經死了；再不然，就是背棄盟約，過錯也不在你。」盧女不語，只是整

魯公女
石上三生事
渺茫癡
情竟欲待
張郎紅
顏白髮知
多少安得
神仙換
骨方

天躺在床上。盧大人不知如何是好，也想見一見張于旦長得什麼樣，於是託人到處尋訪，正好在郊外遇到他。一看是名少年，大感驚訝。兩人便鋪草而坐，稍微閒聊，盧大人覺得張于旦為人灑脫不羈，十分高興，便邀他到家裡。張于旦正想探問盧女的消息，盧大人立刻起身，囑咐客人暫且稍坐等候，便匆匆走入內室，將喜訊告訴女兒。盧女聽了大喜，勉強下床，暗中窺視。見他樣貌年齡不符，哭著回房，埋怨父親欺騙自己。盧大人極力辯解，盧女並不說話，只哭個不停。盧大人走回大廳，心情沮喪，對客人也很冷漠。張于旦問：「貴家族中是不是有人在戶部任職？」盧大人隨便敷衍幾句，便望向別處，不太搭理客人。張于旦覺得自己被怠慢，辭行離去。盧女哭啼數日後過世。夜晚，張于旦夢到盧女前來，說：「那天來我們家的果真是你嗎？年齡樣貌都與以前不同，見面恍如隔世。我已憂憤而死，煩請你前去土地廟速速招回我魂魄，還可活命，再遲就來不及了。」

張于旦一醒來，急忙探訪盧家，女兒果然已死兩日。張于旦悲痛不已，直接走到靈堂弔唁。結束後，將夢境告訴了盧大人，盧大人聽從他所說去做。招完魂後，回到家裡，掀開屍體上的紙衾，撫摸屍體，呼喚盧女之名。不久，聽到她喉嚨發出咯咯聲響，忽然朱唇張開，吐出一團冰塊般的痰。扶她到床上，漸漸可以呻吟。盧大人很高興，引張于旦到大廳，舉辦酒宴。細問其家世，知道是名門望族，更加歡欣，於是挑選吉日，讓他們完婚。張于旦住了半個月，帶著妻子回家。盧大人親自護送女兒到夫家，待了半年才回去。張氏夫婦住在家裡，儼然一對年輕夫妻，不知內情的人，還以為張于旦的兒子與媳婦才是公婆。一年後，盧大人過世，兒子年紀尚幼，受當地惡霸陷害，幾乎蕩盡家財。張于旦便接他過來照顧，就此成為一家人。

道士

韓生，世家[1]也。好客。同村徐氏，常飲於其座。會宴集，有道士托鉢門上。家人投錢及粟，皆不受；亦不去。家人怒，歸不顧。韓聞擊剝[2]之聲甚久，詢之家人，以情告。言未已，道士竟入。韓招之坐。道士向主客皆一舉手，即坐。略致研詰[3]，始知其初居村東破廟中。韓曰：「何日棲鶴東觀[4]，竟不聞知，殊缺地主之禮。」答曰：「野人新至，無交游。聞居士揮霍，深願求飲焉。」韓命舉觴。道士能豪飲。徐見其衣服垢敝，頗偃蹇[5]，不甚為禮；韓亦海客[6]遇之。道士傾飲二十餘杯，乃辭而去。

自是每宴會，道士輒至，遇食則食，遇飲則飲，韓亦稍厭其頻。飲次，徐嘲之曰：「道長日為客，寧不一作主？」道士笑曰：「道人與居士等，惟雙肩承一喙耳[7]。」徐慚不能對。道士曰：「雖然，道人懷誠久矣，會當竭力作杯水之酬。」飲畢，囑曰：「翌午幸賜光寵。」次日，相邀同往，疑其不設。行去，道士已候於途；且語且步，已至寺門。入門，則院落一新，連閣雲蔓[8]。大奇之，曰：「久不至此，創建何時？」道士答：「竣工未久。」比[9]入其室，陳設華麗，世家所無。二人肅然起敬。甫坐，行酒下食[10]，皆二八狡童[11]，錦衣朱履。酒饌芳美，備極豐渥。飯已，另有小進[12]。珍果多不可名，貯以水晶玉石之器，光照几榻。酌以玻璃琖[13]，圍尺許。

道士曰：「喚石家姊妹來。」童去少時，二美人入。一細長，如弱柳；一身短，齒[14]最稚；媚曼雙絕。道士即使歌以侑酒[15]。少者拍板而歌，長者和以洞簫，其聲清細。既闋[16]，道士懸爵促釂[17]，又命遍酌。顧問：「美人久不舞，尚能之否？」遂有僮僕展氍毹[18]於筵下，兩女對舞，長衣亂拂，香塵四散；舞罷，斜倚畫屏。二人心曠神飛，不覺醺醉。道士亦不顧客，舉杯飲盡，起謂客曰：「姑煩自酌，我稍憩，即復來。」即去。南屋壁下，設一螺鈿[19]之牀，女子為施錦裀[20]，扶道士臥。道士乃曳長者共寢，命少者立牀下為之爬搔[21]。

二人睹此狀，頗不平。徐乃大呼：「道士不得無禮！」往將撓之。道士急起而遁。見少女猶立牀下，乘醉拉向北榻，公然擁臥。視牀上美人，尚眠繡榻。顧韓曰：「君何太迂？」韓乃逕登南榻，欲與狎褻，而美人睡去，撥之不轉。因抱與俱寢。天明，酒夢俱醒，覺懷中冷物冰人；視之，則抱長石臥階下。急視徐，徐尚未醒；見其枕遺屙之石[22]，酣寢敗廁中。蹴[23]起，互相駭異。四顧，則一庭荒草，兩間破屋而已。◆

1 世家：官宦世家。
2 擊剝：此指敲門。
3 詰：問。
4 棲鶴東觀：居住或停留在村東的道觀。棲鶴：指道士居住或停留在某個地方。觀：道觀。
5 偃蹇：讀作「眼簡」，傲慢。
6 海客：四處漂泊的旅人。
7 雙肩承一喙耳：兩個肩膀托著一張嘴，比喻白吃白喝。
8 連閣雲蔓：樓閣如藤蔓般連綿不絕，形容樓閣房舍的廣大豪華。
9 比：讀作「必」，等到。
10 行酒下食：送酒上菜。
11 狡童：貌美少年。
12 小進：飯後甜品。
13 琖：讀作「展」，玉製的酒杯。

14 齒：此指年齡。
15 侑酒：佐酒、勸酒。侑，讀作「佑」。
16 闋：讀作「卻」，演奏完畢、曲終。
17 懸爵促釂：舉起酒杯，勸客人乾杯。釂，讀作「叫」，一飲而盡，俗稱「乾杯」。爵，酒具。
18 氍毹：讀作「渠於」，毛織的地毯。
19 螺鈿：漆器或雕鏤器物的表面，嵌上各種磨薄的螺殼做為圖案裝飾。鈿：讀作「店」。
20 裀：讀作「音」，墊褥。
21 爬搔：抓癢。
22 遺屙之石：古代放在便坑兩側，供人踩腳的石塊。屙，讀作「餓」的一聲，排泄。
23 蹴：讀作「促」，踢。

◆何守奇評點：此是道士幻術。

這一切都是道士用法術變化出來的。

術士
也從塵垢論交游
鄙薄人情亦可羞
幻出石家雙姊妹
薰豬氣味各相投

韓生是官宦世家子弟，生性好客，同村徐公子，經常到他家參加宴飲。有次正在宴會時，一名道士至府上托鉢，韓家的人給他錢和米，都不要，也不離去。韓府的人心生憤怒，便進門去，不理睬他。韓生聽聞敲門聲持續了很久，詢問家人，這才了解情況；話未說完，道士竟直接闖入。韓生請他入座，道士向主客一一舉手招呼後便坐下。韓生約略詢問，才知他剛住進村子東邊的破廟。韓生說：「您什麼時候住進村東道觀的，我竟然沒有聽說，實在怠慢了貴客。」道士答：「我才剛到沒多久，沒有什麼往來的朋友。聽說居士您揮霍，前來討一杯酒喝。」韓生請他舉杯暢飲。道士海量，喝了很多酒。徐公子見道士衣衫襤褸，便傲慢待他，不甚有禮；韓生則將道士當作四處漂泊的旅人相待。道士一連喝完二十幾杯，辭別而去。

從此每逢韓生設酒宴，道士就會來，有東西就吃，有酒便喝，韓生也因他來得太過頻繁而漸漸生厭。有一次，正當飲宴之間，徐公子嘲諷道士：「道長每日都來作客，怎麼不做一次主人，請咱們喝酒呢？」道士笑說：「我和你一樣，都是來白吃白喝的。」徐公子慚愧得不知該說什麼好。道士說：「話雖如此，我也是很有誠意的，自當盡力設宴款待，以報答韓居士招待。」喝完酒，便囑咐韓生：「明日午時請賞光蒞臨。」

第二天，韓生邀請徐公子一同前往，兩人見道士如此落魄，懷疑他無法設宴。他們朝道觀方向走去，道士已在路旁恭候；三人邊走邊聊，不知不覺來到門前。進入大門，院落煥然一新，樓閣彼此相連，十分宏偉壯觀。兩人大為驚訝，說：「許久未至，道觀是什麼時候整修的？」道士答：「剛完工不久。」待進入屋裡，見擺設異常華麗，全是官宦人家所沒有的，兩人肅然起敬。一入座，就送上酒菜，上前服侍的全是十六歲的年輕美男，身穿錦衣、腳踩朱鞋。酒饌美味可口，十分豐盛。用完正餐，另有甜點，都是些不知名的奇珍異果，並以水晶玉盤盛裝，光芒四射，就連茶几和坐墊也照得發亮。飲酒所用玻璃酒杯，口徑足足有三十五公分這麼寬。

道士說：「喚石家姊妹來。」童僕去了一會兒，就有二位美人前來。一位高瘦，行爲舉止如弱柳扶風，另一位則嬌小年輕；兩人都豔麗絕倫。道士讓她們唱歌以助酒興，年輕的那位敲著拍板唱歌，年長的那位以洞簫伴奏，聲音輕細優美。一曲奏畢，道士舉杯勸飲，又命人斟滿酒杯。回頭對石家姊妹說：「美人許久沒跳舞，還能跳嗎？」就有童僕鋪好地毯，兩女對舞，衣袖翻飛，香味四散；舞畢，斜靠在畫屏上。韓徐二人看得心花怒放，不覺陶醉其中。道士也不招呼客人，舉杯飲盡，便起身對客人說：「請先自己飲酒，我稍作休息，去去就來。」說完便離開。南屋的牆壁擺放著一張鑲貝裝飾的床，兩名美女鋪上錦褥，扶他躺好。道士拉著年紀較長的美女共寢，讓年幼那位站在床邊幫他抓癢。

二人見狀，憤憤不平。徐公子大喊：「道士不得無禮！」就要上前阻止。道士急忙起身而逃。他見少女還站在床邊，便乘醉把她拉到北面的床上，擁著她躺上床。他轉身一看，床上美人還躺在繡榻上，便對韓生說：「你何必太過迂腐呢？」韓生便爬上南面的床榻，想與她翻雲覆雨一番，而美人已經睡去，搖她也不轉身，只好抱著她一起睡。天亮，酒夢皆醒，覺得懷中有塊冰冷之物；低頭一看，自己竟然抱著長石，躺在臺階下。急忙看看徐公子，他尚未睡醒；見他枕在茅廁的踩腳石上，熟睡在破舊的茅廁中。韓生踢醒他，兩人無不驚訝。環顧四周，只見一座荒廢的庭院，兩間破屋而已。

胡氏

直隸[1]有巨家，欲延[2]師。忽一秀才，踵門[3]自薦。主人延入。詞語開爽，遂相知悅。秀才自言胡氏，遂納贄館[4]之。胡課業良勤，淹洽非下士[5]等。然時出游，輒昏夜始歸；扃[6]閉儼然，不聞款叩[7]而已在室中矣。遂相驚以狐。然察胡意固不惡，優重之，不以怪異廢禮。

胡知主人有女，求為姻好，屢示意，主人偽不解。一日，胡假[8]而去。次日，有客來謁，縶黑衛於門[9]。主人逆[10]而入。年五十餘，衣履鮮潔，意甚恬雅。既坐，自達，始知為胡氏作冰[11]。主人默然，良久曰：「僕與胡先生，交已莫逆，何必婚姻？且息女[12]已許字矣。煩代謝先生。」客曰：「確知令愛[13]待聘，何拒之深？」再三言之，而主人不可。客有慚[14]色，曰：「胡亦世族，何遽[15]不如先生？」主人直告曰：「實無他意，但惡其類耳。◆」客聞之怒；主人亦怒，相侵益亟[16]。客起抓主人；主人命家人杖逐之，客乃遁。遺其驢，視之，毛黑色，批耳[17]修尾，大物也。牽之不動；驅之則隨手而蹶[18]，嚶嚶然[19]草蟲耳。主人以其言忿，知必相仇，戒備之。

次日，果有狐兵大至：或騎或步，或戈或弩，馬嘶人沸，聲勢洶洶。主人不敢出。狐聲言火屋[20]，主人益懼。有健者，率家人譟出，飛石施箭，兩相衝擊，互有夷傷。狐漸靡[21]，紛紛引去。遺刀地上，亮如霜雪；近拾之，則高粱葉也。眾笑曰：「技止此耳。」然恐其復至，益備之。明日，眾方聚語，忽一巨人，自天而降：高丈餘，身橫數尺；揮大刀如門，逐人而殺。羣操矢石亂擊之，顛踣[22]而斃，則芻靈[23]耳。眾益易之。狐三日不復來，眾亦少懈。主人適登廁，俄見狐兵，張弓挾矢而至，亂射之；矢集於臀[24]。大懼，急喊眾奔鬬[25]，狐方去。拔矢視之，皆蒿[26]梗。如此月餘，去來不常，雖不甚害，而日日戒嚴，主人患苦之。

一日，胡生率眾至。主人身出，胡望見，避於眾中。主人呼之，不得已，乃出。主人曰：「僕自謂無失禮於先生，何故興戎？」羣狐欲射，胡止之。主人近握其手，邀入故齋，置酒相款。從容曰：「先生達人，當相見諒。以我情好，寧不樂附婚姻？但先生車馬、宮室，多不與人同，弱女相從，即先生當知其不可。且諺云：『瓜果之生摘者，不適於口。』先生何取焉？」胡大慚。

主人曰：「無傷，舊好故在。如不以塵濁見棄，在門牆[27]之幼子，年十五矣，願得坦腹牀下[28]，不知有相若者否？」胡喜曰：「僕有弱妹，少公子一歲，頗不陋劣。以奉箕帚[29]，如何？」主人起拜，胡答拜。於是酬酢[30]甚歡，前郤[31]俱忘。命羅酒漿[32]，徧[33]犒從者，上下歡慰。乃詳問里居，將以奠雁[34]。胡辭之。日暮繼燭，醺醉乃去。由是遂安。

年餘，胡不至。或疑其約妄，而主人堅待之。又半年，胡忽至。既道溫涼[35]，已，乃曰：「妹子長成矣。請卜良辰，遣事翁姑。」主人喜，即同定期而去。至夜，果有輿[36]馬送新婦至。奩妝[37]豐盛，設室中幾滿。新婦見姑嫜[38]，溫麗異常。主人大喜。胡生與一弟來送女，談吐俱風雅，又善飲。天明乃去。新婦且能預知年歲豐凶，故謀生之計，皆取則焉。胡生兄弟，以及胡媼[39]，時來望女，人人皆見之。

1 直隸：河北省。
2 延：招聘、邀請。
3 踵門：登門，親至其門。
4 納贄：此指贈送贄敬。贄敬，是學生拜見或聘請老師時，所送上的金錢財物。贄，讀作「至」，見面禮，此指酬勞或贈送的物品。
館：留他住宿。
5 淹洽非下士：學問淵博，非一般普通的讀書人。
6 扃：讀作「窘」的一聲，當名詞用，指門閂；當動詞用，即鎖門，拴上門外面的門閂。
7 款叩：敲門聲。
8 假：請假。
9 縶黑衛於門：將黑驢栓綁在門口。縶，讀作「直」，綑綁。
10 逆：迎接。
11 作冰：作媒。
12 息女：親生的女兒。
13 愛：通「嬡」字，稱呼他人女兒為令嬡。
14 慙：讀作「殘」，同今「慚」字，是慚的異體字。
15 遽：就、遂。
16 亟：劇烈、急切。
17 批耳：耳朵尖峭直立。
18 蹶：讀作「絕」，仆倒、跌倒。
19 嚶嚶：讀作「邀邀」，擬聲詞，蟲子鳴叫聲。
20 火屋：放火燒屋。
21 靡：吃敗仗。
22 踣：讀作「柏」，跌倒。
23 芻靈：古時殉葬時所用，以草紮成的人或馬。
24 臋：同今「臀」字，是臀的異體字。
25 闘：同今「鬥」字，是鬥的異體字。
26 蒿：此處指野草。蒿，一種草本植物。

27 門牆：門與牆，引申為師門。
28 坦腹牀下：當女婿。
29 箕帚：做家務。此指出嫁。
30 酬酢：飲宴中，賓主互相敬酒。
31 郤：讀作「戲」，仇怨之意，通「隙」字。
32 羅酒漿：張羅酒菜。
33 徧：同今「遍」字，是遍的異體字。
34 奠雁：指迎娶。
35 溫涼：此處指賓主寒暄。
36 輿：車子、車輛。
37 匳妝：女子的嫁妝。匳，讀作「連」，女子陪嫁物品；同今「奩」字，是奩的異體字。
38 姑嫜：古代稱丈夫的父母，即公婆。
39 媪：讀作「棉襖」的襖，指老婦人。同今「媼」字，是媼的異體字。

◆**但明倫評點**：非吾族類，何足婚姻，此議自正。第既不以女妻之，而又婦其妹，未免欺狐，未免不恕耳。

非我族類，如何能談婚論嫁？此說法頗對。既然不將女兒嫁給他，卻又娶胡公子的小妹為兒媳婦，此言未免欺狐，未免難以寬恕。

河北有個大戶人家欲聘請教書先生，忽有位秀才上門毛遂自薦，主人請他入內。秀才談起話來十分爽朗，兩人視彼此為知己。秀才說自己姓胡，主人聘了他當老師，並留他住下。胡公子教書認真，學識淵博，非一般普通讀書人。他常出外遊玩至半夜才歸，但門戶全都鎖上，也沒聽到敲門聲，他卻已進到屋子裡。家人都很驚訝，認為牠是狐仙。主人察覺胡公子沒有惡意，對牠極為禮遇，不因其為異類而無禮。

胡公子知道主人有個女兒，便向他求親，屢次表態，主人都佯作不知。某天，胡公子請假外出。第二天，有位客人來訪，將一頭黑驢繫在門外。主人迎進屋裡來。訪客年約五十多歲，衣衫鞋子無不光鮮亮麗，神態頗為穩重高雅。坐定後表達來意，才知是為胡公子作媒。主人默然不語，過了許久才說：「我與胡先生相交莫逆，何必一定要結為姻親？況且我的親生女兒已許配給他人。煩請代我回絕先生。」客人說：「我確知令嫒尚未訂親，何必拒人於千里？」他再三遊說，主人都不答應。客人覺得臉上無光，說：「胡家也是世家大族，哪一點比不上先生？」主人便實言相告：「我實在沒別的意思，只因胡公子不是同類。」客人聽了頗為惱怒，主人也生氣，兩人越吵越激動。客人起身，動手抓住主人，主人命家僕拿棍棒趕人，客人於是逃之夭夭。驢子被留了下來，一看，毛是黑的，尖耳長尾，體型高大。要牽也牽不動，一趕牠則順勢倒地，變成一隻嘤嘤鳴叫的草蟲。主人知道自己口出惡言，對方定將前來報仇，便命家人戒備。

次日，果有一群狐兵來到：有騎兵、有步兵；有的手持戟，有的拿弓箭；馬嘶鳴，人鼎沸，來勢洶洶。主人躲在家裡不敢出來。狐兵揚言放火燒屋，主人更加害怕。有個健壯的家僕率眾人一同吶喊殺出，投石射箭，兩相衝擊，雙方各有損傷。狐兵漸漸衰敗，紛紛逃走。牠們的武器遺留在地，閃亮如霜雪；走近撿起一瞧，居然是高粱葉所變成。眾人便笑：「也就這點程度的法術罷了。」主人怕牠們又來，於是更加戒備。第二天，正當大夥聚在一塊兒說話時，忽有一巨人從天而降：身高一丈多，腰圍數尺，揮舞著像門那麼大的刀，見人就砍。眾人拿石頭一片亂扔，巨人倒地而死，原來只是個草紮的陪葬人偶。大家又更不把狐兵放在眼裡了。接連三天，狐兵沒來，眾人戒備逐漸鬆懈。主人去上廁所，突然見到狐兵拉弓射箭而來，朝自己亂射一氣，屁股上滿滿都是箭。他害怕極了，急忙呼喊家僕來打鬥，狐兵這才離去。拔出箭一看，都只是些雜草梗子。如此一個多月下來，狐兵來去無常，雖未對人造成什麼傷害，但日日戒備，主人叫苦連天。

有天，胡公子率眾前來。主人步出，胡公子遠遠望見，躲在狐兵之中；主人呼喊，牠不得已才出來。主人說：「我自認沒有怠慢先生之處，何故兵戎相向？」眾狐兵挽弓欲射，胡公子加以制止。主人走近，握著牠的手，邀牠進入書齋故居，備酒款待，平心靜氣的說：「先生是通達事理之人，當能見諒。以我們如此深厚的交情，怎會不願結爲姻親？但先生的馬車、房屋都與人不同，若將女兒嫁給你，定有許多不便，你心裡也清楚。況且，俗語說：『強摘的瓜果不甜。』先生又何必強摘？」胡公子聽了這番話頗爲慚愧。主人說：「無妨，我們的交情仍在。如不嫌棄，小犬年方十五歲，願做你的東床快婿，不知你們家是否有合適女子可嫁？」胡公子高興的說：「我有個小妹，比公子小一歲，長得還不錯。就讓牠嫁給令郎，如何？」主人起身拜謝，胡公子也答禮，賓主把酒甚歡，前嫌盡釋。主人命人準備酒菜賞賜那些狐兵，大家都很高興。主人詳細詢問胡公子的家鄉，準備派人前往迎娶，胡公子卻加以辭謝。喝到很晚，牠才醉醺醺的離開。從此家中一片安寧。

一年多後，胡公子還是沒來。有人懷疑牠爽約，主人卻堅持等待。又過了半年，胡公子忽然來到。兩人先寒暄一陣，胡公子接著才說：「小妹已到婚嫁年齡。請訂個良辰吉日，我差人送牠前來侍奉公婆。」主人很高興的訂下日子，胡公子告辭離去。婚期當晚，果有車馬將新娘送達。嫁妝十分豐盛，幾乎塞滿了屋子。新娘拜見公婆，極為溫婉賢淑，主人大為歡喜。胡公子與一個弟弟同行護送小妹出嫁，兩人皆談吐風雅，又善飲酒，直到天亮才離去。這位狐狸新娘能預知年歲吉凶，於是家中生計全聽牠安排。胡氏兄弟及胡老夫人，時常前來探望女兒，人人都見過牠們。

戲術

有桶戲①者，桶可容升；無底，中空，亦如俗戲②。戲人以二席置街上，持一升入桶中；旋出，即有白米滿升，傾注席上；又取又傾，頃刻兩席皆滿。然後一一量入，畢而舉之，猶空桶。奇在多也。

利津③李見田，在顏鎮④閒遊陶場，欲市⑤巨甕，與陶人爭直⑥，不成而去。至夜，窖⑦中未出者六十餘甕，啟視一空。陶人大驚，疑李，踵門⑧求之。李謝不知。固哀之，乃曰：「我代汝出窖，一甕不損，在魁星樓⑨下非與？」如言往視，果一一俱在。樓在鎮之南山⑩，去場三里餘。傭工運之，三日乃盡。

1 桶戲：以木桶變魔術。
2 俗戲：一般的民間魔術。
3 利津：今山東省利津縣。
4 顏鎮：顏神鎮，今山東省淄博市博山區。
5 市：買。
6 爭直：殺價，討價還價。直，通「值」字，金錢、價格。
7 窖：同今「窯」字，是窯的異體字。
8 踵門：登門，親至其門。
9 魁星樓：供奉奎星的廟宇。魁星，古代傳說中掌文運的神，本作「奎星」，這裡是俗稱。
10 南山：顏神鎮南方有南博山，即此處所指南山。

有個人用木桶變魔術，木桶容量約一升，桶子中空，沒有底部，和一般戲法沒兩樣。變魔術的人把兩張蓆子鋪在地上，在桶中放入一個量杯，隨即拿出，量杯裝滿了白米，他將白米撒在蓆子上；如此重複著動作，取了又倒，倒了又取，沒多久，兩張蓆子已滿滿都是白米。接著，他又將席子上的白米一杯杯倒進桶子，倒完後舉起來給大家看，桶子仍是空的。奇特的是，他竟能憑空變出這麼多米來。

李見田是山東利津人，跑到省境內顏鎮的陶瓷廠閒逛，欲買大甕，與陶坊老闆討價還價，買賣不成，離去。到了晚上，窯中理應有六十多個未取出的甕，老闆打開窯一看，裡面竟空空如也。他大吃一驚，疑是李見田所為，便登門要求歸還。李見田答稱不知此事，在老闆苦苦哀求下，才說：「我不過是替你取出來罷了，一個甕都沒損壞，在魁星樓下的那些，不就是嗎？」老闆依言前往探看，果然所有的甕都在那兒。魁星樓位在顏鎮的南博山，距窯場三里之遠。老闆僱用工人搬運，花了三天才搬回所有的甕。

丐僧

濟南一僧，不知何許人。赤足衣百衲[1]，日於芙蓉、明湖諸館[2]，誦經抄募[3]。與以酒食、錢、粟，皆弗受；叩所需，又不答。終日未嘗見其餐飯。或勸之曰：「師既不茹葷酒，當募山村僻巷中，何日日往來於膻鬧[4]之場？」僧合眸諷誦，睫毛長指許，若不聞。少選[5]，又語之。僧遽[6]張目厲聲曰：「要如此化！❶」又誦不已。

久之，自出而去。或從其後，固詰[7]其必如此化之故，走不應。叩之數四，又厲聲曰：「非汝所知！老僧要如此化！❷」積數日，忽出南城，臥道側，如僵，三日不動。居民恐其餓死，貽累近郭[8]，因集勸他徙。欲飯，飯之；欲錢，錢之。僧瞑然不應。羣搖而語之。僧怒，於衲中出短刀，自剖其腹；以手入內，理腸於道，而氣隨絕。眾駭，告郡，槀[9]葬之。異日為犬所穴，席見[10]。踏之似空；發視之，席封如故，猶空繭然。

1 衣百衲：百衲衣，此指僧衣。
2 芙蓉、明湖諸館：芙蓉街、大明湖，兩地位置鄰近，在濟南舊城西北角，是當時繁華熱鬧、名勝風景秀麗之地，多設有茶樓酒館。
3 抄募：零散的募化財物。指僧人化緣。
4 膻鬧：汙穢喧鬧。
5 少選：不多時、沒過多久。
6 遽：就、遂。
7 詰：問。
8 近郭：古代的城鎮築有兩道城牆，第一道城牆是內城，稱作城。第二道城牆是外城，稱為「郭」。近郭，是指靠近外城處。
9 槀：乾枯的草。同今「槁」字，是槁的異體字。
10 見：露出，通「現」字。

❶ **但明倫評點**：要如此化，即非如此化，是名如此化。
和尚說要如此化緣的意思，非指一般意義的化緣，此名為「如此化」。

❷ **但明倫評點**：又曰要如此化者，即非如此化，而凡夫之人，以為必要如此化。
和尚又說要如此化緣，其意不在化緣，但一般凡夫卻以為和尚所說的就是化緣。

編撰者按：此兩則評點，頗有「見山是山，見山不是山，見山還是山」的意境。意指一般凡夫見到老和尚到茶館酒肆熱鬧場所化緣，卻又不接受葷酒錢財，於是覺得奇怪，認為他應該去窮鄉僻壤化緣才是；殊不知，老和尚化緣只是表象，屬於修行的一種，而不在能否真募得食物或錢財。一般凡夫不解老和尚這麼做的深意，而對他的行為感到奇怪不解。

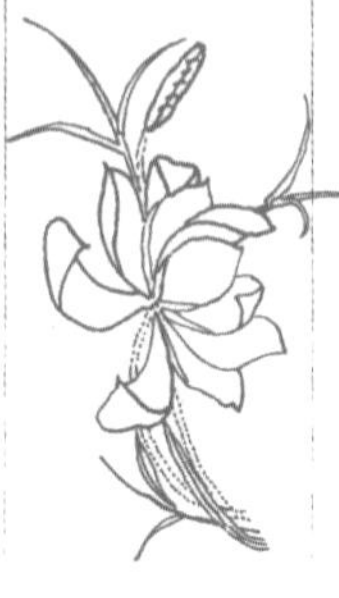

山東濟南有個不知何許人也的和尚，打赤腳，穿百衲衣，每天在芙蓉街、大明湖一帶酒樓茶館誦經化緣。人家給他酒菜、錢糧都不肯接受，問他需要什麼，又不回答；一整天下來，沒見他吃過飯。有人勸他：「大師既然不沾葷酒，應當去偏遠山村化緣，為何每天都來此喧鬧汙穢之所呢？」和尚闔眼誦經，睫毛纖長如手指，彷若沒聽見似的。不一會兒，那人又說話了，和尚睜開眼厲聲道：「我就是要這樣化緣！」然後又繼續誦經。過了很久，他走了出去，有人跟在背後，堅持要問明他為何這麼做。和尚自顧自的行走，不予理會。那人纏著他問了四遍，和尚又厲聲道：「你知道什麼！老僧就是要這樣化緣！」

過了幾天，忽走出南城，躺臥路邊，一連三日動也不動。居民怕他餓死，會連累外城一帶，勸他到別處；若要飯，就給他飯，要錢，就給錢。和尚閉著眼，理都不理。眾人一直搖他、推他，想跟他說話，結果惹怒了他。和尚從僧袍裡抽出短刀，剖開自己肚子，伸手進去，掏出腸子放在路上，然後就斷氣了。眾人皆駭，到府衙報官，草草埋葬了他。有天，和尚之墳被狗挖開，露出包裹屍身的蓆子，踩起來好像空空的；打開一看，草蓆完好如故，如同空繭，屍體卻已不見蹤影。

伏狐

太史1某，為狐所魅2，病瘠。符禳3既窮，乃乞假歸，冀可逃避。太史行，而狐從之。大懼，無所為謀。一日，止於涿4門外，有鈴醫5，自言能伏狐。太史延6之入。投以藥，則房中術7也。促令服訖8，入與狐交9，銳不可當。狐辟易，哀而求罷；不聽，進益勇。狐展轉營脫，苦不得去。移時無聲，視之，現狐形而斃矣。

昔余鄉某生者，素有嫪毒之目10，自言生平未得一快意。夜宿孤館，四無鄰。忽有奔女，扉未啟而已入；心知其狐，亦欣然樂就狎11之。衿襦甫解，貫革直入。狐驚痛，啼聲吱然，如鷹脫韝12，穿窗而出。某猶望窗外作狎暱聲，哀喚之，冀其復回，而已寂然矣。此真討狐之猛將也！宜榜門驅狐，可以為業。◆

1 太史：古代官名。原指編修史書記載史實，兼職掌天文曆法。明清兩代，將天文曆法歸欽天監掌管，修史之職則歸翰林院，故俗稱翰林為「太史」。
2 魅：通「媚」字，迷惑、蠱惑。
3 符：道教的符籙。道家用來驅使鬼神或治病的一種神秘文字。禳：讀作「攘」，祭祀鬼神、祈求去除疾病災禍。
4 涿：讀作「卓」，今河北省涿州市。
5 鈴醫：到處搖鈴行醫的江湖郎中。
6 延：招聘、邀請。
7 房中術：道教的一種方術，透過男女性交，進而達到養生、節慾功效。此處指春藥。
8 訖：讀作「氣」，完畢、終了。
9 交：交配、男女交合。
10 嫪毒之目：嫪毒之名。嫪毒，讀作「烙矮」，戰國時期秦國人，呂不韋的舍人。嫪毒陽具壯碩，假冒宦官身分入宮，與太后私通，始皇九年被誅，並夷三族。目：名號。
11 狎：讀作「霞」，親近。
12 韝：讀作「溝」，指獵人調教獵鷹時，戴著的皮製護臂套。

◆**何守奇評點**：以房術伏狐，至移時而斃，物猶如此，人何以堪！

以房中術降狐，沒過多久狐仙就死，狐仙尚且如此，人又如何能夠承受！

有個太史官員被狐仙所惑，病入膏肓，骨瘦如柴。找道士驅邪一點用也沒有，只好告假返鄉，希望藉此逃避狐仙糾纏。可是，太史走到哪兒，狐仙就跟到哪兒，他很害怕，卻無計可施。有天，來到河北涿州一間旅店投宿，忽聞門外有搖鈴行醫的郎中，說有辦法降伏狐仙。太史請他入內。那郎中給了太史一些壯陽的春藥，說是道教的房中秘術；並催促太史服下，入內室與狐仙交歡，勢不可擋。狐仙想逃，哀求他停下；太史不聽，反而越發勇猛。狐仙扭轉著身體，想逃卻毫無辦法。過了一會兒，狐仙不再出聲，太史一看，牠已現出狐狸原形而死。

從前，本縣有位書生素有嫪毐之名，陽具十分壯碩，自言生平未曾有過痛快性交經驗。某晚，他住在一間空屋，四周都沒有鄰居，忽有一名女子前來幽會，門還沒開，就已進到屋裡；書生知道牠是狐仙，也欣然與之親熱。才剛寬衣解帶，書生便挺腰進入，狐女痛得吱吱叫，翻過窗子逃跑了，有如老鷹擺脫獵人的臂套那樣。書生望向窗外，發出歡愛的聲音，苦苦叫喚，希望牠能回來，但外面已寂然無聲。這可眞是一員征討狐仙的猛將啊！應該在門前張貼驅狐告示，以此爲業。

蟄龍

於陵曲銀臺[1]公，讀書樓上。值陰雨晦冥，見一小物，有光如螢，蠕蠕而行。過處，則黑如蚰迹[2]。漸盤卷上，卷亦焦。意為龍，乃捧卷送之。至門外，持立良久，蠖[3]曲不少動。公曰：「將無謂我不恭？」執卷返，乃置案上，冠帶[4]長揖送之。

方至簷下，但見昂首乍伸，離卷橫飛，其聲嗤然，光一道如縷；數步外，回首向公，則頭大於甕，身數十圍矣；又一折反，霹靂震驚，騰霄而去。回視所行處，蓋曲曲自書笥[5]中出焉。◆

1 於陵：古地名，今山東省鄒平縣西南；於，讀作「屋」。曲銀臺：指曲遷喬，號帶溪，明神宗萬曆五年（西元一五七七年）進士，官至通政使司通政使，著有《光裕堂文集》。銀臺，此指通政使；宋代設有銀臺司，掌受天下狀奏案牘，因司署在銀臺門內故名；明、清設置通政司，職掌相當，故也被稱為「銀臺」。

2 蚰：即蚰蜒，讀作「由延」，一種昆蟲，節肢動物，與蜈蚣同類，長約一二寸，黃黑色，腳細長，共十五對，以捕捉害蟲為食，有益農事。迹：蹤跡、行跡、痕跡；同今「跡」字，是跡的異體字。

3 蠖：讀作「或」，蟲名，即尺蠖；行走時前後交互屈伸其體，如尺量物，故名尺蠖。

4 帶：此指穿著官服，當動詞用。

5 笥：讀作「四」，指以竹子編成，用來放衣物或食物的方形箱子。

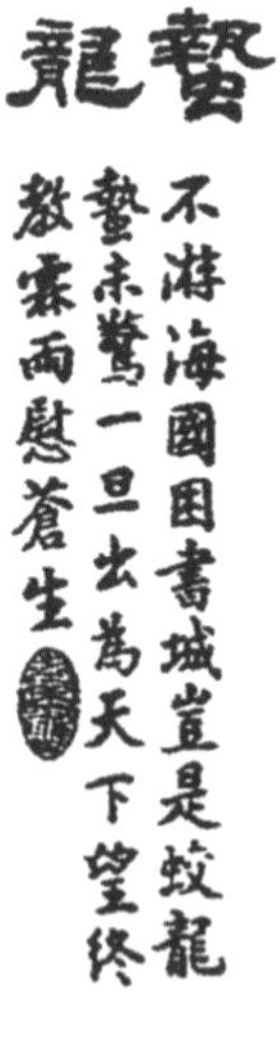

◆**但明倫評點**：公誠恭敬有禮，龍亦從容有度。

曲大人對待龍恭敬有禮，龍離去時也從容不迫。

山東於陵有位通政使曲大人，在樓上讀書時，曾逢下雨，光線陰暗，見一發出螢火蟲般亮光、緩緩爬行的小東西；其走過之處，皆留下蚰蜒那樣的痕跡。牠漸漸爬上書卷，書卷也有了焦黑痕跡。曲大人猜想，這應該是龍，便捧起書卷欲恭送牠。來到門外，捧著書卷站了許久，牠卻如尺蠖般蜷曲著不動。曲大人說：「難不成，是覺得我不夠恭敬嗎？」於是又捧著書卷回去，放在桌上，身著官服，朝書卷深深一拜，送牠離去。

再度來到屋簷下，只見牠抬著頭，突然伸直身軀，離開書卷平飛而去，發出嗤嗤響聲，僅餘一道絲線般的光芒；飛到幾步之外，回望曲大人，只見牠的頭像個甕那麼大，身體有數十圍那麼粗；接著又轉身，一聲霹靂驚響，即騰空飛去。曲大人回房檢視牠所爬過之處，原來是從書箱爬出來的。

蘇仙

高公明圖知郴州[1]時，有民女蘇氏，浣[2]衣於河。河中有巨石，女踞[3]其上。有苔一縷，綠滑可愛，浮水漾動，繞石三匝[4]。女視之心動。既歸而娠[5]，腹漸大。母私詰[6]之，女以情告。母不能解。數月，竟舉一子。欲寘[7]隘巷，女不忍也，藏諸櫝[8]而養之。遂矢志不嫁，以明其不二也。然不夫而孕，終以為羞。

兒至七歲，未嘗出以見人。兒忽謂母曰：「兒漸長，幽禁何可長也？去之，不為母累。」問所之。曰：「我非人種，行將騰霄昂壑[9]耳。」女泣詢歸期。答曰：「待母屬纊[10]，兒始來。去後，倘有所需，可啟藏兒櫝索之，必能如願。」言已，拜母竟去。出而望之，已杳[11]矣。女告母，母大奇之。女堅守舊志，與母相依，而家益落。偶缺晨炊，仰屋無計。忽憶兒言，往啟櫝，果得米，賴以舉火。自是有求輒應。逾三年，母病卒；一切葬具，皆取給於櫝。既葬，女獨居三十年，未嘗窺戶◆。

一日，鄰婦乞火[12]者，見其兀坐空閨，語移時始去。居無何，忽見彩雲繞女舍，亭亭如蓋，中有一人盛服立，審視，則蘇女也。迴翔久之，漸高不見。鄰人共疑之。窺諸其室，見女靚妝凝坐[13]，氣則已絕。眾以其無歸，議為殯[14]殮。忽一少年入，丰姿俊偉，向眾申謝。鄰人向亦竊知女有子，故不之疑。少年出金葬母，植二桃於墓，乃別而去。數步之外，足下生雲，不可復見。後桃結實甘芳，居人謂之「蘇仙桃樹」，年年華茂[15]，更不衰朽。官是地者，每攜實以餽親友。

1 郴州：今湖南省郴州市；郴，讀作「陳」的一聲。
2 浣：洗。
3 踞：蹲。
4 三匝：三圈；匝，讀作「紮」。曹操〈短歌行〉曾云：「繞樹三匝，何枝可依？」（繞樹飛三圈，哪根樹枝可供棲息？）
5 娠：讀作「身」，懷孕。
6 詰：問。
7 寘：讀作「至」，丟棄。
8 櫝：讀作「獨」，木盒子。

9 騰霄昂壑：原作「聳壑昂霄」。矗立山谷之中，聳入雲霄之際。此指飛升成仙。
10 屬纊：讀作「主曠」，古代在人臨死前，將棉絮置其口鼻附近，以觀察氣息有無。此指人臨死之際。
11 杳：讀作「咬」，不見蹤跡之意。
12 火：此指火種。
13 靚妝凝坐：盛裝靜坐。靚妝，華美的妝飾。凝坐，靜坐不動。
14 殯：讀作「鬢」，埋葬、掩埋。
15 華茂：開花茂盛。華，古「花」字，乃象形文，小篆象徵花之形狀。

◆**馮鎮巒評點**：女必有所依，否則志即堅定，煢煢一身，何以能之三十年也？

蘇女必有依靠，否則就算她心志再堅定，孑然一身，如何能支撐三十年？

高明圖大人擔任湖南郴州知府期間，遇上一件奇事。有位蘇姓民女，在河邊洗衣，她蹲在河中一塊大石上；只見一縷綠滑可愛的青苔，浮在水面隨波蕩漾，繞著石頭轉了三圈。蘇女爲之心蕩神馳，回家後便懷孕，肚子一天天變大。母親私下相詢，蘇女便告知事情原委。母親聽了覺得奇怪，也不明白是怎麼回事。數月後，蘇女竟生了一個兒子，本想丟棄在小巷，於心不忍，只好把他藏在木盒中撫養，並立志不嫁，以表貞節。然未婚懷孕，終究是羞恥之事。

兒子長到七歲，還沒出門見過任何人。有天，兒子忽然對母親說：「我已漸漸長大，如何能長期幽禁我？我當離去，不連累母親。」蘇女問他要去哪裡，兒子說：「我非人類的孩子，將要飛升成仙。」蘇女哭著問他何時回來，兒子答：「待母親臨終之時就會回來。我離開後，母親若有任何需要，可打開藏我的木盒，必能得償所願。」說完，向母親跪拜後即離去。蘇女走出門探望，兒子已不見蹤影。她將此事告訴母親，母親大感奇異。蘇女就這麼堅守著貞節不嫁，與母親相依爲命，然家道日漸衰落。有時無米煮早飯，望著屋頂無計可施。忽想起兒子所說，便打開木盒，盒中果然有米，便賴以開伙煮飯。從此有求必應。過了三年，母親病逝，所有喪葬用具都是從木盒拿出來的。葬母之後，蘇女獨居了三十年，未曾踏出家門一步。

有天，鄰家婦人來借火種，見她獨坐空閨，和她聊了幾句才走。過沒幾天，忽見彩雲環繞蘇女房舍，如華蓋般籠罩，有個人身著盛裝站立其中，仔細一瞧，竟是蘇女。蘇女在空中徘徊飛翔了很久，越飛越高，逐漸消失。鄰居都覺得很奇怪，便跑去偷看她的房間，只見她盛裝打扮，靜坐不動，已然斷氣。眾人覺得她沒有夫家，商量著要爲她下葬。忽有一少年進門，儀表堂堂，俊朗不凡，向大家道謝。鄰居一向知道蘇女有子，所以並不懷疑。少年出錢埋葬母親，在墓旁種了兩棵桃樹，這才辭別離去。走出幾步，腳下生雲朵，一下子便失去蹤影。後來，桃樹結果，味道芳香甜美，當地人稱之「蘇仙桃樹」，年年開花茂盛，永不枯朽。在當地做官的人，都會攜桃子以贈親友。

李伯言

李生伯言，沂水[1]人。抗直有肝膽[2]。忽暴病，家人進藥，卻之曰：「吾病非藥餌可療。陰司閻羅缺，欲吾暫攝其篆[3]耳。死勿埋我，宜待之。」是日果死。騶從[4]導去，入一宮殿，進冕服[5]；隸胥祗候[6]甚肅。案上簿書叢沓[7]。

一宗，江南某，稽[8]生平所私良家女八十二人。鞫[9]之，佐證不誣。按冥律，宜炮烙[10]。堂下有銅柱，高八九尺，圍可一抱；空其中而熾炭焉，表裏通赤。羣鬼以鐵蒺藜撻[11]驅使登，手移足盤而上。甫至頂，則煙氣飛騰，崩然一響如爆竹，人乃墮；團伏移時，始復蘇。又撻之，爆墮如前。三墮，則匝[12]地如煙而散，不復能成形矣。

又一起，為同邑[13]王某，被婢父訟盜占生女。王即生姻家。先是一人賣婢，王知其所來非道，而利[14]其直廉，遂購之。至是王暴卒。越日，其友周遇於途，知為鬼，奔避齋中。王亦從入，周懼而祝，問所欲為。王曰：「煩作見證於冥司耳。」驚問：「何事？」曰：「余婢實價購之，今被誤控。此事君親見之，惟借季路一言[15]，無他說也。」周固拒之。王出曰：「恐不由君耳。」未幾，周果死，同赴閻羅質審。

李見王，隱存左袒[16]意。忽見殿上火生，燄燒梁棟。李大駭，側足立。吏急進曰：「陰曹不與人世等，一念之私不可容◆。急消他念，則火自熄。」李斂神寂慮，火頓滅。已而鞫狀，王與婢父反復相苦[17]。問周，周以實對。王以故犯論笞[18]。笞訖[19]，遣人俱送回生。周與王皆三日而甦。李視事畢，輿馬而返。中

途見闕[20]頭斷足者數百輩，伏地哀鳴。停車研詰[21]，則異鄉之鬼，思踐故土，恐關隘阻隔，乞求路引[22]。李曰：「余攝任三日，已解任矣，何能為力？」眾曰：「南村胡生，將建道場[23]，代囑可致。」李諾之。至家，騶從都去，李乃甦。

胡生字水心，與李善，聞李再生，便詣探省。李遽問：「清醮[24]何時？」胡訝曰：「兵燹[25]之後，妻孥[26]瓦全，向與室人作此願心，未向一人道也。何知之？」李具以告。胡歎曰：「閨房一語，遂播幽冥，可懼哉！」乃敬諾而去。

次日，如王所，王猶憊[27]臥。見李，肅然起敬，申謝佑庇。李曰：「法律不能寬假。今幸無恙乎？」王云：「已無他症，但笞瘡膿潰耳。」又二十餘日始痊；髀[28]肉腐落，瘢痕如杖者。

異史氏曰：「陰司之刑，慘於陽世；責亦苛於陽世。然關說[29]不行，則受殘酷者不怨也。誰謂夜臺[30]無天日哉？第恨無火燒臨民之堂廨[31]耳！」◆

1 沂水：今山東省沂水縣。沂，讀作「怡」。
2 抗直有肝膽：為人剛正嚴明，有豪情壯志。
3 攝篆：代理職務。篆，讀作「賺」，借代官印之意。
4 騶從：讀作「謅粽」，古代達官顯貴外出時，前後騎馬隨行的隨從。
5 冕服：官服。
6 隸胥：官差。祇候：恭敬的伺候；祇，讀作「旗」。
7 叢沓：眾多紛亂的樣子。
8 稽：查核、稽查。
9 鞫：讀作「局」，審問、審判。
10 炮烙：讀作「袍絡」，古代的一種酷刑，以燒紅的鐵器或鐵柱灼燙身體。
11 鐵蒺藜：古代一種軍用禦敵工具。以尖銳的三角形鐵片聯綴成串，形若草本植物蒺藜，通常布置於道路上或淺水中，用以阻止敵人入侵。撻：讀作「踏」，以鞭子抽打。
12 匝：讀作「紮」，環繞一圈。
13 邑：此處指縣市。
14 利：貪圖。
15 借季路一言：求可作證的誠信之人幫忙說話。季路，即子路，孔子的學生，性好勇、事親孝，有政治才能，出仕衛國，死於孔悝之難。子路說話誠信，聞名於天下。
16 左袒：本為古代喪禮中脫下左袖，露出左臂的禮儀。後指幫助、護短某人。
17 相苦：彼此爭吵，相爭譴責對方過錯。
18 笞：讀作「癡」，鞭打。
19 訖：讀作「氣」，完畢、終了。
20 闕：通「缺」字，缺少之意。
21 詰：問。
22 路引：官府所發的路條、通行證。
23 道場：本為佛陀成道之處，此指僧侶誦經超度的道壇。
24 清醮：道士、和尚設壇祈福做法事。醮，讀作「轎」。
25 兵燹：戰亂、兵禍。燹，讀作「顯」。
26 妻孥：妻子和兒女。孥，讀作「奴」。
27 憊：原指疲憊，此指身體虛弱。
28 臋：同今「臀」字，是臀的異體字。
29 關說：由人代為請託遊說，即現今所謂走後門之意。
30 夜臺：墳墓。因埋葬於墳墓底下，不見光明，故稱「夜臺」，此指陰間。唐代詩人崔珏〈哭李商隱〉詩其二：「九泉莫嘆三光隔，又送文星入夜臺。」
31 臨民：也作「臨人」，治理百姓，此指臨民之人，即地方官。廨：讀作「謝」，古時官吏辦公處。

◆**但明倫評點**：如此言，則人世只是私念充塞爾。

這麼說來，人世間的公堂無不充斥著徇私護短的念頭。

李伯言是山東沂水人，為人公正嚴明，懷有豪情壯志。有天，忽身染重病，家人拿藥讓他服用，他推卻道：「我的病非藥石可醫。陰間有閻羅職缺，要我暫代其職。我死後莫將屍體下葬，靜靜等候即可。」那天，他果然死了，之後便有隨從引路。李伯言進入一座宮殿，換上閻羅官服，官差皆恭敬侍候，神情嚴肅；公文全都散亂桌上。

有宗案子與江南某人有關，此人生前姦汙了八十二名良家婦女。李伯言審訊，罪證齊全。依照陰間律法，應處以炮烙之刑。大殿下有根銅柱，高達八九尺，有雙手合抱這麼粗；銅柱中空，用來燒炭，裡外皆燒得通紅。眾鬼差用鐵蒺藜鞭打之，驅之爬上銅柱，它只得伸手上攀，雙足盤繞著爬了上去。到了頂端，煙氣竄騰，發出一聲爆竹般轟然巨響，於是它往下跌落，在地上蜷縮成一團，過了好一陣才甦醒。眾鬼差又繼續鞭打，它爬到頂端後，柱子又發出轟然巨響，使其跌落。等到第三次掉落在地，它便如輕煙般環繞消散，無法恢復人形。

又有一宗案子，與李伯言同鄉的王某有關。王某是李伯言的一位姻親，被婢女的父親控訴強占罪。最初，有個人到王家賣婢女，王某明知這名婢女非透過正當管道得來，仍貪圖便宜買下。待此案開審，王某突然暴斃。翌日，周生在路上遇到友人王某，知其是鬼，跑到書齋躲避，王某也跟著進入。周生害怕的祝禱，問王某要做什麼，它答：「煩請你去一趟陰司替我作證。」周生驚訝的問：「發生了何事？」王某說：「我的婢女確實是我買來的，現在被人誤控，說我拐帶民女。此事你也親眼所見，想請你替我說句公道話，僅此而已。」周生拒絕，王某走了出去，說：「此事恐由不得你。」不久，周生果然死了，兩人一同赴閻羅接受審問。

李伯言見到王某，心存偏袒之意。忽見殿上生起一道火焰，往上竄燒蔓延至梁柱。李伯言大為驚駭，敬畏的站在一旁不敢稍動。官吏急忙說：「陰間和陽間不同，不容許有半點私心。趕緊打消其他念頭，火自會熄滅。」李伯言收斂心神，火勢頓時消滅。接著開始審案，王某與婢女之父爭執不休。李伯言便問周生事情經過，周生據實以告。李伯言以明知故犯之名判王某鞭刑，鞭打完後，派人送它們回陽間。周生與王某過了三日才醒。李伯言見案子已審畢，便乘馬車返回陽間，途中見到數百個鬼，缺頭斷腳，伏地哀鳴。李伯言停車相詢，原來是異鄉的鬼，思念故鄉，卻怕關卡阻礙，無法歸返，只好向他乞求通行證。李伯言說：「我代任閻羅三天，現已卸任，如何能幫得上忙？」眾鬼說：「南村的胡生將設祭壇超度亡靈，煩請您和他說一聲就行了。」李伯言答允。到達家門後，隨從離去，李伯言即甦醒。

胡生字水心，與李伯言交好，一聽說他還了陽，便前往探訪。李伯言問：「你什麼時候要做法事超度亡靈？」胡生驚訝的說：「兵禍後，妻子得以保全，我和內人發此宏願，還未曾向人提起，你如何得知？」李伯言便將事情告訴他。胡生嘆道：「我和妻子在閨房中的對話，沒想到連陰間的人都能知道，眞是可怕啊！」他允諾後便離開了。

次日，李伯言造訪王某住處，他仍虛弱的躺在床上。見李伯言來，肅然而起，感謝其庇護。李伯言說：「陰司法律不容徇私。現在，你的傷應無大礙了吧？」王某說：「沒其他症狀，只是鞭打過的地方生膿潰爛罷了。」又過了二十天才痊癒；腐壞的臀肉脫落，留下棍杖般的疤痕。

記下奇聞異事的作者如是說：「陰司的刑罰比陽世殘酷，也比陽世嚴苛。徇私護短不可行，受酷刑的人也不埋怨，誰說陰間沒有天理呢？只恨沒有一把火將人間的官衙焚燒殆盡！」

黃九郎

何師參，字子蕭，齋於苕溪[1]之東。門臨曠野，薄暮偶出，見婦人跨驢來，少年從其後。婦約五十許，意致清越。轉視少年，年可十五六，丰[2]采過於姝麗。何生素有斷袖之癖[3]，睹之，神出於舍；翹足目送，影滅方歸。次日，早伺之。落日冥濛，少年始過。生曲意承迎，笑問所來。答以「外祖家」。生請過齋少憩，辭以不暇；固曳[4]之，乃入。略坐興辭，堅不可挽。生挽手送之，殷囑便道相過。少年唯唯而去。生由是凝思如渴，往來眺注，足無停趾。

一日，日啣半規[5]，少年欻[6]至。大喜，要[7]入，命館童[8]行酒。問其姓字，答曰：「黃姓，第九。童子無字[9]。」問：「過往何頻？」曰：「家慈在外祖家，常多病，故數省之。」酒數行[10]，欲辭去。生捉臂遮留[11]，下管鑰[12]。九郎無如何，赬顏[13]復坐。挑燈共語，溫若處子；而詞涉游戲[14]，便含羞，面向壁。未幾，引與同衾[15]。九郎不許，堅以睡惡[16]為辭。強之再三，乃解上下衣。著褲[17]臥牀上。生滅燭；少時，移與同枕，曲肘加髀而狎[18]抱之，苦求私暱[19]。九郎怒曰：「以君風雅士，故與流連[20]；乃此之為，是禽處而獸愛之[21]也！」未幾，晨星熒熒[22]，九郎逕去。生恐其遂絕，復伺之，蹀躞[23]凝盼，目穿北斗。

過數日，九郎始至，喜逆[24]謝過；強曳入齋。促坐笑語，竊幸其不念舊惡。無何，解屨登牀，又撫哀之。九郎曰：「纏綿之意，已鏤肺膈[25]，然親愛何必在此？」生甘言糾纏，但求一親玉肌。九郎從之。生俟[26]其睡寐，潛就輕薄。九郎醒，攬衣遽[27]起，乘夜遁去。生邑邑[28]若有所失，忘啜廢枕，日漸委悴。惟日使齋僮邏偵焉。

一日，九郎過門，即欲逕去。僮牽衣入之。見生清癯[29]，大駭，慰問。生實告以情，淚涔涔隨聲零落。九郎細語曰：「區區[30]之意，實以相愛無益於弟，而有害於兄，故不為也。君既樂之，僕何惜焉？」生大悅。九郎去後，疾頓減，數日平復。九郎果至，遂相繾綣[31]，曰：「今勉承君意，幸勿以此為常。」既而曰：「欲有所求，肯為力乎？」問之，答曰：「母患心痛，惟太醫齊野王先天丹可療。君與善，當能求之。」生諾之。臨去又囑。生入城求藥，及暮付之。九郎喜，上手稱謝。又強與合。九郎曰：「勿相糾纏；請為君圖一佳人，勝弟萬萬矣。」生問誰何。九郎曰：「有表妹，美無倫。倘能垂意，當執柯斧[32]。」生微笑不答。九郎懷藥便去。

三日乃來，復求藥，生恨其遲，詞多誚讓[33]。九郎曰：「本不忍禍君，故疏[34]之；既不蒙見諒，請勿悔焉。」由是燕會[35]無虛夕。凡三日必一乞藥。齊怪其頻，曰：「此藥未有過三服者，胡久不瘥[36]？」因裹三劑並授之。又顧生曰：「君神色黯然，病乎？」曰：「無。」脈之，驚曰：「君有鬼脈[37]，病在少陰[38]，不自慎者殆矣！」歸語九郎。九郎歎曰：「良醫也！我實狐，久恐不為君福。」生疑其誑[39]，藏其藥，不以盡予，慮其弗至也。居無何，果病。延齊診視，曰：「曩[40]不實言，今魂氣已遊墟莽[41]，秦緩[42]何能為力？」九郎日來省視，曰：「不聽吾言，果至於此！」生尋卒。九郎痛哭而去。

先是，邑[43]有某太史，少與生共筆硯[44]；十七歲擢翰林[45]。時秦藩[46]貪暴，而賂朝士，無有言者。公抗疏劾[47]其惡，以越俎免[48]。藩陞是省中丞[49]，日伺公隙。公少有英稱[50]，曾邀叛王青盼[51]，因購得舊所往來札[52]，脅公。公懼，自經[53]。夫人亦投繯[54]死。公越宿忽醒曰：「我何子蕭也。」詰[55]之，所言皆何家事，方悟其借軀返魂。留之不可，出奔舊舍。撫[56]疑其詐，必欲阱陷之，使人索千金於公。公偽諾而憂悶欲絕。忽通九郎至，喜共話言，悲歡交集。既欲復狎。九郎曰：「君有三命耶？」公曰：「余悔生勞，不如死逸。」因訴冤苦。九郎悠憂[57]以思。少間曰：「幸復生聚。君曠無偶[58]，前言表妹，慧麗多謀，必能分憂。」公欲一見顏色。曰：「不難。明日將取伴老母，此道所經。君偽為弟也兄者，我假渴而求飲焉。君曰『驢子亡[59]』，則諾也。」計已而別。

明日亭午[60]，九郎果從女郎經門外過。公拱手絮絮與語。略睨[61]女郎，娥眉秀曼，誠仙人也。九郎索茶，公請入飲。九郎曰：「三妹勿訝，此兄盟好，不妨少休止。」扶之而下，繫驢於門而入。公自起瀹茗[62]。因目九郎曰：「君前言不足以盡。今得死所矣！」女似悟其言之為己者，離榻起立，嚶喔[63]而言曰：「去休！」公外顧曰：「驢子其亡！」九郎火急馳出。公擁女求合[64]。女顏色紫變，窘若囚拘。大呼九兄，不應。曰：「君自有婦，何喪人廉恥也？◆」公自陳無室。女曰：「能矢河山，勿令秋扇見捐[65]，則惟命是聽。」公乃誓以皦日。女不復拒。事已，九郎至。女色然[66]怒讓之。九郎曰：「此何子蕭，昔之名士[67]，今之太史。與兄最善，其人可依。即聞諸妗氏[68]，當不相見罪。」日向晚，公要遮不聽去。女恐姑母駭怪。九郎銳身自任[69]，跨驢逕去。

居數日，有婦攜婢過，年四十許，神情意致，雅似三娘。公呼女出窺，果母也。瞥睹女，怪問：「何得在此？」女慚不能對。公邀入，拜而告之。母笑曰：「九郎稚氣，胡再不謀[70]？」女自入廚下，設食供母，食已乃去。公得麗偶，頗快心期[71]；而惡緒縈懷，恆蹙蹙[72]有憂色。女問之，公緬述顛末[73]。女笑曰：「此九兄一人可得解，君何憂？」公詰其故。女曰：「聞撫公溺聲歌而比頑童，此皆九兄所長也。投所好而獻之，怨可消，仇亦可復。」公慮九郎不肯。女曰：「但請哀之。」

越日，公見九郎來，肘行[74]而逆之。九郎驚曰：「兩世之交，但可自效，頂踵[75]所不敢惜。何忽作此態向人？」公具以謀告。九郎有難色。女曰：「妾失身於郎，誰實為之？脫令中途彫喪[76]，焉置妾也？」九郎不得已，諾之。公陰與謀，馳書與所善之王太史[77]，而致九郎焉。王會其意，大設[78]，招撫公飲。命九郎飾女郎，作天魔舞[79]，宛然美女。撫惑之，亟請於王，欲以重金購九郎，惟恐不得當。王故沉思以難之。遲之又久，始將公命以進。撫喜，前郤[80]頓釋。自得九郎，動息不相離；侍妾十餘，視同塵土。九郎飲食供具如王者；賜金萬計。半年，撫公病。九郎知其去冥路近也，遂輦[81]金帛，假歸公家。既而撫公薨[82]。九郎出貲[83]，起屋置器[84]，畜婢僕，母子及妗並家焉。九郎出，輿馬甚都[85]，人不知其狐也。

余有「笑判」[86]，並志之：男女居室[87]，為夫婦之大倫；燥溼[88]互通，乃陰陽之正竅[89]。迎風待月[90]，尚有蕩檢之譏；斷袖分桃[91]，難免掩鼻之醜。人必力士，鳥道乃敢生開[92]；洞非桃源，漁篙寧許悞入[93]？今某從下流而忘返，舍正路而不由。雲雨[94]未興，輒爾[95]上下其手；陰陽反背，居然表裏為奸[96]。華池[97]置無用之鄉，謬說老僧入定[98]；蠻洞乃不毛之地，遂使眇帥稱戈[99]。繫赤兔於轅門，如將射戟[100]；探大弓於國庫，直欲斬關[101]。或是監內黃鱣，訪知交於昨夜[102]；分明王家朱李，索鑽報於來生[103]。彼黑松林戎馬頓來[104]，固相安矣；設黃龍府潮水[105]忽至，何以禦之？宜斷其鑽刺之根[106]，兼塞其送迎之路[107]。

◆**但明倫評點**：此則名士故態，而太史公之品行喪盡矣。其自言曰：悔生勞不如死逸。余謂生玷不如死潔也。蓋果死，則斷袖之癖只名士當之；今不幸而生，乃並汙太史耳。

這名秀才活過來後故態復萌，太史大人一生的人品德行都被他毀壞得喪失殆盡。何師參甚至說：「後悔活著受苦受難，不如死後快活。」我說，與其活著玷汙名聲，不如死後保有廉潔名譽。若何師參果真死去，男同性戀的嗜好只有秀才自己擔當；現如今不幸還陽，還連帶玷汙了太史。

黃九郎
休說狐綏事未訪何
生色胆太猖狂要問
儘有分桃癖盡使相
逢黃九郎

1 齋：此處當動詞用，居住。苕溪：原為水名，又稱苕（讀作「條」）水，在浙江省吳興縣（今浙江省湖州市吳興區）境內共有兩源，分別流經浙江省天目山南北兩側，合流後入太湖。
2 丰：神態、風韻，通「風」字。
3 斷袖之癖：男同性戀。漢哀帝豢養男寵董賢，兩人同寢，董賢壓住了哀帝袖子，帝欲起身，不忍吵醒董賢，所以截斷自己袖子。後以「斷袖」比喻男同性戀。
4 曳：牽、拉。
5 日啣半規：太陽西下。
6 欻：讀作「乎」，忽然之意。同今「欻」字，是欻的異體字。
7 要：讀作「邀」，當動詞用，邀請。
8 館童：書房侍童。
9 童子無字：《禮記．檀弓》：「幼名冠字。」古代未成年的男孩只有名與乳名，成年後才有字，以供平輩稱呼應酬之用。這裡表示黃九郎尚未成年。
10 數行：數巡。遍敬在座賓客酒一巡，稱一行。
11 掉臂遮留：伸出手臂，阻攔其去路。
12 下管鑰：把門鎖上。
13 頳顏：紅著臉，害羞、不好意思而臉泛紅。頳，讀作「撐」，同今「赬」字，是赬的異體字。
14 詞涉游戲：以言詞挑逗。
15 衾：讀作「親」，被子。
16 睡惡：睡覺習慣欠佳。
17 袴：同今「褲」字，是褲的異體字。
18 髀：讀作「必」，大腿。狎：讀作「霞」，親近。
19 私暱：發生性行為，性交。
20 流連：此指交往、來往。
21 禽處而獸愛之：如禽獸一樣相處，指像禽獸一樣只想宣洩性慾。
22 熒熒：讀作「迎迎」，微弱光影閃動的樣子。
23 蹀躞：讀作「蝶謝」，小步行走的樣子。
24 逆：迎接。

25 鏤肺膈：銘記於心。鏤，讀作「漏」。
26 俟：讀作「四」，等待、等候。
27 遽：立刻、馬上。
28 邑邑：讀作「亦亦」，通「悒悒」，鬱鬱寡歡的樣子。
29 清癯：形軀消瘦。癯，讀作「渠」，清瘦、瘦弱之意；同今「臞」字，是臞的異體字。
30 區區：猶言在下，自謙之詞。
31 繾綣：讀作「淺犬」，此指男同性戀之間的情意纏綿。
32 執柯斧：也稱「作伐」、「執柯」，指幫人作媒。典出《詩經．豳風．伐柯》：「伐柯如何？匪斧不克；取妻如何？匪媒不得。」（一把好斧頭，需有一個相襯的斧柄；如同男子娶妻，需經迎娶程序才行，媒人則是此程序中的重要環節。意即，男子娶妻需有媒人作媒。）
33 誚讓：譴責、指責。誚，讀作「俏」。
34 踈：疏遠、疏離。同今「疏」字，是疏的異體字。
35 燕會：歡會，幽會。
36 瘥：讀作「釵」的四聲，病癒之意。
37 鬼脈：人被鬼魅所迷，脈象細若游絲，乃將死之兆。
38 少陰：此指「少陰病」，是中醫的病症名稱，症狀為腎虛，陽氣不足則脈微細，陰血不足，嗜睡。
39 誑：欺騙。
40 曩：讀作「囊」的三聲，以前、昔日之意。
41 魂氣已遊墟莽：人的精神和元氣已經散離，即將死亡。（編撰者按：這裡將魂氣解釋為精神和元氣，較符合中國醫理解釋。「精神」一詞是黃老道家的養生觀念，《史記．太史公自序》中，司馬談在〈論六家要旨〉對道家的闡述中提到：「道家使人精神專一，動合無形，贍足萬物。」這段文字想表達，「精神」是人養生的指標，精神要能專一，身心才能和諧，正如「道」能使天地萬物各歸各位，自生自長。而「元氣」則是中醫術語，是人體健康的指標，人體若元氣不足，各器官功能會下降，出現氣虛、腎虛等症狀。）
42 秦緩：春秋時期秦國的名醫，他曾奉命為晉景公治病，發現晉景公已病入膏肓，無法醫治。晉景公稱其「良醫」，餽贈厚禮。事見《左傳・成公十年》記載。

43 邑：此處指縣市。

44 共筆硯：在同一個學堂讀書的同窗好友。

45 擢翰林：選拔為翰林院庶吉士。明清兩代，將修史之職歸於翰林院掌管。

46 秦藩：秦地藩臺，即陝西省布政使。藩臺，古代官名，即布政使，明清各省民政兼財政長官，屬承宣布政使司，受轄於督撫，與掌理刑名的按察使並稱「兩司」，也作「藩臺」、「藩司」。

47 抗疏劾：上書向君王彈劾。

48 以越俎免：因犯了越過自己職權、管理他人職務之事的罪，而遭免官。越俎，「越俎代庖」之意；俎，讀作「阻」，古時盛裝祭品的禮器。

49 中丞：明清巡撫的代稱。中丞，御史中丞，相當於明清時都察院副都御史；明清各省巡撫多兼此京銜，故以代稱。

50 英稱：傑出的聲譽。

51 曾邀叛王青盼：曾受到清初叛王的賞識。叛王，指清初藩王叛清者，有吳三桂、尚之信、耿精忠等人。

52 札：書信、公文。

53 自經：自盡。

54 投繯：上吊自殺。

55 詰：問。

56 撫：巡撫。

57 悠憂：愁眉苦臉的樣子。

58 曠無偶：男子尚未娶妻。

59 亡：逃。

60 亭午：正午。

61 睨：讀作「逆」，斜眼看、偷窺。

62 瀹茗：燒水泡茶。瀹，讀作「越」，煮。

63 嚶喔：讀作「英沃」，鳥鳴聲，此處形容女子聲音嬌細動聽。

64 合：男女交合，即性交。

65 能矢河山，勿令秋扇見捐：能夠發誓從一而終，不另結新歡。令秋扇見捐，秋天到了，扇子失去作用就被遺棄，指丈夫另結新歡而拋棄自己。

66 色然：變臉、驚駭的樣子。

67 名士：此指秀才。

68 妗氏：妗，讀作「進」，指舅母；加上一個「氏」字，以示尊敬。

69 銳身自任：表示願意相助，挺身而出。

70 胡再不謀：典出《左傳・襄公二十四年》：「公孫！同乘，兄弟也，胡再不謀？」原意是，為何兩次都不跟我打招呼？此處借用，意指為何不來找我商量？

71 心期：心願。

72 蹙蹙：讀作「促促」，縮斂之意，此指愁眉不展的樣子。

73 顛末：事情始末。

74 肘行：以手肘抵地，向前爬行。

75 頂踵：從頭到腳，比喻全身。

76 脫令中途彫喪：倘若何郎遭遇不測身亡。脫，假如、倘若。彫喪，身亡、死亡。

77 太史：古代官名，原指編修史書記載史實，兼職掌天文曆法。明清兩代，將天文曆法歸欽天監掌管，修史之職則歸翰林院，故俗稱翰林為「太史」。

78 大設：大擺宴席。

79 天魔舞：舞蹈的一種，本為唐代音樂，至元順帝時，以十六名宮女盛飾珠纓，扮成菩薩相，以佛曲伴奏，讚佛而舞。有時也用於宴會，以娛賓客。

80 郤：讀作「戲」，仇怨之意，通「隙」字。

81 輦：讀作「捻」，原指人力車，此處當動詞用，運送、搬運之意。

82 薨：讀作「轟」，古代諸侯或大官死去稱為「薨」。

83 貲：指財物、錢財，通「資」字。

84 置器：置辦家具。

85 輿：車子、車輛。都：讀作「督」，華美盛大貌。

86 笑判：開玩笑的判詞。判，判詞，指法官聽訟時，判定訟案的文詞。

87 男女居室：男女的性生活。

88 燥溼：指男女。

89 正竅：正當管道。

90 迎風待月：男女私下幽會。典出唐代詩人元稹〈鶯鶯傳〉：「待月西廂下，迎風戶半開。拂牆花影動，疑是玉人來。」

91 斷袖分桃：比喻男同性戀之間的親密關係。斷袖，典故來自漢哀帝不忍驚動同床的男寵董賢，於是以劍斷袖而起身。分桃，典出衛靈公的男寵彌子瑕分食桃子的事蹟。

92 人必力士，鳥道乃敢生開：此指男同性戀之間的性行為。典出唐代詩人李白〈蜀道難〉：「西當太白有鳥道，可以橫絕峨眉顛，地崩山摧壯士死，然後天梯石棧相鉤連。」此處借用李白的詩，另立新意。

93 洞非桃源，漁篙寧許悞入：此處借用陶淵明〈桃花源記〉，描寫漁夫無意中發現的桃花源是從一個山洞進入。借以比喻男同性戀之間的性行為。悞，出了差錯，同今「誤」字，是誤的異體字。

94 雲雨：比喻男女性交過程，典出《文選．宋玉．高唐賦．序》，即戰國時楚襄王夢見巫山神女而與之交歡的傳說。後便以「巫山雲雨」形容男女歡愛。

95 輒爾：往往。

96 陰陽反背，居然表裏為奸：違反男女的自然法則，男同性戀者居然從肛門進行性行為。

97 華池：瑤池。此處借指女人的性器官。

98 老僧入定：和尚須戒女色，此處指男同性戀者對女色不感興趣。

99 蠻洞乃不毛之地，遂使眇帥稱戈：諷刺男同性戀的肛交性行為。蠻洞，人跡罕至的邊疆洞穴，此處借指肛門。不毛之地，荒涼貧瘠、不生草木的土地，借指肛門沒有陰毛。眇帥，唐末李克用驍勇善戰，一目失明，既貴，人稱「獨眼龍」。眇，讀作「秒」，一隻眼睛不能視物。稱戈，舉兵出征。

100 繫赤兔於轅門，如將射戟：借呂布轅門射戟的典故，比喻男同性戀者的性行為。赤兔，駿馬名，此借指孌童。轅門，軍營大門。轅門射戟之典故，敘述袁術遣紀靈攻劉備，約呂布夾攻，而劉備亦求助於呂布。呂布因此設筵為兩人和解，而紀靈不接受，呂布乃射戟以示，紀靈懼而撤兵。

101 探大弓於國庫，直欲斬關：借春秋時魯國季孫的家臣陽虎，背叛魯公盜取大弓之事，指涉男同性戀的性行為。斬關，砍斷關隘大門的橫門，即破門入關，此比喻性行為。陽虎在此隱喻陽具，指男性生殖器官。

102 或是監內黃鱣，訪知交於昨夜：借用故事嘲諷男同性戀者。監，國子監，是古代全國最高學府。黃鱣，即黃鱔。知交，知己朋友。呂湛恩注引《耳談》記載：「南京有王祭酒，嘗私一監生。其人夢黃鱣出胯下，以語人。人為謔語曰：『某人一夢最蹺蹊，黃鱣鑽臀事可疑，想是監中王學士，夜深來訪舊相知。』」

103 分明王家朱李，索鑽報於來生：意指男同性戀者無法繁衍子嗣。典出《世說新語．儉嗇》：晉「王戎有好李，賣之，恐人得其種，恒鑽其核。」（王戎有好吃的李子，想拿去賣又怕別人得到種子，就將核鑽掉。）索鑽報，王戎將李子的核鑽掉，絕其子嗣，李子就來報復王戎的鑽核之仇，讓王戎的後代都成為同性戀者，無法繁衍子孫。

104 黑松林：借茂密的黑松林指稱陰毛，比喻女人私處。戎馬：武裝的馬，借指男性生殖器。

105 黃龍府：古代府名。位於今吉林省農安縣，轄今遼北省開原縣以北，與吉林、松江兩省全境，借指肛門。黃龍，借指糞便。潮水：借指排泄物。

106 鑽刺之根：指男性生殖器。

107 送迎之路：指肛門。

何師參，字子蕭，住在浙江吳興東面郊外。某天日落時分，他正好外出，見一名婦人騎著驢子而來，有個少年跟隨在後。婦人約莫五十多歲，神態清新出眾；接著又看那名少年，年約十五、六歲，神采風韻勝過佳麗。何師參素來喜歡男人，見到這名美少年即魂不守舍；他踮著腳尖，目送他們離去，直至看不見人影才返家。次日，他一早就在門口等待，直到落日黃昏，少年才又經過。何師參好意向前搭訕，笑問他從哪裡來，少年答稱剛從外祖父家來。何師參請他到住處稍事歇息，少年推辭沒有時間，但何師參堅持拉他，少年才進屋。稍坐一會兒，少年準備辭去，堅決表示不欲被挽留。何師參挽著他的手送行，還再三叮囑日後路過定要拜訪，少年勉強答應便離開了。何師參從此如飢似渴的思念著，每日眺望往來過客，不安的步伐從未稍停。

有天太陽西下時，少年忽然來訪。何師參喜出望外，請他入內，命書僮上酒。何師參問他姓與字，少年答：「我姓黃，家中排行第九。尚未成年，所以沒有字。」何師參問：「為何你時常經過這裡？」黃九郎說：「家母住在外祖父家，她常生病，所以多次前去探望。」酒過數巡，黃九郎欲告辭，何師參伸出手臂阻擋去路，又將門鎖上。黃九郎走不了，紅著臉又坐了下來。兩人挑燈敘話，黃九郎溫潤如處女，何師參每以言詞挑逗，他便羞答答的轉頭面向牆壁。沒多久，何師參要拉他同床，黃九郎不答應，說自己睡覺習慣欠佳，堅決推辭。何師參再三勉強，他才解開上衣，穿著褲子躺在床上。何師參吹熄蠟燭，不久，移動身子與黃久郎共枕，將他摟入懷中，大腿壓在他身上，苦苦哀求著與他歡愛。黃九郎生氣的說：「我以為你是斯文的讀書人，才與你交往；你這種行為，與禽獸求愛有何兩樣？」不久，晨星閃爍，黃九郎便離開了。何師參擔心他從此不再來訪，又在門口等待，踱步期盼，望穿秋水。

過了幾日，黃九郎才又來，何師參高興的上前迎接，並向他道歉；何師參強拉他進書齋，兩人促膝而坐，有說有笑，何師參暗自竊喜他不念舊惡。沒多久，兩人脫鞋上床，何師參又撫摸他，哀求要親熱。黃九郎說：「你的情意我已銘刻於心，兩人若眞心相愛，又何必非要肉體歡愉？」何師參甜言蜜語糾纏，只求摸一下他肌膚，黃九郎只好順從。等他睡著，何師參偷偷的輕薄他。黃九郎被吵醒，拿起衣服立刻起身，乘著夜色逃走。何師參鬱鬱寡歡，悵然若失，從此廢寢忘食，日漸憔悴，只每天差遣書僮在門口巡邏等候。

有天，黃九郎從門前經過，本想直接路過，書僮卻牽他衣服引進屋內。見到何師參瘦得不成人形，黃九郎大驚，慰問幾句。何師參告知實情，邊說邊流淚。黃九郎柔聲道：「在下的本意是，引頸交歡對我無益，卻對你有害，所以我拒絕了你。既然性愛能讓你快樂，我又有什麼好顧忌的呢？」何師參聽了很高興，黃九郎離去後，病情頓時減輕，數日即康復。之後黃九郎果然前來，兩人於是恩愛纏綿。黃九郎說：「今天勉強遂你心願，請勿經常如此。」接著又說：「我有事相求，你肯幫忙嗎？」何師參問他何事，黃九郎答：「家母患心痛病，只有太醫齊野王的先天丹可醫治。你和他素有交情，應能求他贈藥。」何師參答允。黃九郎離去前又再次囑咐，何師參於是進城求藥，於傍晚交給了他。黃九郎很高興，拱手道謝。何師參再次勉強黃九郎與之交合，黃九郎說：「請別再糾纏，我幫你找一位勝過我千萬倍的絕世佳人。」何師參詢問是誰，黃九郎答：「我有一位表妹長得美豔絕倫，若合你心意，我願做媒人。」何師參微笑不答。黃九郎將藥收入懷中後便離開。

三日後，黃九郎才又來求藥。何師參責怪他多日不至，言語頗多埋怨。黃九郎說：「我本不想害你，才故意疏遠；既得不到你諒解，請別後悔就好。」由此，兩人每日幽會。何師參每三天就替黃九郎拿一帖藥。齊野王覺得奇怪，何以求藥如此頻繁，便對何師參說：「這劑藥從未有人服過三帖仍未痊癒，怎麼這麼久還沒好？」於是包了三帖藥交給他，又說：「我看你氣色黯淡，是生病了嗎？」何師參說：「沒有。」齊野王替他把脈，訝道：「你脈象細如游絲，是鬼脈，此乃少陰病的症狀，若不謹愼處理，有性命之憂！」回去後他告訴黃九郎，黃九郎嘆了口氣：「眞是良醫啊！我其實是狐狸所化，長此以往，對你恐怕不是好事。」何師參懷疑黃九郎說謊，把藥藏起，不全部交給牠，只因擔心牠不再前來。沒多久，何師參果然生病，請齊野王來看診。齊野王說：「之前你不說實話，現在精神和元氣已經散離，縱使神醫秦緩再世，又有什麼用呢？」黃九郎每天都來探望，說：「不聽我勸告，如今果然走到這地步！」何師參不久即過世，黃九郎痛哭離去。

先前，縣裡有位太史與何師參年少時是同窗好友，十七歲便考中進士，入翰林院任職。當時，陝西布政使貪污暴虐，且賄賂朝中官員，無人敢揭發。但何師參的這位太史朋友仗義直言，上書彈劾布政使所做壞事，卻以越權罪名遭免職。布政使後升任浙江巡撫，無不尋機爲難太史。太史年少即聲名遠播，曾受叛變藩王賞識，巡撫買下兩人從前往來書信，以此相脅。太史畏懼，於是自盡，夫人也隨之上吊。翌日，太史忽然醒來，還說：「我是何子蕭。」問他事情，所言皆何家之事，眾人才恍然大悟他被借屍還魂。眾人留他不住，他便離去直奔舊居。巡撫懷疑其中有詐，繼續找他麻煩，派人去索一千兩銀子。何師參假裝答應，爲此悶悶不樂。書僮忽通報黃九郎來到，兩人高興敘話，悲喜交集。何師參又想與牠親熱，黃九郎說：「你有三條命嗎？」何師參說：「與其活著受苦受累，還不如死了快活。」於是向牠訴苦。黃九郎蹙眉思考良久，才說：「幸好能復活相聚。你沒能成家，我早前提到的表妹，聰慧多謀，必能爲你分憂。」何師參想一睹其貌，黃九郎說：「此事不難。明日，我帶牠前往陪伴家母，會經過此地，你就裝作是我結拜兄弟，我則假裝口渴前來求水。你說『驢子逃走了』，就表示答應這門婚事。」兩人謀畫妥當後，黃九郎告辭離去。

次日正午，黃九郎果然帶著一名女子從門外經過。何師參拱手與黃九郎絮叨一番。稍微偷眼看女子，容貌姣好，豔麗無雙，如仙女下凡。黃九郎前來討茶，何師參請牠入內品茗。黃九郎說：「三妹無須驚訝，這是我結拜兄弟，不妨在此稍作歇息。」牠扶著三娘下驢，將驢子繫在門外入內。何師參親自煮水泡茶，看著九郎說：「你之前沒把話說清楚。今日一見，就算是死也值得了！」三娘似乎察覺他們在談論自己，便離坐起身，嗓音宛轉的說：「走吧！」何師參看著外面：「驢子逃走了！」黃九郎趕緊跑出門，追驢子去。何師參抱住三娘欲與之交歡，對方頓時臉色大變，困窘如囚犯，高聲呼喊九兄，卻無人回應。三娘說：「你已有妻室，爲何還要壞我名節？」何師參說自己沒有家室，三娘說：「你能對天發誓，不會另結新歡拋棄我，那便聽你安排。」何師參指天誓日，三娘便不再抗拒。事成後，黃九郎回來，三娘對牠頗有怒色，責罵一番。黃九郎說：「這位是何子蕭，昔日的秀才，當今的太史。與我最爲交好，是可託付終身之人。就算舅母知道此事，也不會怪罪。」天色漸晚，何師參邀牠們留下過夜，三娘怕姑母擔心，黃九郎挺身而出，說一切由牠承擔，便騎著驢子走了。

住了幾天後，有位婦人帶著婢女經過，約四十餘歲，神采風韻頗似三娘。何師參要牠出來看看，果眞是牠母親。婦人瞥見三娘，奇怪的問：「你何以在此？」三娘羞慚答不出話。何師參邀丈母娘進屋，向牠叩頭行禮，後告知事情原委。丈母娘笑道：「九郎有些孩子氣，怎不來與我商量？」三娘親自下廚，準備飯菜招待母親，客人飯後便離去。何師參娶到美麗的妻子，滿足了心願；但巡撫找他麻煩一事還繞在心上，由此愁眉苦臉，面露憂愁。三娘問他何事煩心，何師參便告知事情始末。三娘笑道：「這件事，九兒一人便能解決，你有什麼好擔心的？」何師參問牠緣故，三娘答：「聽聞巡撫沉溺歌舞，且親暱孌童，這都是九兒擅長之事。只要投其所好，將九兒獻給他，你與巡撫之間的怨恨就可消除，還能順便報仇。」何師參擔心黃九郎不肯，三娘說：「你求牠便可。」

第二天，何師參見黃九郎前來，於是趴在地上，以手肘抵地，匍匐著相迎。黃九郎驚訝的說：「我們也算有兩世的交情了，若有用得著我的地方，自當效勞，就算赴湯蹈火，也在所不辭。爲何突然在我面前表現得如此低姿態？」何師參便告知了計畫，黃九郎面有難色。三娘說：「我失身於何郎，是誰做的好事？倘若何郎遭逢不測，你叫我怎麼辦？」黃九郎不得已，這才答應。何師參暗中與黃九郎謀劃，寫信給好友王太史，請他將黃九郎獻給巡撫。王太史解其意，大擺宴席，邀請巡撫前來飲宴。命黃九郎扮成女子，跳起天魔舞，宛若美女。巡撫爲之迷惑，再三拜託王太史，想以高價買下黃九郎，唯恐王太史不答應。王太史故作沉思，讓巡撫心焦如焚，過了一會兒，才以何師參的名義送給他。巡撫很高興，與何師參的過往仇怨一筆勾銷。巡撫自得到黃九郎後，兩人寸步不離，視十幾名侍妾如塵土。黃九郎的飲食器具比照王公貴族，還得到數萬兩銀的賞錢。半年後，巡撫染病，黃九郎知其將死，便用車子運出金銀珠寶，請假歸返何師參家。不久，巡撫便去世。黃九郎拿出錢來建造房屋、置辦家具，養了奴婢僕人，將母親與舅母接來同住。黃九郎外出時，隨從車馬陣容浩大，旁人都不知牠乃狐狸所化。

我戲作一篇判詞，在此一同附上：男女間的性生活，是維持夫妻人倫的重要原則；男女交配，是陰陽互通的正當管道。男女私下幽會，尚且被批評行爲不檢點；漢哀帝斷袖與彌子瑕分桃的同性親密，難免更令人不齒。人必須力大無窮，才鑿得開山間小道；若非桃花源的洞，漁人怎能誤闖？如今某些人自甘墮落而流連忘返，捨棄正當道路不走。男女雲雨交歡之前，往往先用手上下愛撫；同性違背陰陽法則，居然內外都可相淫。放著華池不用，還荒謬自許爲不受誘惑的老僧；蠻荒洞穴本是不毛之地，竟被獨眼將軍出兵征服。呂布於轅門繫赤兔，射戟威猛；陽虎至國庫盜大弓，過關斬將。或是黃鱣出胯下，深夜造訪知交；這分明是紅李欲絕王家子嗣，以報前世鑽核之仇。在黑松林中馳戰馬而來，本應相安無事；假若黃龍府潮水忽然淹來，叫人如何抵禦？依我看，應斷絕其淫慾之根，並堵上那送往迎來的洞口。

金陵女子

沂水[1]居民趙某，以故自城中歸，見女子白衣哭路側，甚哀。睨[2]之，美。悅之，凝注不去。女垂涕曰：「夫夫也[3]，路不行而顧我！」趙曰：「我以曠野無人，而子哭之慟，實愴於心。」女曰：「夫死無路，是以哀耳。」趙勸其復擇良匹。曰：「渺此一身，其何能擇？如得所託，媵[4]之可也。」趙忻[5]然自薦，女從之。趙以去家遠，將覓代步。女曰：「無庸。」乃先行，飄若仙奔。至家，操井臼[6]甚勤。積二年餘，謂趙曰：「感君戀戀，猥[7]相從，忽已三年。今宜且去。」趙曰：「曩[8]言無家，今焉往？」曰：「彼時漫為是言耳，何得無家？身父貨藥金陵[9]。倘欲再晤，可載藥往，可助資斧。」趙經營，為貰輿[10]馬。女辭之，出門逕去；追之不及，瞬息遂杳[11]。

居久之，頗涉懷想，因市藥詣金陵。寄貨旅邸，訪諸衢[12]市。忽藥肆[13]一翁望見，曰：「壻[14]至矣。」延之入。女方浣[15]裳庭中，見之不言亦不笑，浣不輟[16]。趙啣恨遽出。翁又曳之返。女不顧如初。翁命治具[17]作飯，謀厚贈之。女止之曰：「渠福薄，多將不任[18]；宜少慰其苦辛，再檢十數醫方與之，便喫[19]著不盡矣。」翁問所載藥，女云：「已售之矣，直[20]在此。」翁乃出方付金，送趙歸。試其方，有奇驗。沂水尚有能知其方者。以蒜臼[21]接茅簷雨水，洗瘊贅[22]，其方之一也，良效。◆

1 沂水：今山東省沂水縣。沂，讀作「怡」。
2 睨：讀作「逆」，斜眼看、偷窺。
3 夫夫也：第一個夫字讀作「福」，此、這個的意思。第二個夫，則指成年男子。
4 媵：此指侍妾。媵，讀作「硬」，古代之陪嫁女。
5 忻：歡喜。同今「欣」字，是欣的異體字。
6 操井臼：指打理洗衣、煮飯等日常家務。
7 猥：乃，才。
8 曩：讀作「囊」的三聲，以前、昔日之意。
9 金陵：古地名，今南京市及江寧縣。
10 貰：讀作「是」，原意為出借或賒欠。輿：車子、車輛。
11 杳：讀作「咬」，不見蹤跡之意。

12 衢：讀作「渠」，通達四方的大路。
13 肆：市集的店鋪。
14 壻：女婿。同今「婿」字，是婿的異體字。
15 浣：洗。
16 輟：半途停止、中斷某事。
17 治具：準備食物。
18 渠：他，指第三人稱。不任：承受不起，無福消受。
19 喫：吃。
20 直：通「值」字，金錢、價格。
21 蒜臼：搗過大蒜的石臼。
22 瘊贅：讀作「猴墜」，指皮膚長出的肉瘤。

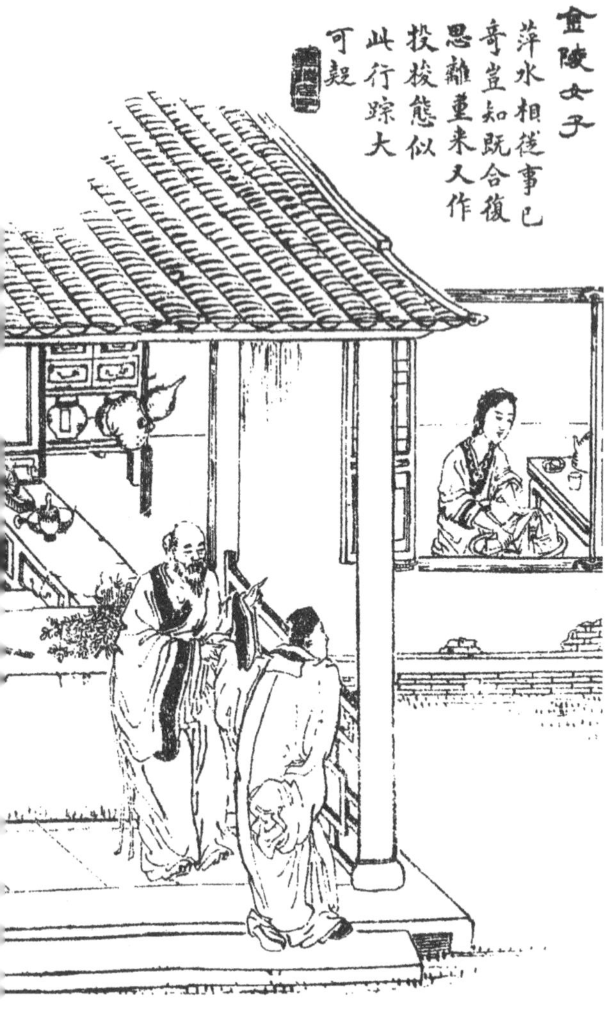
金陵女子
萍水相從事已
奇豈知既合復
思離重來又作
投梭態似
此行蹤大
可疑

◆王阮亭（即王士禎）云：「女子大突兀！」

此女是個異類！

編撰者按：金陵女子與趙某的婚姻乃是無媒苟合，且她並未從一而終，她離開後，趙某去金陵找她，她的態度也很冷淡，這也是王士禎批評她「大突兀」的原因——因其婚姻觀念，不符當時男人認為女人應當三從四德，從一而終，溫婉柔順的理想性格。

山東沂水有位趙某，入城辦事回來，見一白衣女子在路旁哭得很傷心。他偷瞄一眼，是個美人。心生憐愛，注視著她，並不離去。女子哭著說：「你這個男人，有路不走，卻一直看我！」趙某說：「我以爲荒野無人，聽你哭得這麼傷心，我也很難過。」女子說：「丈夫死了無處可依，所以傷心。」趙某勸她再嫁，女子答：「孑然一身，無親無故，誰會願意娶我？若有人能給我遮風避雨之所，要我當妾侍也願意。」趙某便欣然自薦，女子答應了。趙某的家離此很遠，想找匹馬代步。女子說：「不需要。」便先走了，走起路來十分迅速，像仙女般輕飄飄的。來到趙某家後，女子做家務十分勤快，如此過了兩年多，忽對趙某說：「感念你情深，這才相伴。轉眼已近三年，該是離開的時候了。」趙某說：「之前你說無家可歸，現在要往哪裡去？」女子說：「那時是隨口說說，我怎會沒有家？家父在金陵賣藥爲生。你若想再見我，可載藥前往，我會資助盤纏。」趙某幫她打點行李，又要爲她租輛馬車。女子推辭，直接出門離去；趙某追不上，她轉眼即消失無蹤。

趙某獨居許久，一直很想念女子，便載了藥材到金陵販售。將貨物寄放在旅店後，便到大街市集尋訪女子。忽有一藥鋪老翁瞧見他，說：「我女婿來了。」便請他進入。女子正在庭院裡洗衣，見到他，不說話也不笑，仍逕自洗個不停。趙某心中不滿，便離去。老翁又拉著他回去，女子仍不理會。老翁命她準備食材做飯，還打算給趙某很多錢，女子阻道：「他福氣薄，錢太多將無福消受；可給他少許，慰勞一路辛苦跋涉，再挑十幾個藥方送他，就夠他衣食無虞了。」老翁問起趙某載來的藥材，女子說：「已經賣掉了，錢在這裡。」老翁便將藥方和錢交給趙某，送他回家。趙某一試這些藥方，果有奇效，沂水仍有知道這些藥方的人；其中一個藥方是，以搗過大蒜的石臼到茅簷底下接雨水，拿來洗肉瘤，效果很好。

湯公

湯公名聘[1]，辛丑[2]進士。抱病彌留[3]。忽覺下部熱氣，漸升而上：至股[4]則足死；至腹則股又死；至心，心之死最難。凡自童稚以及瑣屑久忘之事，都隨心血來，一一潮過。如一善，則心中清淨寧帖[5]；一惡，則懊憹[6]煩燥，似油沸鼎中，其難堪之狀，口不能肖似之。猶憶七八歲時，曾探雀雛而斃之，只此一事，心頭熱血潮湧，食頃方過。直待平生所為，一一潮盡，乃覺熱氣縷縷然，穿喉入腦，自頂顛出，騰上如炊，踰數十刻期，魂乃離竅，忘軀殼矣。而渺渺無歸，漂泊郊路間。

一巨人來，高幾盈尋，掇拾之，納諸袖中。入袖，則疊肩壓股，其人甚夥，薅惱[7]悶氣，殆不可過。公頓思惟佛能解厄，因宣佛號，裁[8]三四聲，飄墮袖外。巨人復納之。三納三墮，巨人乃去之。公獨立彷徨[9]，未知何往之善。憶佛在西土，乃遂西。無何，見路側一僧趺坐[10]，趨拜問途。僧曰：「凡士子生死錄，文昌及孔聖[11]司之，必兩處銷名，乃可他適。」公問其居，僧示以途，奔赴。

無幾，至聖廟，見宣聖南面坐，拜禱如前。宣聖言：「名籍之落，仍得帝君。」因指以路。公又趨之。見一殿閣，如王者居。俯身入，果有神人，如世所傳帝君像。伏祝之。帝君檢名曰：「汝心誠正，宜復有生理。但皮囊腐矣，非菩薩莫能為力。」因指示令急往。

公從其教。俄見茂林修竹，殿宇華好。入，見螺髻[12]莊嚴，金容滿月[13]；瓶浸楊柳，翠碧垂煙。公肅然稽首[14]，拜述帝君言。菩薩難之。公哀禱不已。旁有尊者[15]白言：「菩薩施大法力，撮土可以為肉，折柳可

以為骨。」菩薩即如所請，手斷柳枝，傾瓶中水，合淨土為泥，拍附公體◆。使童子攜送靈所，推而合之。棺中呻動，家人駭集。扶而出之，霍然病已。計氣絕已斷七[16]矣。

湯公
回頭瑣事記當年
善惡分明在眼
前只此性靈留一
點慧航那得
不垂憐

◆**但明倫評點**：菩薩大法力，亦必因其有生理為之；不然，瓶中水雖多，能為天下之不誠正者而肉之骨之乎？

菩薩雖然神通廣大，也是因湯聘有復生的道理，才賜他還陽；否則，淨瓶中的水雖多，難道能夠替天底下那些心不誠、身不正之人重塑軀體嗎？

1 湯公名聘：湯聘，祖籍江寧縣（今江蘇省南京市），隸籍溧水縣（今江蘇省溧水縣）。順治十四年（西元一六五七年）舉人，十八年進士，曾任平山縣知縣（今河北省平山縣）。
2 辛丑：清順治十八年（一六六一年）。
3 彌留：病重垂危，將死之時。
4 股：大腿。
5 清淨：清淨心。佛教認為解脫一切煩惱之心念，即是清淨心。寧帖：寧靜安定。
6 懊憹：心中煩亂，鬱悶難舒。憹，讀作「腦」的二聲。
7 薅惱：煩惱、不悅。薅，讀作「好」的一聲。
8 裁：僅、只之意，通「纔」、「才」二字。
9 彷徨：徘徊不前。

10 趺坐：盤腿而坐，即打坐。趺，讀作「夫」。
11 文昌：文昌帝君，道教尊為主宰功名、祿位之神，又稱文曲星或文星。孔聖：孔子。
12 螺髻：佛教用語。《維摩經．佛國品》中，「螺髻梵王」的頭頂髮髻作螺形，故稱螺髻梵王，或螺髻梵，古印度男人或修行人多做此髮飾。
13 金容滿月：形容菩薩面容豐滿而有光彩。
14 稽首：叩首的跪拜禮，是極為敬重、隆重的禮節。
15 尊者：梵文「阿梨耶」的意譯，也譯「聖者」，指德智兼備的出家人。
16 斷七：人死後七七四十九天，招僧道誦經超度，稱斷七，也稱七七。

清順治十八年的進士湯聘，抱病臨終之際，忽覺下半身有股熱氣逐漸上升，熱氣跑到大腿，雙腳便失去知覺；跑到腹中，大腿又麻痺；升到心頭，心卻難以死去。舉凡從小到大，及瑣碎日久、早被遺忘之事，都隨思緒而來，如潮水般一一湧現。若出現一件善事，心中便清淨安寧；出現一樁惡行，則內心鬱悶難安，如置身油鍋，其中痛苦無言可喻。湯聘記得七八歲時曾抓了隻小鳥，不慎弄死，只憑這件事，心頭熱血便如潮水湧來，花了一頓飯時間才消散撫平。直至平生所作所爲全都一一顯現完畢，才覺那股熱氣絲絲穿喉入腦，自頭頂冒出，如炊煙般蒸蒸上騰，約莫過了半日，魂魄才離開身體，忘掉軀殼而去。湯聘的魂魄四處飄渺，無所歸依，只能在野外飄蕩。

有個巨人前來，身高約八尺，抓起了湯聘，放到袖子裡。湯聘一入袖中，發現裡面有許多人，彼此肩膀相疊、大腿互壓，心煩氣悶得教人難以忍受。湯聘心想，只有佛能解救苦難，於是唸誦佛號，才唸了三四聲，便飄到袖子外。巨人又將它撿起放入袖中。就這樣進進出出反覆三次，巨人才終於離開。湯聘徬徨無依，不知該往何處去。想起佛祖位在西方，於是往西而行。不多久，見路旁有一僧人打坐，便上前問路。僧人說：「舉凡讀書人的《生死簿》，皆由文昌帝君與孔聖掌管，需到這兩處註銷名字，才可去其他地方。」湯聘問明祂們的所在，僧人相告路途，湯聘飛奔前往。

不久抵達孔廟，見孔聖朝南而坐，湯聘一如往常上前叩拜，虔誠禱告。孔聖說：「要註銷你在《生死簿》上的名籍，還需到文昌帝君那兒去。」祂指引了路程，湯聘又趕緊前往。見一殿宇樓閣，像是君王居住之所。彎身入內，果有神人在此，樣貌正如世人所傳頌之帝君像。湯聘跪地祈禱。帝君查找其名，說：「你的心恭敬虔誠，當可還陽。但屍體已腐壞，除非菩薩相助，否則無能爲力。」便要湯聘立刻動身。

湯聘依帝君指示前往，不久即見一片茂密竹林與一座美侖美奐的宮殿。湯聘入內，見菩薩頭梳螺髻，法相莊嚴，臉龐豐潤，光澤飽滿；手上淨瓶插著楊柳枝，翠綠如青煙飄散。湯聘恭敬跪拜，轉述帝君所言。菩薩面有難色，湯聘苦苦哀求。菩薩身旁的尊者說：「菩薩施展神通，搓泥土可以爲肉，折柳枝可以爲骨。」菩薩便如尊者所說，用手折斷柳枝，倒出淨瓶中的水，混合著淨土捏成泥巴，拍在湯聘身上。又派遣童子送湯聘回到靈堂，童子推著湯聘與自己肉身相合。棺木隨即傳出一陣呻吟，家人害怕得聚在一起；接著扶他出棺木，其病已痊癒。算算日子，湯聘已死了七七四十九天。

閻羅

萊蕪[1]秀才李中之，性直諒不阿[2]。每數日，輒死去，僵然如尸，三四日始醒。或問所見，則隱秘不洩。時邑[3]有張生者，亦數日一死。語人曰：「李中之，閻羅也。余至陰司，亦其屬曹[4]。」其門殿對聯，俱能述之。或問：「李昨赴陰司何事？」張曰：「不能具述。惟提勘曹操[5]，笞[6]二十。」

異史氏曰：「阿瞞一案，想更數十閻羅矣。畜道[7]、劍山，種種具在，宜得何罪，不勞挹取[8]；乃數千年不決，何也？豈以臨刑之囚，快於速割[9]，故使之求死不得也？異已！」◆

1 萊蕪：古地名，今山東省萊蕪市。
2 直諒不阿：剛正耿直，不徇私枉法。
3 邑：此處指縣市。
4 屬曹：部屬、部下。
5 勘：審問。曹操：字孟德，小字阿瞞，東漢沛國譙（今安徽省亳縣）人。為人雄才大略，弄權謀，亦擅長辭賦。起兵攻打黃巾，討伐董卓，逐一剪削諸雄，自為丞相，拜大將軍，爵魏公，旋進爵魏王，加九錫。後卒於洛陽，子丕篡漢。追謚武帝，廟號太祖。
6 笞：讀作「癡」，鞭打。
7 畜道：指畜生道。佛教將世界分為六道，即天道、人道、阿修羅道、地獄道、餓鬼道、畜生道；死後根據個人業力，打入畜生道者，將轉世為畜生。
8 挹取：此指逼問口供。
9 割：斬殺。

◆**王阮亭（即王士禎）云**：「中州有生而為河神者，曰黃大王。鬼神以生人為之，此理不可曉。」

河南有個人，活著的時候便當上了河神，名為黃大王。鬼神由活人來當，難以明白這是什麼道理。

山東萊蕪有個叫李中之的秀才，個性剛正不阿。他每隔數日死去一次，身體僵直如屍，過三四日才醒來。有人問其在陰間所見所聞，他都保密，不曾洩漏。當時，縣裡有位張生，也是數日就死一次，對人說：「李中之在陰間擔任閻羅一職。我到陰司，是做他的部屬。」殿門上的對聯寫些什麼，張生都能說得出來。有人問：「李中之昨日到陰司處理何事？」張生說：「不能詳細說明。只是審問曹操，杖責二十。」

閻羅
秀才未必盡迂儒
生作閻羅或不誣
試問阿瞞應記
得當年色老
即真無

記下奇聞異事的作者如是說：「曹操一案，想必已更換過數十位閻羅。陰司有六道輪迴、刀山油鍋等刑罰，該判什麼罪就判什麼刑罰，何必一審再審；拖了幾千年都無法定案，不知是何緣故？死刑犯總是速判速決，難道是故意拖延此案，讓它永世不得超生嗎？怪哉！」

連瑣

楊于畏，移居泗水[1]之濱。齋臨曠野，牆外多古墓，夜聞白楊蕭蕭，聲如濤湧。夜闌[2]秉燭，方復悽斷[3]。忽牆外有人吟曰：「玄夜淒風卻倒吹，流螢惹草復沾幃[4]。」反復吟誦，其聲哀楚。聽之，細婉似女子。疑之。明日，視牆外，並無人迹[5]。惟有紫帶一條，遺荊棘中；拾歸置諸窗上。向夜二更許，又吟如昨。楊移杌[6]登望，吟頓輟[7]。悟其為鬼，然心向慕之。次夜，伏伺牆頭。一更向盡，有女子珊珊[8]自草中出，手扶小樹，低首哀吟。楊微嗽，女忽入荒草而沒。楊由是伺諸牆下，聽其吟畢，乃隔壁而續之曰：「幽情苦緒何人見？翠袖單寒月上時。」久之，寂然。

楊乃入室。方坐，忽見麗者自外來，斂衽[9]曰：「君子固風雅士，妾乃多所畏避。」楊喜，拉坐。瘦怯凝寒，若不勝衣。問：「何居里，久寄此間？」答曰：「妾隴西[10]人，隨父流寓。十七暴疾殂謝[11]，今二十餘年矣。九泉荒野，孤寂如鶩[12]。所吟，乃妾自作，以寄幽恨者。思久不屬[13]；蒙君代續，懽生泉壤[14]。」楊欲與懽。蹙[15]然曰：「夜臺[16]朽骨，不比生人，如有幽懽，促人壽數。妾不忍禍君子也。」楊乃止。戲以手探胸，則雞頭之肉[17]，依然處子。又欲視其裙下雙鉤[18]。女俯首笑曰：「狂生太囉唕[19]矣！」楊把玩之，則見月色錦襪，約綵綫[20]一縷。更視其一，則紫帶繫之。問：「何不俱帶？」曰：「昨宵畏君而避，不知遺落何所。」楊曰：「為卿易之。」遂即窗上取以授女。女驚問何來，因以實告。乃去綫束帶。既翻案上書，忽見連昌宮詞[21]。慨然曰：「妾生時最愛讀此。今視之，殆如夢寐！」與談詩文，慧黠[22]可愛。翦燭西窗

[23]，如得良友。

自此每夜但聞微吟，少頃即至。輒囑曰：「君秘勿宣。妾少膽怯，恐有惡客見侵。」楊諾之。兩人懽同魚水[24]，雖不至亂，而閨閣之中，誠有甚於畫眉者[25]。女每於燈下為楊寫書，字態端媚。又自選宮詞百首，錄誦之。使楊治棋枰[26]，購琵琶。每夜教楊手談[27]，不則挑弄絃索[28]。作「蕉窗零雨」[29]之曲，酸人胸臆[30]；楊不忍卒聽，則為「曉苑鶯聲」[31]之調，頓覺心懷暢適。挑燈作劇[32]，樂輒忘曉。視窗上有曙色，則張皇[33]遁去。

一日，薛生造訪，值楊晝寢。視其室，琵琶、棋局具在，知非所善。又翻書得宮詞，見字迹端好，益疑之。楊醒，薛問：「戲具何來？」答：「欲學之。」又問詩卷，託以假[34]諸友人。薛反覆檢玩，見最後一葉[35]細字一行云：「某月日連瑣書。」笑曰：「此是女郎小字。何相欺之甚？」楊大窘，不能置詞。薛詰[36]之益苦，楊不以告。薛卷挾，楊益窘，遂告之。薛求一見。楊因述所囑。薛仰慕殷切；楊不得已，諾之。夜分，女至，為致意焉。女怒曰：「所言伊何？乃已喋喋[37]向人！」楊以實情自白。女曰：「與君緣盡矣！」楊百詞慰解，終不懽，起而別去，曰：「妾暫避之。」明日，薛來，楊代致其不可。薛疑支託，暮與窗友二人來，淹留[38]不去，故撓之，恆終夜譁，大為楊生白眼，而無如何。眾見數夜杳然，寖[39]有去志，喧囂漸息。忽聞吟聲，共聽之，悽婉欲絕。薛方傾耳神注，內一武生王某，掇巨石投之，大呼曰：「作態[40]不見客，甚得好句，嗚嗚惻惻[41]，使人悶損！」吟頓止。眾甚怨之。楊恚憤見於詞色[42]。次日，始共引去。楊獨宿空齋，冀[43]女復來，而殊無影迹。

踰二日，女忽至。泣曰：「君致惡賓，幾嚇煞妾！」楊謝過不遑。女遽[44]出曰：「妾固謂緣分盡也，從此別矣。」挽之已渺。由是月餘，更不復至。楊思之，形銷骨立，莫可追挽。一夕，方獨酌，忽女子搴[45]幃入。楊喜極曰：「卿見宥[46]耶？」女涕垂膺[47]，默不一言。亟問之，欲言復忍，曰：「負氣去，又急而求人，難免愧恧[48]。」楊再三研詰，乃曰：「不知何處來一齷齪隸，逼充媵妾[49]。顧念清白裔，豈屈身輿臺[50]之鬼？然一綫弱質，烏[51]能抗拒？君如齒妾在琴瑟[52]之數，必不聽自為生活[53]。」楊大怒，憤將致死；但慮人鬼殊途，不能為力。女曰：「來夜早眠，妾邀君夢中耳。」於是復共傾談，坐以達曙。

女臨去，囑勿晝眠，留待夜約。楊諾之。因於午後薄飲，乘醺登榻，蒙衣偃臥。忽見女來，授以佩刀，引手去。至一院宇，方闔門語，聞有人搭石撾[54]門。女驚曰：「仇人至矣！」楊啟戶驟出，見一人赤帽青衣[55]，蝟毛繞喙[56]。怒咄之。隸橫目[57]相仇，言詞兇謾[58]。楊大怒，奔之。隸捉石以投，驟如急雨，中楊腕，不能握刃，方危急所，遙見一人，腰矢野射。審視之，王生也。大號乞救。王生張弓急至，射之中股；再射之，殪[59]。楊喜感謝。王問故，具告之。王自喜前罪可贖，遂與共入女室。女戰惕[60]羞縮，遙立不作一語。案上有小刀，長僅尺餘，而裝以金玉；出諸匣，光芒鑑影。王歎贊不釋手。與楊略話，見女慚[61]懼可憐，乃出，分手去。楊亦自歸，越牆而仆[62]，於是驚寤[63]，聽村雞已亂鳴矣。覺腕中痛甚；曉而視之，則皮肉赤腫。

亭午[64]，王生來，便言夜夢之奇。楊曰：「未夢射否？」王怪其先知。楊出手示之，且告以故。王憶夢中顏色，恨不真見。自幸有功於女，復請先容[65]。夜間，女來稱謝。楊歸功王生，遂達誠懇。女曰：「將伯之助[66]，義不敢忘。然彼赳赳[67]，妾實畏之。」既而曰：「彼愛妾佩刀。刀實妾父出使粵[68]中，百金購之。妾愛而有之，纏以金絲，瓣以明珠[69]。大人憐妾夭亡，用以殉葬。今願割愛相贈，見刀如見妾也。」次日，楊致此意。王大悅。至夜，女果攜刀來，曰：「囑伊珍重，此非中華物也。」由是往來如初。

積數月，忽於燈下，笑而向楊，似有所語，面紅而止者三。生抱問之。答曰：「久蒙眷愛，妾受生人氣，日食煙火[70]，白骨頓有生意。但須生人精血，可以復活。」楊笑曰：「卿自不肯，豈我故惜之？」女云：「交接後，君必有念餘日[71]大病，然藥之可愈。」遂與為懽。既而著衣起，又曰：「尚須生血一點，能拚痛以相愛乎？」楊取利刃刺臂出血；女臥榻上，便滴臍中。乃起曰：「妾不來矣。君記取百日之期，視妾墳前，有青鳥[72]鳴於樹頭，即速發冢[73]。」楊謹受教。出門又囑曰：「慎記勿忘，遲速皆不可！」乃去。

越十餘日，楊果病，腹脹欲死。醫師投藥，下惡物如泥，浹辰[74]而愈。計至百日，使家人荷鍤[75]以待。日既夕，果見青鳥雙鳴。楊喜曰：「可矣。」乃斬荊發壙[76]。見棺木已朽，而女貌如生。摩之微溫。蒙衣舁[77]歸，置煖[78]處，氣咻咻然，細於屬絲。漸進湯酏[79]，半夜而蘇。每謂楊曰：「二十餘年如一夢耳。」❶❷

❶ **王阮亭（即王士禛）云**：「結而不盡，甚妙。」

結尾看似故事到此結束，實則留下空間讓讀者自行想像，更具美感。

❷ **馮鎮巒評點**：漁洋獨賞結句之妙，其實通篇斷續即離，楚楚有致。

漁洋先生（即王士禛）唯獨讚賞結尾，實則通篇都在適當之處留下空間，帶給讀者許多想像。

1 泗水：河川名，源自山東省泗水縣陪尾山，分四源因而得名，又稱「泗河」。

2 夜闌：深夜。

3 悽斷：哀傷欲絕，淒楚動人。

4 幃：通「帷」字，裙子的正面，此處指裙子。

5 迹：蹤跡、行跡、痕跡。同今「跡」字，是跡的異體字。

6 杌：讀作「物」，沒有椅背的方形凳子。

7 輟：半途停止、中斷某事。

8 珊珊：形容女子緩步慢移，走路的樣子。

9 斂衽：整理衣襟，表示恭敬。衽，讀作「認」，衣襟。

10 隴西：古代縣名，今甘肅省隴西縣。

11 殂謝：亡故、辭世。殂，讀作「醋」的二聲。

12 鶩：讀作「物」，一種水鳥，俗稱「野鴨」。

13 屬：連貫，連續。

14 懽：同今「歡」字，是歡的異體字。泉壤：九泉，指人死後埋葬之處。

15 蹙然：憂愁的樣子。蹙，讀作「促」，聚攏之意。

16 夜臺：墳墓。因埋葬於墳墓底下，不見光明，故稱「夜臺」，此指陰間。唐代詩人崔珏〈哭李商隱〉詩其二：「九泉莫嘆三光隔，又送文星入夜臺。」

17 雞頭之肉：女人的乳房。

18 雙鉤：女子所穿的鞋子。古代女子纏足，足尖小，彎曲如鉤狀。一雙鞋稱為雙鉤。

19 囉唣：也作囉嗦，煩擾人之意。唣，讀作「造」，同今「啅」字，是啅的異體字。

20 綫：同今「線」字，是線的異體字。

21 連昌宮詞：唐代詩人元稹所作七言長篇敘事詩。借一名宮房老人之口，敘述唐玄宗時期宮中繁盛景況，以映襯安史之亂後淒清蕭條情狀。詩中批評唐玄宗寵愛楊玉環，寵信奸佞，寓有詩人對天下太平的嚮往心情。宮詞，是描述宮廷生活的詩歌。

22 黠：讀作「霞」，聰明、機靈。

23 翦燭西窗：指在燈前窗下互吐心聲。翦，同今「剪」字，是剪的異體字，指用剪刀剪東西。翦燭，以剪刀剪去蠟燭的燭芯，使燭火更加明亮。典出唐代詩人李商隱〈夜雨寄北〉：「何當共剪西窗燭，卻話巴山夜雨時。」

24 懽同魚水：意即魚水之歡，在此比喻夫婦感情融洽。

25 閨閣之中，誠有甚於畫眉者：原指夫妻之間閨房密事，有比畫眉之樂更加不可告人者。典出《漢書・張敞列傳》：「（張敞）又為婦畫眉，長安中傳張京兆（漢代官名，此應指張敞的官職名稱）眉憮。有司以奏敞。上問之，對曰：『臣聞閨房之內，夫婦之私，有過於畫眉者。』上愛其能，弗備責也。」這段話大意是說，張敞幫妻子畫眉，長安城中盛傳張京兆所畫眉毛樣貌可愛。有官員上奏此事。聖上召來張敞相詢，張敞說：「臣聽說閨房之中，夫妻之事，有比畫眉更加私密的。聖上喜愛他的才能，便未多加責備。」《聊齋》此處反用此則典故，比喻兩人之間的感情更勝於夫婦。

26 棋枰：指下棋用的棋具，包含棋子、棋盤等。枰，讀作「平」，棋盤。

27 手談：下圍棋。

28 不則挑弄絃索：否則就撥弄弦樂器的絲弦，按照上下文意，此應指彈琵琶。不，通「否」字。

29 蕉窗零雨：窗外雨落在芭蕉葉上的聲音，指意境哀婉淒惻的曲調。

30 胸臆：指心。臆，胸膛，此處意謂聞之令人心酸。

31 曉苑鶯聲：清晨時，庭院中黃鶯的鳴叫聲，形容輕鬆愉快的曲調。

32 作劇：此指遊戲。

33 張皇：驚慌失措、慌張。

34 假：借。

35 葉：通「頁」字。

36 詰：問。

37 喋喋：多話的樣子，意指迫不及待的告訴別人。

38 淹留：久留。

39 寖：讀作「進」，漸漸。

40 作態：裝模作樣、惺惺作態。

41 嗚嗚惻惻：形容悲戚之聲，意謂哭哭啼啼。
42 恚憤見於詞色：氣憤的罵了回去。恚，讀作「惠」，惱怒、生氣。見，通「現」字。
43 冀：希冀、期望。
44 遽：就、遂。
45 搴：讀作「千」，掀起、揭開。
46 宥：容忍、寬容、寬恕。
47 膺：讀作「鷹」，胸膛。
48 恧：讀作「女」的四聲，羞愧。
49 媵妾：侍妾。媵，讀作「硬」，古代之陪嫁女。
50 輿臺：古代將人的階級分為十等，輿是第六等，臺是第十等，故以輿臺指服賤役、地位低微的人。
51 烏：何。
52 琴瑟：此指夫妻。
53 自為生活：自生自滅。
54 搦：讀作「諾」，握、持拿。撾：讀作「抓」，敲打。
55 赤帽青衣：古代官府衙役所著裝束。青，黑色。
56 蝟毛繞喙：形容人嘴旁的鬍鬚，如刺蝟的毛四向張開，比喻此人性格威嚴或凶猛。喙，讀作「惠」，泛指人嘴。
57 橫目：怒目而視。
58 謾：傲慢。
59 殪：讀作「億」，死亡。
60 戰惕：形容害怕畏懼的樣子。
61 慚：讀作「殘」，同今「慚」字，是慚的異體字。
62 仆：讀作「撲」，倒臥、跌倒而趴在地上。
63 寤：讀作「物」，醒來、睡醒。
64 亭午：正午。
65 先容：原意為加以雕飾，後引申為替他人介紹、引薦。
66 將伯之助：原意為向長者請求幫助，後指求助。典出《詩經．小雅．正月》：「戴輸爾載，將伯助予。」
67 赳赳：雄壯勇武的樣子。
68 粵：廣東。
69 辮以明珠：將珍珠鑲嵌在刀鞘上。
70 煙火：即人間飲食，此指和人一起生活，沾染人氣之意。
71 念餘日：二十多天。
72 青鳥：中國神話中，西王母的使者。
73 冢：讀作「腫」，墳墓。
74 浹辰：十二天。浹，讀作「夾」。
75 鍤：讀作「查」，即鍬（讀作「敲」），挖土的工具。
76 壙：讀作「況」，墳墓。
77 舁：讀作「魚」，抬、扛舉。
78 煖：同今「暖」字，是暖的異體字。
79 酏：讀作「移」，稀飯、薄粥。同今「酏」字，是酏的異體字。

有個叫楊于畏的人，搬家到山東泗水河畔。書齋旁有片荒野，牆外古墓很多，有天晚上，聽到風吹拂白楊樹，蕭蕭聲不絕如濤。他秉燭夜讀，心中正感酸楚，忽聞牆外有人吟詩：「玄夜淒風卻倒吹，流螢惹草復沾幃。」反覆吟誦，聲音哀楚。仔細凝聽，聲音細緻宛轉似女子之聲，楊于畏覺得奇怪。第二天，看牆外，未見人跡，僅一條紫帶遺留荊棘叢中；撿起，置於書齋窗臺。晚上二更左右，又聞前夜吟詩聲。楊于畏搬了個小凳往牆外望，吟詩聲頓時中止。他才明白吟詩女子是鬼，內心很是傾慕。第二天晚上，他趴在牆頭等候；一更將盡時，有名女子緩緩步出草叢，手扶小樹，低頭哀吟。楊于畏略微咳嗽，女子忽然走入草叢，消失無蹤。楊于畏在牆下等候，聽它吟誦完畢，這才隔牆接續了下兩句：「幽情苦緒何人見？翠袖單寒月上時。」過了許久，四周一片寂靜。

楊于畏回到書齋。剛坐下沒多久，忽見一年輕貌美女子從外面進來，施禮道：「原來君子乃文人雅士，我先前不知，才會躲著你。」楊于畏很高興，拉著它坐下。女子身材纖瘦，身上寒氣凝聚，弱不禁風。楊于畏問：「你住在哪裡？爲何久留於此？」女子答：「我是隴西人氏，跟隨父親流離在外，居無定所。十七歲時突然染病過世，至今已二十餘年。九泉荒野，備感孤單。方才所吟之詩，是我自己所作，以寄託心中幽恨。想了很久，都不知下面兩句該怎麼接；承蒙你替我接續，我在幽冥中也很欣慰。」楊于畏想與之交歡，女子蹙眉道：「我的屍骨已然腐朽，不比活著的人，若與人交歡，會減人陽壽，我不忍心害你。」楊于畏這才作罷。卻玩笑似的伸手探其胸部，乳房很有彈性，如處女一般。又想看它裙下的金蓮小腳，女子低頭笑道：「你這輕狂的人，還眞煩人！」楊于畏把玩其繡鞋，發現它穿著月光色的錦襪，上面纏著一條彩線；細看另一隻，上面繫著一條紫帶。楊于畏問：「爲何不兩隻鞋都繫上紫帶？」女子說：「昨晚爲了避你，不知掉到哪兒去了。」楊于畏說：「我來幫你換上。」便走到窗邊取來紫帶。女子驚訝的問從何處得來？楊于畏據實以告，便替它取下鞋上的線，換上紫色束帶。女子翻了翻楊于畏桌上的書，忽然見到〈連昌宮詞〉，感慨的說：「我生前最喜歡讀這個。現在看到，宛如作夢啊！」楊于畏與它談論詩文，覺其聰明惹人憐愛。兩人秉燭夜談，有如交到良友。

從此每晚，楊于畏只要聽到微微的吟詩聲，不久女子便前來相會。女子囑道：「你要保守祕密。我很膽小，怕有壞人來侵擾。」楊于畏答應了。兩人如夫妻

般恩愛，雖未曾上床歡愛，但情深意濃，遠勝夫妻。女子常在燈下幫楊于畏抄書，字跡端莊嫵媚。又挑選百首宮詞，抄錄吟誦。它要楊于畏買棋具，選購琵琶；每晚教楊于畏下棋，不然就是彈琵琶，演奏〈蕉窗零雨〉這種哀傷曲調，令人聞之心酸，楊于畏不忍聽完，便彈奏歡快的〈曉苑鶯聲〉曲調，心情頓感愉悅舒暢。兩人挑燈遊戲，歡樂得忘了天明。女子一見曙光透進窗戶，便慌張離去。

有天，薛生前來拜訪，楊于畏正好在午睡。薛生巡視書齋，見琵琶、棋具一應俱全，知他並不擅長。又翻書找到宮詞，見抄寫字跡秀麗端正，更加懷疑。楊于畏睡醒，薛生就問：「這些遊樂的東西是哪兒來的？」楊于畏答：「我想要學。」薛生又問那些手抄詩卷，楊于畏騙稱是朋友相借。薛生不死心，反覆翻閱那些詩卷，見最後一頁寫著「某月某日連瑣書」這行小字。薛生笑道：「這分明是女子的小名，為何如此欺瞞我？」楊于畏大感困窘，說不出話。薛生不斷追問，楊于畏一直不肯告訴。薛生便拿起那詩卷，作勢離開，楊于畏更為困擾，這才相告。薛生懇求見連瑣一面，楊于畏便轉述女子囑咐。薛生十分仰慕連瑣，楊于畏不得已，只好答應。夜晚，連瑣前來，楊于畏替薛生傳達欲見一面的心意。連瑣大怒，道：「我先前是怎麼說的？你卻已迫不及待要昭告天下！」楊于畏說出實情為自己辯白。連瑣說：「我與你緣分已盡！」楊于畏百般勸慰，連瑣始終不悅，起身就要辭別：「我暫時避一陣子。」第二天，薛生前來，楊于畏代連瑣加以回絕。薛生懷疑他推託，傍晚又與兩名同窗友人前來，久留不去，故意阻撓他與連瑣幽會，整夜喧譁吵鬧，楊于畏大翻白眼，卻也無可奈何。幾天下來，眾人見毫無動靜，慢慢有了去意，喧鬧也逐漸平息。忽然間，眾人聽到女子吟詩聲，仔細聽聞，聲音淒婉欲絕。正當薛生全神貫注細聽之時，武生友人王某撿起一顆大石頭往外丟，大喊：「裝模作樣避不見客，吟的這是什麼詩，哭哭啼啼，煩都煩死了！」吟詩聲頓時停止。大家都埋怨王某，楊于畏還臭罵他一頓。隔天，這群人便離開了。楊于畏獨自睡在空蕩蕩的書齋，希望連瑣再來，卻怎麼也盼不到蹤影。

過了兩日，連瑣忽然前來，哭著說：「你那群凶神惡煞般的客人，差點嚇壞了我！」楊于畏連忙致歉。連瑣走到門口，說：「我曾說過緣分已盡，就此作別。」楊于畏想挽留，連瑣卻已不見蹤影。此後過了一個多月，始終未再出現。楊于畏思念不已，瘦到剩皮包骨，只覺無法挽回。某晚，楊于畏獨自飲酒，忽見連瑣掀開門簾而入。楊于畏高興極了，說：「你原諒我了？」連瑣潸然淚下，不發一語。楊于畏不停追問，連瑣欲言又止，說道：「我賭氣離開，現在又有事相求，難免感到慚愧。」楊于畏再三追問，連瑣才說：「不知從哪兒來了一名齷齪衙役，逼我做它的侍妾。我出身清白人家，豈能委身那種低賤鬼卒？然而我一弱質女流，如何能對抗它？你若視我爲妻，定然不會讓我自生自滅吧。」楊于畏大怒，只恨不能立刻找那衙役拚命；又想，人鬼殊途，無能爲力。連瑣說：「明天晚上你早點睡，我在夢中邀你同去。」於是兩人一同坐下閒聊，直至天際露出曙光。

連瑣臨去時，囑他白天別睡，留待晚上夢中相會。楊于畏點頭答應。午後喝了點酒，有些醉意，躺上床去，蓋著衣服就睡了。忽見連瑣前來，給他一柄佩刀，牽他的手出去。來到一處宅院，才剛關上門說話，便聽見有人拿石頭砸門。連瑣驚道：「仇人來了！」楊于畏立刻開門出去，見一人身著官服，滿臉鬍鬚如刺蝟毛似的。楊于畏朝它怒罵，衙役也橫目相視，凶狠叫罵。楊于畏大怒，朝它衝了過去。衙役撿石頭丟他，落石如雨，打中楊于畏手腕，他握不了刀，危急之際，遠遠見到一人腰間帶著弓箭，在野外打獵。楊于畏仔細一瞧，竟是武生王某，他便大聲呼救。王生拉弓急射，中了衙役大腿；再射一箭，衙役當場死去。楊于畏開心道謝。王生問起緣由，楊于畏全盤托出。王生很高興，想著可贖前罪，便一起回到連瑣家。連瑣害怕顫慄，瑟縮不安，站在遠處不發一語。桌上有柄小刀，僅長一尺多，刀鞘鑲著金玉；抽出刀子一看，光可鑑人。王生讚嘆不已，愛不釋手。又和楊于畏說了一會兒話，見連瑣又羞又怕，模樣挺可憐，便走了出去，分手告別。楊于畏也自行返家，跨牆進屋時跌倒，於是從夢中驚醒，聽到村裡的雞已在啼叫。他覺手腕甚痛，待天亮仔細一瞧，皮肉都紅腫了。

正午時候，王生前來，說起前晚做了奇怪的夢。楊于畏說：「你是不是夢到射死一個人？」王生對他竟能未卜先知感到奇怪。楊于畏給他看自己手上傷痕，告知事情緣由。王生憶起夢裡連瑣，花容月貌，恨不能見上一面。他慶幸自己有功於連瑣，又請楊于畏引薦。晚上，連瑣前來道謝，楊于畏將功勞歸給王生，傳達他想見面的心意。連瑣說：「仗義相助之情，我不敢忘。可是他魁梧的模樣，我見了實在害怕。」又說：「他喜歡的那柄佩刀，是家父出使廣東時，用一百兩銀子買來的。我很喜歡，向父親要來，纏上金線，鑲嵌珍珠。家父可憐我早夭，便以刀殉葬。我願割愛，贈他此刀，見刀如見我。」隔天，楊于畏轉達此意，王生大感高興。晚上，連瑣果然帶刀前來，對楊于畏說：「要囑咐他珍惜，這柄刀非中華之物。」從此，兩人又像從前那樣幽會。

過了數月，有天，連瑣忽在燈下微笑看著楊于畏，像有話要說，又羞紅著臉不說話，這樣反覆了好幾次。楊于畏將它抱在懷中相詢，連瑣答：「承蒙你長久以來眷顧憐愛，我收得了活人陽氣，白天吃人的食物，朽骨已萌發生機。但仍須活人精血，才能復生。」楊于畏笑道：「是你自己不肯，哪裡是我吝嗇？」連瑣道：「交歡後，你一定會大病二十幾天，但吃藥可癒。」楊于畏便與之交歡。雲消雨散後，連瑣穿衣起身，又說：「還須一點活人血，你能爲了愛我而忍痛嗎？」楊于畏拿起利刃，在手臂刺出血來；連瑣躺在床上，楊于畏將血滴在它肚臍。連瑣接著起身說：「我不會再來了。你要記得百日相約之期去我墳前看看，若有青鳥在樹梢鳴叫，就趕快挖開墳墓。」楊于畏謹遵吩咐。連瑣出門之際又囑道：「謹記勿忘，太晚太早都不可以！」說完便離去。

過了十幾天，楊于畏果然生了一場病，腹中腫脹，痛不欲生。醫生開了藥，服下後，解出泥巴般的髒東西，十幾日才痊癒。楊于畏數著日子來到第一百天，要家丁荷著鐵鍬在墳前等待。太陽下山之際，果見一對青鳥鳴叫。楊于畏高興的說：「可以開始挖了。」於是清除雜草，挖開墳墓。見棺木已然腐朽，連瑣容貌卻宛如活人，摸著有微溫。楊于畏將衣服蓋在屍體上抬回家，放在溫暖之處，聽得見咻咻呼吸聲，但氣息尚弱。餵她喝了稀粥，半夜才甦醒過來。連瑣後來經常對楊于畏說：「當鬼的這二十幾年，像做了一場夢。」

單道士

韓公子，邑世家[1]。有單道士，工作劇，公子愛其術，以為座上客。單與人行坐，輒忽不見。公子欲傳其法，單不肯。公子固懇之。單曰：「我非吝吾術，恐壞吾道也。所傳而[2]君子則可◆；不然，有借此以行竊者矣。公子固無慮此，然或出見美麗而悅，隱身入人閨闥[3]，是濟惡而宣淫也。不敢從命。」公子不能強，而心怒之，陰與僕輩謀撻[4]辱之。恐其遁匿，因以細灰布麥場上；思左道能隱形，而履處必有印迹[5]，可隨印處急擊之。於是誘單往，使人執牛鞭立撻之。單忽不見，灰上果有履迹，左右亂擊，頃刻已迷。

公子歸，單亦至。謂諸僕曰：「吾不可復居矣！向勞服役，今且別，當有以報。」袖中出旨酒一盛，又探得肴一簋[6]。並陳几上。陳已，復探；凡十餘探，案上已滿。遂邀眾飲，俱醉。一一仍內[7]袖中。韓聞其異，使復作劇。單於壁上畫一城，以手推撾[8]，城門頓闢。因將囊衣篋物，悉擲門內，乃拱別曰：「我去矣。」躍身入城，城門遂合，道士頓杳[9]。後聞在青州[10]市上，教兒童畫墨圈於掌，逢人戲拋之，隨所拋處，或面或衣，圈輒脫去，落印其上。又聞其善房中術[11]，能令下部吸燒酒[12]，盡一器。公子嘗面試之。

1 邑：此處指縣市，指蒲松齡的家鄉——山東省淄川縣（古名「般陽」），即今淄博市淄川區。世家：官宦世家的後代。
2 而：若、如果。
3 閨闥：閨房，此處解作內室。闥，讀作「踏」，門。
4 撻：讀作「踏」，以鞭子抽打。
5 迹：蹤跡、行跡、痕跡。同今「跡」字，是跡的異體字。
6 簋：讀作「軌」，古代祭祀時，盛裝黍稷的圓形器具。
7 內：通「納」字。

8 撾：讀作「抓」，敲打。
9 杳：讀作「咬」，不見蹤跡之意。
10 青州：今山東省青州市。
11 房中術：道教的一種方術，透過男女性交，進而達到養生、節慾功效。
12 燒酒：指酒精濃度高的蒸餾酒，性烈味香，以高粱、米、麥等釀製而成，通常指高粱酒，也稱「白酒」。

◆**馮鎮巒評點**：其人而君子，何必工此術，出其身以與天下相見可也。

單道士若是君子，何必學此隱身術，以真面目坦然面對天下人亦無不可。

韓公子是本縣官宦世家後代，喜愛一位擅長表演各種法術的單姓道士，奉之爲座上賓。單道士與人一同行走或坐下時，經常突然消失；公子希望單道士傳授這項隱身術，但道士不肯。公子一再懇求，單道士答稱：「我不是吝嗇於法術，而是怕你有辱我道門清修。此術只能傳給君子，否則恐有人藉此術行竊。公子當然沒有這點顧慮，但若見到美麗心儀的女子，隱身進入人家閨房，我這就是幫助壞人做了淫蕩之事。所以，不敢答應你。」公子眼見無法強求，怒火中燒，暗中與僕從謀劃要鞭打羞辱他。因擔心他逃走，便事先在麥場撒下細灰粉；心想，他雖能隱形，但走過之處必留下鞋印，可隨鞋印追擊。於是引誘單道士前往，命人手執牛鞭加以抽打。單道士忽不見蹤影，地上灰粉果然出現鞋印，僕從忽左忽右一番亂打，頃刻間，單道士消失了。

公子回到家，單道士也跟著到了。他對韓家僕人說：「我不能再住這裡了！承蒙諸位日前服侍，臨別在即，當有所回報。」他從袖中取出美酒一壺，又拿出菜餚一盤，並列擺放在茶几上，放妥，又將手探入袖中；如此進進出出十餘次，桌上已擺滿酒菜，邀眾人飲宴，大家都喝得酩酊大醉。單道士又將酒壺和碗盤逐一放入袖中。韓公子聽聞此異事，便叫他再表演一次。單道士在牆上畫一座城池，用手推敲，城門頓時打開，將行李一一往門內丟，拱手辭別：「我走了。」縱身躍入城中，城門立刻關上，道士消失無蹤。後來聽說他在青州市集上，教孩童在手掌畫黑圈，遇人便玩笑似的朝對方一拋，拋在人家臉上或衣服上，印到了那人身上後，自己掌心的黑圈便脫落。又聞單道士擅長房中術，能用下體吸烈酒，可吸光一整壺，韓公子就曾當面試過這項法術。

白于玉

吳青庵，筠，少知名。葛太史[1]見其文，每嘉歎之。託相善者邀至其家，領其言論風采。曰：「焉有才如吳生，而長貧賤者乎？」因俾[2]鄰好致之曰：「使青庵奮志雲霄[3]，當以息女奉巾櫛[4]。」時太史有女絕美。生聞大喜，確自信。既而秋闈[5]被黜，使人謂太史：「富貴所固有，不可知者遲早耳。請待我三年不成而後嫁。」於是刻志益苦。

一夜，月明之下，有秀才造謁，白晳[6]短鬚，細腰長爪[7]。詰[8]所來，自言：「白氏，字于玉。」略與傾談，豁人心胸。悅之，留同止宿。遲明欲去，生囑便道頻過。白感其情殷，願即假館[9]，約期而別。至日，先一蒼頭[10]送炊具來。少間，白至，乘駿馬如龍。生另舍舍[11]之。白命奴牽馬去。遂共晨夕，忻[12]然相得。生視所讀書，並非常所見聞，亦絕無時藝[13]。訝而問之。白笑曰：「士各有志，僕非功名中人也。」夜每招生飲，出一卷授生，皆吐納之術[14]，多所不解，因以迂緩[15]置之。他日謂生曰：「曩[16]所授，乃『黃庭』[17]之要道，仙人之梯航[18]。」生笑曰：「僕所急不在此。且求仙者必斷絕情緣，使萬念俱寂，僕病[19]未能也。」白問：「何故？」生以宗嗣為慮。白曰：「胡久不娶？」笑曰：「『寡人有疾，寡人好色[20]。』」白亦笑曰：「『王請無好小色[21]。』所好何如？」生具以情告。白疑未必真美。生曰：「此遐邇[22]所共聞，非小生之目賤也。」白微哂[23]而罷。次日，忽促裝言別。生淒然與語，刺刺[24]不能休。白乃命童子先負裝行。兩相依戀。俄見一青蟬鳴落案間，白辭曰：「輿[25]已駕矣，請自此別。如相憶，拂我榻而臥之。」方欲

再問，轉瞬間，白小如指，翩然跨蟬背上，嘲哳[26]而飛，杳入雲中。生乃知其非常人，錯愕良久，悵悵自失。

踰數日，細雨忽集，思白綦[27]切。視所臥榻，鼠迹[28]碎瑣；慨然掃除，設席即寢。無何，見白家童來相招，忻然從之。俄有桐鳳[29]翔集，童捉謂生曰：「黑徑難行，可乘此代步。」生慮細小不能勝任。童曰：「試乘之。」生如所請，寬然殊有餘地，童亦附其尾上；戛然一聲，凌升空際。未幾，見一朱門。童先下，扶生亦下。問：「此何所？」曰：「此天門也。」門邊有巨虎蹲伏。生駭懼，童一身障之。見處處風景，與世殊異。童導入廣寒宮[30]，內以水晶為階，行人如在鏡中。桂樹兩章[31]，參空合抱；花氣隨風，香無斷際。亭宇皆紅窗，時有美人出入，冶容秀骨，曠世並無其儔[32]。童言：「王母[33]宮佳麗尤勝。◆」然恐主人伺久，不暇留連，導與趨出。

移時，見白生候於門。握手入，見簷外清水白沙，涓涓流溢；玉砌雕闌，殆疑桂闕[34]。甫坐，即有二八妖鬟[35]，來薦香茗。少間，命酌。有四麗人，斂衽鳴璫[36]，給事[37]左右。纔[38]覺背上微癢，麗人即纖指長甲，探衣代搔。生覺心神搖曳，罔所安頓。既而微醺，漸不自持，笑顧麗人，兜搭與語。美人輒笑避。白令度曲侑觴[39]。一衣絳綃[40]者，引爵[41]向客，便即筵前，宛轉清歌。諸麗者笙管敖曹[42]，嗚嗚雜和。既闋[43]，一衣翠裳者，亦酌亦歌。尚有一紫衣人，與一淡白軟綃者，吃吃[44]笑，暗中互讓不肯前。白令一酌一唱。紫衣人便來把琖[45]。生托接杯，戲撓纖腕。女笑失手，酒杯傾墮。白譙訶[46]之。女拾杯含笑，俛首[47]細語云：「冷如鬼手馨[48]，強來捉人臂。」白大笑，罰令自歌且舞。舞已，衣淡白者又飛一觥[49]。生辭不能釂[50]。女捧酒有愧色，乃強飲之。細視四女，風致翩翩，無一非絕世者。遽[51]謂主人曰：「人間尤物，僕求一而難之；君集羣芳，能令我真個銷魂否？」白笑曰：「足下意中自有佳人，此何足當巨眼[52]之顧？」生曰：「吾今乃知所見之不廣也。」

白乃盡招諸女，俾自擇。生顛倒[53]不能自決。白以紫衣人有把臂之好，遂使襆被[54]奉客。既而衾[55]枕之愛，極盡綢繆[56]。生索贈，女脫金腕釧[57]付之。忽童入曰：「仙凡路殊，君宜即去。」女急起遁去。生問主人，童曰：「早詣待漏[58]，去時囑送客耳。」生悵然從之，復尋舊途。將及門，回視童子，不知何時已去。虎哮驟起，生驚竄而去。望之無底，而足已奔墮。一驚而寤[59]，則朝暾[60]已紅。方將振衣，有物膩[61]然墮褥間，視之，釧也。心益異之。由是前念灰冷，每欲尋赤松遊[62]，而尚以胤續[63]為憂。

過十餘月，晝寢方酣，夢紫衣姬自外至，懷中繃[64]嬰兒曰：「此君骨肉。天上難留此物，敬持送君。」乃寢諸牀，牽衣覆之，匆匆欲去。生強與為懽[65]，乃曰：「前一度為合巹[66]，今一度為永訣，百年夫婦，盡於此矣。君倘有志，或有見期。」生醒，見嬰兒臥襆褥[67]間，繃以告母。母喜，傭媪[68]哺之，取名夢仙。生於是使人告太史，身已將隱，令別擇良匹。太史不肯。生固以為辭。太史告女。女曰：「遠近無不知兒身許吳郎矣，今改之，是二天[69]也。」因以此意告生。生曰：「我不但無志於功名，兼絕情於燕好[70]。所以不即入山者，徒以有老母在。」太史又以商女。女曰：「吳郎貧，我甘其藜藿[71]；吳郎去，我事其姑嫜[72]：定不他適。」使人三四返，迄無成謀，遂諏日備車馬妝奩[73]，嬪[74]於生家。生感其賢，敬愛臻至。女事姑孝，曲意承順，過貧家女。踰二年，母亡，女質[75]奩作具，罔不盡禮。生曰：「得卿如此，吾何憂！顧念一人得道，拔宅飛昇[76]。余將遠逝，一切付之於卿。」女坦然，殊不挽留。生遂去。

女外理生計，內訓孤兒，井井有法。夢仙漸長，聰慧絕倫。十四歲，以神童領鄉薦[77]；十五入翰林[78]。

每褒封，不知母姓氏，封葛母一人而已。值霜露之辰[79]，輒問父所，母具告之。遂欲棄官往尋。母曰：「汝父出家，今已十有餘年，想已仙去，何處可尋？」後奉旨祭南岳[80]，中途遇寇。窘急中，一道人仗劍入，寇盡披靡，圍始解。德之，餽以金，不受。出書一函，付囑曰：「余有故人，與大人同里，煩一致寒暄。」問：「何姓名？」答曰：「王林。」因憶村中無此名。道士曰：「草野微賤，貴官自不識耳。」臨行，出一金釧曰：「此閨閣物，道人拾此，無所用處，即以奉報。」視之，嵌鏤精絕。懷歸以授夫人。夫人愛之，命良工依式配造，終不及其精巧。徧[81]問村中，並無王林其人者。私發其函，上云：「三年鸞鳳，分拆各天；葬母教子，端賴卿賢。無以報德，奉藥一丸；剖而食之，可以成仙。」後書「琳娘夫人妝次」。讀畢，不解何人，持以告母。母執書以泣，曰：「此汝父家報也。琳，我小字。」始恍然悟「王林」為拆白謎[82]也。悔恨不已。又以釧示母。母曰：「此汝母遺物。而翁在家時，嘗以相示。」又視丸，如豆大。喜曰：「我父仙人，啖此必能長生。」母不遽[83]吞，受而藏之。

會葛太史來視甥，女誦吳生書，便進丹藥為壽。太史剖而分食之。頃刻，精神煥發。太史時年七旬，龍鍾頗甚；忽覺筋力溢於膚革，遂棄輿而步，其行健速，家人坌息[84]始能及焉。踰年，都城有回祿之災[85]，火終日不熄。夜不敢寐，畢集庭中。見火勢拉雜，寖[86]及鄰舍。一家徊徨，不知所計。忽夫人臂上金釧，戛然有聲，脫臂飛去。望之，大可數畝；團覆宅上，形如月闌[87]；釧口降東南隅，歷歷可見。眾大愕。俄頃，火自西來，近闌則斜越而東。迨火勢既遠，竊意釧亡[88]不可復得；忽見紅光乍斂，釧錚然[89]墮足下。都中延燒民舍數萬間，左右前後，並為灰燼，獨吳第無恙，惟東南一小閣，化為烏有，即釧口漏覆處也。葛母年五十餘，或見之，猶似二十許人。

白于玉
偶然假館溷紅塵旋
跨青蟬返玉宸預為
居停謀嗣續尊前留
得紫衣人

1太史：古代官名。原指編修史書記載史實，兼職掌天文曆法。明清兩代，將天文曆法歸欽天監掌管，修史之職則歸翰林院，故俗稱翰林為「太史」。

2俾：讀作「必」，使、讓。

3奮志雲霄：科考高中，考取功名。

4息女奉巾櫛：將親生女兒許配給他。息女，親生女兒。奉，侍奉。櫛，讀作「傑」，洗手梳頭。

5秋闈：即鄉試。闈，科舉考試的考場。

6白皙：用以形容人皮膚潔白細緻。

7爪：手指。

8詰：問。

9假館：租房子。

10蒼頭：古代僕役以接近黑色的頭巾包頭，後泛指僕人。

11舍：第一個舍字當名詞用，房子、館舍。第二個舍則當動詞用，安排居住之意。

12忻：歡喜。同今「欣」字，是欣的異體字。

13藝：指八股文，古代科舉考試所用的文體。

14吐納之術：道家的一種呼吸吐納養生術，後被道教用作煉丹之術，亦稱「導引之術」。

15迂緩：天馬行空，不切實際。

16曩：讀作「囊」的三聲，以前、昔日之意。

17黃庭：指《黃庭經》，此為道教典籍，探討養生修煉。宋代張君房所著《雲笈七籤》，有〈黃庭內景經〉、〈黃庭外景經〉、〈黃庭遁甲緣身經〉三種，此外其他道書所載尚有〈黃庭養神經〉、〈黃庭中景經〉等數種，為道教中人言養生修煉之書，簡稱「黃庭」。

18梯航：梯子與船，此處意謂修煉成仙之必備工具。

19病：擔心、疑慮。

20寡人有疾，寡人好色：語出《孟子．梁惠王下》：「寡人有疾，寡人好色。」孟子勸齊宣王施行仁政，齊宣王以自己愛好美色而推託。寡人，指齊宣王。疾，毛病、缺點。色，美色。此處蒲松齡借用《孟子》中的典故，作為吳筠不想修煉成仙的推諉之詞。

21王請無好小色：語出《孟子．梁惠王下》：「王請無好小勇。」本為孟子規勸齊宣王的話，用意是激勵他實行仁政。此處蒲松齡改為「王請無好小色」，配合上文，意指要吳筠放寬眼界，別喜歡那些庸脂俗粉。

22遐邇：遠近，此指四處。

23哂：讀作「審」，微笑。

24刺刺：話多的樣子。

25輿：車子、車輛。

26嘲哳：細碎、吵雜的聲響。哳，讀作「札」。

27綦：讀作「其」，極、甚之意。

28迹：蹤跡、行跡、痕跡。同今「跡」字，是跡的異體字。

29桐鳳：靈鳥名，即桐花鳳。李德裕所著《李文饒集》別集一《畫桐花鳳扇賦並序》，云：「成都夾岷江，磯岸多植紫桐。每至暮春，有靈禽五色，小於玄鳥，來集桐花，以飲朝露。及花落則烟飛雨散，不知其所往。」（成都岷江岸邊多種植紫桐樹。每逢暮春時，有五色靈鳥棲止在桐花樹上，吸食朝露。等到花落煙雨散去，靈鳥也不知所蹤。）

30廣寒宮：月宮。

31章：大樹，此處意指「棵」，即樹木的單位量詞。

32儔：讀作「愁」，相等、可相匹敵。

33王母：古代神話中的西王母，掌管眾女神。

34桂闕：即月宮。古時相傳月中有桂樹而得名。

35妖鬟：美豔絕倫的丫鬟。

36斂衽：整理衣襟，表示恭敬。衽，讀作「認」，衣襟。鳴璫：動作時，身上配戴飾品發出的聲響：璫，耳環，此借指玉製飾品。

37給事：侍奉、服侍。給，讀作「擠」。

38纔：讀作「才」，僅、只之意，通「才」、「裁」二字。

39侑觴：佐酒、勸酒。侑，讀作「佑」。

40絳綃：讀作「匠消」，紅色的絲織品。綃：以生絲織成的布品。

41爵：古代一種形似鳥雀的三腳酒器。

42敖曹：形容聲音急而嘈雜。

43闋：讀作「卻」，演奏完畢、曲終。

44吃：形容笑聲。

45 琖：讀作「展」，玉製酒杯。

46 譙訶：讀作「俏呵」，斥責、責備。訶，大聲喝斥、責罵，通「呵」字。

47 俛首：低頭。俛，同今「俯」字，是俯的異體字。

48 馨：魏晉時期的語助詞，無義。

49 飛一觥：敬一杯酒。觥，讀作「工」，用兕（讀作「四」）牛角做成的酒器。

50 釂：讀作「叫」，一飲而盡，俗稱「乾杯」。

51 遽：就、遂。

52 巨眼：青眼有加、另眼相看之意。

53 顛倒：猶豫不決。

54 襆被：此指整理被褥。襆，讀作「樸」，巾帕一類布品。

55 衾：讀作「親」，被子。

56 綢繆：讀作「愁謀」，纏綿、親密，此指男女交歡。

57 釧：讀作「串」，手鐲。

58 待漏：官員上早朝，等待拜見皇帝時，稍事休息之處；此指上朝。

59 寤：讀作「物」，醒來、睡醒。

60 暾：讀作「吞」，早晨的陽光。

61 膩：滑。

62 尋赤松遊：此指入山尋仙。赤松子，傳說中的仙人。

63 胤續：傳宗接代。胤，讀作「印」。

64 繃：讀作「崩」，襁褓。

65 懽：歡愛。同今「歡」字，是歡的異體字。

66 合巹：指成婚，古時成親的夫婦要對飲合巹酒。巹，讀作「錦」。

67 襆褥：此解作被褥。

68 媼：讀作「棉襖」的襖，指老婦人。同今「媪」字，是媼的異體字。

69 二天：古代女子視丈夫為「天」，若改嫁則如「二天」。俗語又有云：「忠臣不事二主，烈女不事二夫。」此處，葛女表示與吳筠既有婚約在先，就當從一而終，不可改嫁。

70 燕好：夫妻之情愛。

71 藜藿：窮人吃的野菜。

72 姑嫜：古代稱丈夫的父母，即公婆。

73 諏日：挑選良辰吉日；諏，讀作「鄒」。妝奩：女子的嫁妝；奩，讀作「連」，指女子陪嫁物品，同今「奩」字，是奩的異體字。

74 嬪：讀作「頻」，原指帝王的女兒出嫁，此指一般人家嫁女兒。

75 質：典當。

76 一人得道，拔宅飛昇：一人得道，全家得以飛升成仙。

77 領鄉薦：指考中舉人。唐代科舉制度，參加進士考試的人，依例由地方官員推薦，此稱鄉舉或鄉薦。後代考中舉人，稱領鄉薦，或簡稱領薦。

78 翰林：古代官名；翰林院，掌管修史之事。

79 霜露之辰：此指祭祀祖先的日子。

80 祭南岳：漢宣帝時曾定安徽天柱山為南嶽，後改定湖南衡山為南嶽，相沿至今。漢代時，五嶽秩比三公，唐玄宗封為王、宋真宗封帝，明太祖尊五嶽為神。歷代君王多親往致祭，或派遣官員代為祭祀。

81 徧：同今「遍」字，是遍的異體字。

82 折白謎：用拆析字形來表意的一種文字遊戲。由於所拆之字夾雜在語句中需得辨測，近似謎語，因此叫折白謎，又稱折白道字。

83 遽：立刻、馬上。

84 坌息：氣喘吁吁。坌，讀作「笨」。

85 回祿之災：指火災。

86 寖：同「浸」字，逐漸。

87 月闌：月亮四周的光環，俗稱月暈。

88 亡：丟失。

89 錚然：擬聲詞，形容金屬或玉石相互碰撞所發出聲響。

◆**但明倫評點**：王母宮一句，只是借作映襯耳。若再鋪敘，便嫌繁縟，故隨手撇開。

「王母宮佳麗尤勝」這句話，只是為了映襯天上仙女與凡間女子的天壤之別。若再鋪續下去，便嫌囉嗦繁贅，故筆鋒一轉，就此打住。

有個人叫吳筠，字青庵，年少時即才名遠播。葛太史讀其文章，每每讚嘆有加。太史託與吳筠相熟的朋友，邀吳筠到家中作客，想領受其言論風采。太史說：「世上哪有人像吳生如此有才華，卻長期貧困的呢？」於是讓吳筠鄰居好友轉達：「假使吳青庵立志發憤，金榜題名，就把女兒許配給他。」太史的女兒貌美絕倫，吳筠聽了很高興，自信能達成太史期望。之後他鄉試落第，派人轉告太史：「富貴雖是命中注定，然而遲來早到並不可知，請等我三年，若仍未成功，就請小姐改嫁他人。」從此更加發憤苦讀。

有個月色皎皎的夜晚，一位秀才造訪，皮膚白皙，蓄著短鬚，身材纖瘦，手指細長。吳筠問他從哪裡來，那人答：「我姓白，字于玉。」吳筠和他聊了一會兒，心胸頓時開朗。吳筠很喜歡對方，便留他下來過夜。天亮後，白于玉準備離開，吳筠囑他路過時定要再來拜訪。白于玉感念其情意殷切，願意再來借住，約定好日子後便離開。到了那天，先差遣一名僕人送來煮飯器具。不久，白于玉騎著一匹氣勢如龍的駿馬來到，吳筠另外騰了間屋子讓他住。白于玉命僕人牽馬回去。兩人朝夕相處，十分融洽。吳筠看白于玉所讀之書，非一些常見典籍，也無考試用的八股文，驚訝的問起緣由。白于玉笑道：「人各有志，我並非志在功名。」夜晚，他常找吳筠一塊兒喝酒，都會拿出一卷書給他看，書裡全是道教吐納養生的內容，吳筠大多看不懂，也覺不切實際，便置之不理。有天，白于玉對吳筠說：「之前給你看的書，乃《黃庭經》的祕訣，是修仙的必備要領。」吳筠笑道：「我志不在此。況且修仙之人必須斷絕世俗情緣，除去雜念，我擔心無法做到。」白于玉問：「爲何？」吳筠表示是爲接續香火而憂心。白于玉說：「那爲何這麼久都不娶妻？」吳筠引用《孟子》裡的話，笑道：「『寡人有疾，寡人好色。』」白于玉也笑說：「『王請無好小色。』你喜歡什麼樣的美女？」吳筠便告知了事情經過。白于玉懷疑葛女未必眞是美人，吳筠說：「葛女美貌遠近馳名，並非我眼光淺陋。」白于玉只微笑，不置評。次日，忽整理行裝，向吳筠告辭。吳筠與之話別，難分難捨，絮絮叨叨說個沒完。白于玉命童子先帶著行李出發，兩人仍依依不捨。不久，見一隻青蟬鳴叫，停落在書桌上，白于玉辭行道：「我的車子已經到了，就此別過。若想念我，就拂拭我睡過的床，躺上去便可。」吳筠正想再問，一眨眼工夫，白于玉縮得像根小指頭，翩然跨坐蟬背，只聞「吱吱」聲，便飛入雲霄，不見了蹤影。吳筠這才知他非普通人，站在原地錯愕良久，悵然若失。

過了幾日，忽下起綿綿細雨，吳筠思念殷切。看著白于玉睡過的床，上頭已有老鼠走過的痕跡，他感慨的打掃一番，鋪好被褥，躺在上面就寢。不多久，見白于玉的家僮向他招手，欣然隨之前往。片刻，一群桐花鳳飛來，僮僕捉了一隻，對吳筠說：「天黑路難走，可騎上去代步。」吳筠擔心靈鳥太小，無法騎乘。僮僕說：「請試乘看看。」吳筠照他所說去做，騎上後，鳥背甚且還有空位，僮僕亦騎上鳥尾，戛然一聲凌雲升空。不久，見一紅色大門，僮僕先下，再扶吳筠下來。吳筠問：「這是哪裡？」僮僕答：「此乃天門。」門邊蹲伏著一隻巨虎，吳筠很害怕，僮僕便用身體擋在前面。通過大門後，見此處風景與人世大相逕庭。僮僕領他進廣寒宮，宮內階梯乃以水晶製成，步於其上如置身鏡中。兩棵桂樹聳入雲霄，有雙手合抱那麼粗；花的氣息隨輕風飄來，香味不曾間斷。亭臺樓閣的窗戶全爲紅色，時有美人進出，姿容絕倫，凡間無可匹敵者。僮僕說：「王母宮的美女更勝一籌。」擔心主人久候，無暇逗留，便領吳筠離開。

不久，見白于玉在門外等候。兩人握手言歡，一同進入。吳筠見屋簷下一泓清泉如白沙涓涓而流，屋宇雕闌玉砌，疑是月宮。甫坐定，便有二八年華的姣好丫鬟侍奉香茗。一會兒，白于玉又命人準備酒菜。四名美女上前施禮，身上佩環噹噹作響，立於一旁隨侍左右。吳筠才覺背上微癢，美女便以纖指長甲探入衣服幫忙搔癢。吳筠只覺心神蕩漾，魂不守舍。喝了酒有些醉意，漸無法把持，笑望美女，與之搭訕談話，美人總是笑著避開。白于玉命她們奏樂勸酒助興，其中一身紅紗的美女，爲吳筠斟酒後，來到筵席前宛轉的唱起歌來。眾美女吹著笙管，喧鬧嘈雜的爲其伴奏。曲畢，另一身穿翠綠衣裳的美女，一邊斟酒，一邊唱歌。還有一紫衣美女與著粉白軟紗的美女，嘻嘻哈哈，暗中互讓不肯向前。白于玉命她們一人斟酒，一人唱歌。紫衣美女便上前斟酒勸飲，吳筠趁接過酒杯之際，調戲輕撓其纖細手腕。紫衣女一笑失手，酒杯掉落在地，白于玉加以斥責。紫衣女撿起杯子，嘴角含笑，低頭輕道：「你的手冰得跟鬼爪一樣，還硬要抓人家手臂。」白于玉大笑，罰她一邊唱歌一邊跳舞。舞畢，輪到白衣美女上前敬酒，吳筠推辭不能再飲。白衣女捧著酒杯，面露慚色，吳筠心中不忍才勉強喝下。仔細打量這四名美女，各有風韻，無一不是絕世美女，便對主人說：「凡間佳麗，我想找一個都尙且困難，你卻能將她們聚集起來，可否賞我一個，讓我也嘗嘗銷魂的滋味？」白于玉笑道：「你心中早有意中人了，這些庸脂俗粉怎能入得了你眼？」吳筠說：「我今天才知自己見識淺陋。」

白于玉將四位美女招來，讓他選擇。吳筠心猿意馬，無法決定。白于玉以紫衣美女曾與他有過撓手之親，便命整理床鋪奉客。兩人同衾共枕，盡享男歡女愛。吳筠向她討個紀念贈物，紫衣女於是脫下金手鐲相贈。忽然，僮僕進來說：「仙凡殊途，你應早點離去。」紫衣女便急忙離開。吳筠問起白于玉，僮僕說：「他一早就上朝去了，臨走時吩咐我送客。」吳筠悵然跟隨僮僕離開，順著來時路返回。走至天門時，回望僮僕，不知何時已離去。老虎突然咆哮聲起，嚇得吳筠奔竄而去。猛一看，腳下竟是無底深淵，還來不及反應，雙腳已踩空掉了下去。心頭一驚，發現自夢中醒來，朝陽早已升起。正當抖抖衣服之際，有個東西滑出落在被褥上，一看，是紫衣女所贈金鐲，他更覺詫異。此後，再無求取功名之心，常想著訪仙求道，又擔心無人傳宗接代。

過了十多個月，有天午睡得正熟，吳筠夢見紫衣女從外走來，懷中抱著襁褓中的嬰兒，說：「這是你的骨肉。天上難留此兒，特來送還與你。」便將嬰兒放在床上，拿了件衣服蓋著，欲匆忙離去。吳筠想與之交歡，紫衣女說：「前次是與君合歡結爲夫婦，今次是與君永別，百年夫妻，緣盡今朝。你若有志修道成仙，或許我們還有再見之日。」吳筠夢醒，見嬰兒躺臥被褥，抱著前去告訴母親。吳母大喜，僱了保母哺育此兒，取名夢仙。吳筠差人告訴太史，將要入山修仙，請太史另擇賢婿。太史不肯，吳筠堅決推辭。太史告知女兒此事，葛女則說：「遠近鄰里無人不知女兒已許配吳郎，今若改嫁，等於事二夫。」太史將女兒心意相告，吳筠說：「我不但無心求取功名，也斷絕了夫妻情愛。之所以不馬上入山求道，是因家有老母。」太史又與女兒商量，葛女說：「吳郎窮困，我甘心一同吃野菜度日；吳郎若離家，我就侍奉公婆，不會嫁給別人。」兩家派人來往三四次，始終無法達成協議。太史便擇定黃道吉日，備妥車馬嫁妝，將女兒嫁給吳筠。吳筠感念葛女賢德，對她極爲敬愛。葛女侍奉婆婆至孝，凡事皆順其心意，勝過貧苦人家的女兒。過了兩年，吳母過世，葛女變賣嫁妝置辦喪事，無一不合乎禮數。吳筠說：「得妻如此，我又有何後顧之憂！若修道成仙，舉家都能升天。我將遠去，家中事務都交給賢妻打理。」葛女坦然接受，沒有挽留，吳筠離家而去。

葛女在外打理生活，在家教導兒子，井井有條。夢仙逐漸長大，聰慧絕倫，十四歲便以神童之姿考中舉人，十五歲中進士，入翰林院任職。每每受朝廷封賞，因不知生母姓氏，只封葛母一人而已。這一年，正逢祭祀祖先時節，夢仙問父親身在何處，葛母據實以告。夢仙想棄官尋父，葛母說：「你父親出家至今十餘年，想必已經成仙，要到哪裡尋他？」之後，夢仙奉旨到南岳祭祀，途中遇到匪寇，正危急時，有名道士持劍衝入，斬殺匪寇，所向披靡，才解了圍。夢仙感其恩德，欲贈銀兩，道士不接受，只拿出一封信，交給他並囑咐：「我有一名故人與大人同鄉里，勞煩代我向她問好。」夢仙問：「她叫什麼名字？」道士答：「王林。」夢仙回想村中無此名者。道士說：「此人乃一介草民，達官貴人自然不會認識。」臨走時，拿出一個金鐲，說：「這是女子之物，我一個道士撿到此物也是無用，就送給你好了。」夢仙仔細檢視此鐲，作工精細，收入懷中，攜回送給妻子。妻子非常喜愛，命良工巧匠依同款式打造，卻始終不及原來精巧。夢仙問遍村中，都沒有王林這個人，私自拆開書信，上面寫著：「三年夫妻，天涯兩隔；葬母教子，全仰仗賢妻。此恩此德無以爲報，奉上一藥丸，剖開吃下，可以成仙。」後面寫「琳娘夫人妝次」。夢仙讀畢，仍不解是寫給何人，便拿給葛母看。葛母拿著書信泣道：「這是你父親的家書。琳，是我的小字。」夢仙這才恍然大悟，原來「王林」是拆字遊戲，感到悔恨不已。又拿金鐲給葛母看，葛母說：「這是你生母留下的。你父親在家時，曾拿給我看過。」夢仙又看那枚丹藥，如豆子般大小，高興的說：「我父親是仙人，吃了此藥必能長生不老。」葛母沒有馬上服下，收了起來。

適逢葛太史來探望外孫，葛女將吳筠手書唸給父親聽，又奉上丹藥以增年壽。太史剖開藥丸，兩人分食。不多久，精神煥發。太史這年剛滿七十，頗爲老態龍鍾；忽覺體力充沛，便棄車步行，速度之快，累得家僕氣喘吁吁，才勉強追上。過了一年，京城發生火災，燒了一天還不熄滅。夢仙一家人晚上不敢睡，全都聚在庭院。見火勢旺盛，漸漸延燒到鄰居屋舍。一家人惶恐徘徊，不知所措。忽然，妻子臂上金鐲發出嘎嘎聲響，脫離手臂飛了出去。一看，變得像有好幾畝地那麼寬闊，覆在屋宅上，狀如月暈；鐲子缺口則落在東南角，瞧得一清二楚。眾人大爲驚愕。過了一下子，火勢自西面燒來，一近手鐲即繞向東邊而去。待火勢燒遠，心想金鐲已失不可復得，忽見紅光突然收斂，金鐲錚然掉落腳邊。京城火災燒毀民宅數萬間，周遭都化成灰燼，唯獨吳宅安然無恙，只東南一座小閣樓化爲烏有，正是金鐲缺口未能覆蓋處。葛母年約五十多歲，旁人見她竟如二十幾歲的年輕女子。

夜叉國

交州[1]徐姓，泛海為賈[2]。忽被大風吹去。開眼至一處，深山蒼莽。冀[3]有居人，遂纜船而登，負糗腊[4]焉。方入，見兩崖皆洞口，密如蜂房；內隱有人聲。至洞外，佇足一窺，中有夜叉[5]二，牙森列戟[6]，目閃雙燈，爪劈生鹿而食。驚散魂魄，急欲奔下；則夜叉已顧見之，輟[7]食執入。二物相語，如鳥獸鳴，爭裂徐衣，似欲啗噉[8]。徐大懼，取橐中糗糒[9]，並牛脯[10]進之。分啗甚美。復翻徐橐。徐搖手以示其無。夜叉怒，又執之。徐哀之曰：「釋我。我舟中有釜甑[11]，可烹飪。」夜叉不解其語，仍怒。徐再與手語，夜叉似微解。從至舟，取具入洞，束薪燃火，煮其殘鹿，熟而獻之。二物噉之喜。夜以巨石杜[12]門，似恐徐遁。徐曲體遙臥，深懼不免。

天明，二物出，又杜之。少頃，攜一鹿來付徐。徐剝革，於深洞處流水，汲煮數釜。俄有數夜叉至，羣集吞噉訖[13]，共指釜，似嫌其小。過三四日，一夜叉負一大釜來，似人所常用者。於是羣夜叉各致狼麋[14]。既熟，呼徐同噉。居數日，夜叉漸與徐熟，出亦不施禁錮，聚處如家人。徐漸能察聲知意，輒效其音，為夜叉語。夜叉益悅，攜一雌來妻徐。徐初畏懼，莫敢伸；雌自開其股[15]就徐，徐乃與交[16]。雌大歡悅。每留肉餌徐，若琴瑟之好[17]。

一日，諸夜叉早起，項下各挂[18]明珠一串，更番出門，若伺貴客狀。命徐多煮[19]肉。徐以問雌，雌云：「此天壽節[20]。」雌出謂眾夜叉曰：「徐郎無骨突子[21]。」眾各摘其五，並付雌；雌又自解十枚；共得五十

之數，以野苧[22]為繩，穿挂徐項。徐視之，一珠可直[23]百十金。俄頃俱出。徐炙肉畢，雌來邀去，云：「接天王。」至一大洞，廣闊數畝。中有石，滑平如几；四圍俱有石座；上一座蒙一豹革，餘皆以鹿。夜叉二三十輩，列坐滿中。少頃，大風揚塵，張皇[24]都出。見一巨物來，亦類夜叉狀，竟奔入洞，踞坐鶚顧[25]。羣隨入，東西列立，悉仰其首，以雙臂作十字交。大夜叉按頭點視，問：「臥眉山[26]眾，盡於此乎？」羣鬨[27]應之。顧徐曰：「此何來？」雌以「壻[28]」對。眾又讚其烹調。即有二三夜叉，奔取熟肉陳几上。大夜叉掬[29]啗盡飽，極贊嘉美，且責常供。又顧徐云：「骨突子何短？」眾白：「初來未備。」物於項上摘取珠串，脫十枚付之；俱大如指頂，圓如彈丸。雌急接，代徐穿挂，徐亦交臂作夜叉語謝之。物乃去，躡[30]風而行，其疾如飛。眾始享其餘食而散。

居四年餘，雌忽產，一胎而生二雄一雌，皆人形，不類其母。眾夜叉皆喜其子，輒共拊[31]弄。一日，皆出攫[32]食，惟徐獨坐。忽別洞來一雌，欲與徐私[33]，徐不肯。夜叉怒，撲徐踣[34]地上。徐妻自外至，暴怒相搏，齕[35]斷其耳。少頃，其雄亦歸，解釋令去。自此雌每守徐，動息不相離。又三年，子女俱能行步。徐輒教以人言，漸能語，啁啾[36]之中，有人氣[37]焉。雖童也，而奔山如履坦途。與徐依依有父子意。

一日，雌與一子一女出，半日不歸。而北風大作。徐惻然念故鄉；攜子至海岸，見故舟猶存，謀與同歸。子欲告母，徐止之。父子登舟，一晝夜達交。至家，妻已醮[38]。出珠二枚，售金盈兆，家頗豐。子取名彪。十四五歲，能舉百鈞，粗莽好鬬[39]。交帥[40]見而奇之，以為千總[41]。值邊亂，所向有功。十八為副將[42]。

時一商泛海，亦遭風飄至臥眉。方登岸，見一少年，視之而驚。知為中國人，便問居里。商以告。少年曳入幽谷一小石洞，洞外皆叢棘[43]；且囑勿出。去移時，挾鹿肉來啖商。自言：「父亦交人。」商問之，而知為徐，商在客中嘗識之。因曰：「我故人也。今其子為副將。」少年不解何名。商曰：「此中國之官名。」又問：「何以為官？」曰：「出則輿[44]馬，入則高堂[45]；上一呼而下百諾；見者側目視，側足立：此名為官。」少年甚歆動[46]。商曰：「既尊君[47]在交，何久淹[48]此？」少年以情告。商勸南旋。曰：「余亦常作是念。但母非中國人，言貌殊異；且同類覺之，必見殘害：用是輾轉[49]。」乃出曰：「待北風起，我來送汝行。煩於父兄處，寄一耗問[50]。」商伏洞中幾半年。時自棘中外窺，見山中輒有夜叉往還；大懼，不敢少動。

一日，北風策策[51]，少年忽至，引與急竄。囑曰：「所言勿忘卻。」商應之。又以肉置几上，商乃歸。

徑抵交，達副總府，備述所見。彪聞而悲，欲往尋之。父慮海濤妖藪[52]，險惡難犯，力阻之。彪撫膺[53]痛哭，父不能止，乃告交帥，攜兩兵至海內。逆風阻舟，擺簸[54]海中者半月。四望無涯，咫尺迷悶，無從辨其南北。忽而湧波接漢[55]，乘舟傾覆。彪落海中，逐浪浮沉。久之，被一物曳去；至一處，竟有舍宇。彪視之，一物如夜叉狀。彪乃作夜叉語。夜叉驚訊之，彪乃告以所往。夜叉喜曰：「臥眉，我故里也。唐突可罪！君離故道已八千里。此去為毒龍國，向臥眉非路。」乃覓舟來送彪。夜叉在水中推行如矢[56]，瞬息千里，過一宵，已達北岸。見一少年，臨流瞻望。彪知山無人類，疑是弟；近之，果弟。因執手哭。既而問母及妹，並云健安。彪欲偕往，弟止之，倉忙便去。回謝夜叉，則已去。

未幾，母妹俱至，見彪俱哭。彪告其意。母曰：「恐去為人所凌。」彪曰：「兒在中國甚榮貴，人不敢欺。」歸計已決，苦逆風難度。母子方徊徨間，忽見布帆南動，其聲瑟瑟[57]。彪喜曰：「天助吾也！」相繼登舟，波如箭激[58]；三日抵岸，見者皆奔。彪向三人脫分袍袴[59]。抵家，母夜叉見翁怒罵，恨其不謀。徐謝過不遑。家人拜見主母，無不戰慄60。彪勸母學作華言，衣錦，厭粱肉61，乃大欣慰。母女皆男兒裝，類滿制62。數月稍辨語言。弟妹亦漸白晳。

弟曰豹，妹曰夜兒，俱強有力。彪恥不知書，教弟讀。豹最慧，經史一過輒了。又不欲操儒業63；仍使挽強弩，馳怒馬64，登武進士65第。聘阿游擊66女。夜兒以異種，無與為婚。會標下袁守備67失偶，強妻之。夜兒開百石弓68，百餘步射小鳥，無虛落。袁每征，輒與妻俱。歷任同知將軍69，奇勳70半出於閨門。豹三十四歲挂印71。母嘗從之南征，每臨巨敵，輒擐甲執銳72，為子接應，見者莫不辟易。詔封男爵73。豹代母疏辭74，封夫人75。

異史氏曰：「夜叉夫人，亦所罕聞，然細思之而不罕也：家家牀頭有個夜叉在。」

◆

夜叉國
深山蒼茫
少人蹤習俗幾
疑類毒龍不是徐生還
故國安知海外卧眉峯

1 交州：古地名，今廣東、廣西及越南一帶。
2 賈：讀作「古」，買賣經商的人。
3 冀：希冀、期望。
4 糗腊：指乾糧。糗，乾糧。腊，讀作「錫」，乾肉。
5 夜叉：佛教典籍所記載的一種凶惡之鬼。此指面貌凶惡醜陋，形體似人又似鬼的奇特生物。
6 牙森列戟：牙齒森然排列得有如戟這種武器，猶言整排牙齒非常尖銳，令人毛骨悚然。
7 輟：半途停止、中斷某事。
8 啗噉：讀作「但但」，吃之意，當動詞用。噉，同今「啖」字，是啖的異體字。
9 橐：讀作「陀」，袋子。糒：讀作「倍」，乾飯、乾糧。
10 牛脯：牛肉乾。脯，讀作「府」，乾肉。
11 釜：古代一種用來烹煮食物的器具，今之「鐵鍋」。甑：讀作「贈」，古代蒸煮食物的瓦器，底部有許多小孔，置於炊具上使用，猶如現今的蒸籠。
12 杜：堵住、阻隔。
13 訖：讀作「氣」，完畢、終了。
14 狼麋：泛指各種獵物。麋，讀作「迷」，一種動物，與鹿同類，體型稍大。
15 股：大腿。
16 交：交配、男女交合。
17 琴瑟之好：語出《詩經．小雅．常棣》：「妻子好合，如鼓瑟琴。」比喻夫妻間感情十分和諧。
18 挂：懸掛。同今「掛」字，是掛的異體字。
19 煑：烹煮食物。同今「煮」字，是煮的異體字。
20 天壽節：此指夜叉國對夜叉國君王壽辰的慶典。
21 骨突子：夜叉國對夜明珠的稱呼。
22 苧：讀作「住」，指苧麻，其莖皮可製成繩索。
23 直：金錢、價格，通「值」字。
24 張皇：驚慌失措、慌張。
25 踞坐：伸腿而坐。鶚顧：像鶚一樣凶惡銳利的目光；鶚，讀作「餓」，一種凶猛的水鳥。
26 臥眉山：非真有此地，應為蒲松齡杜撰之地名。
27 閧：許多人在一起喧鬧，聲音吵雜的樣子。
28 壻：女婿。同今「婿」字，是婿的異體字。
29 掬：用手抓東西吃。掬，讀作「菊」，此指以手抓取。
30 躡：踩踏。
31 拊：讀作「撫」，撫摸。
32 攫：讀作「決」，用爪子抓取。
33 私：發生性行為，性交。
34 踣：讀作「柏」，跌倒。
35 齕：讀作「河」，以牙齒去咬。
36 啁啾：讀作「周揪」，形容幼兒學講話的聲音。
37 人氣：人類說話的聲調。
38 醮：讀作「叫」，女子結婚，後來改嫁。
39 鬬：同今「鬥」字，是鬥的異體字。
40 帥：指總兵（正二品），明朝設置，為高級武官，奉令統軍鎮守。清時為綠營兵的高級統將，職位僅次於提督（從一品），又稱「總鎮」。
41 千總：古代官名，明初於三大營設置千總、把總等重要武職，皆授予功臣；清代，職權日輕，而成下級武職（從五品），位在守備（正五品）之下。
42 副將：副總兵官（從二品）。
43 棘：荊棘。
44 輿：車子、車輛。
45 高堂：華屋大廈。
46 歆動：羨慕而心動。
47 尊君：令尊，尊稱他人父親。
48 淹：久留。
49 輾轉：翻來覆去，引申為猶豫不決，無法下定決心。
50 耗問：音訊。
51 策策：風吹草木之聲。
52 妖藪：妖物聚集之處。藪，讀作「叟」，人物聚集之處。

53 膺：讀作「鷹」，胸膛。
54 擺簸：搖晃顛簸，此指在海上漂流。簸，讀作「跛」。
55 漢：銀河，此指天空。
56 如矢：如射箭般迅速。
57 瑟瑟：形容風聲。
58 波如箭激：水流的速度和箭一樣快。
59 袴：同今「褲」字，是褲的異體字。
60 戰慄：即顫慄，害怕得發抖。戰，通「顫」字。
61 厭粱肉：享用美食佳餚。
62 滿制：滿洲人的款式。
63 操儒業：指讀書，求取功名。
64 怒馬：健壯的馬。
65 武進士：明清兩代設有武學制度，武舉經會試、殿試錄取者，稱「武進士」。
66 游擊：古代官名，明清兩代指軍營將官（從三品），地位次於參將（正三品）。
67 標下：部下。守備：古代官名，明代鎮守邊防五等將官之一，守一城一堡；清代時為綠營統兵官，位在都司（正四品）之下，稱為「營守備」（正五品）。
68 百石弓：強弓。
69 同知將軍：副總兵（從二品）。
70 奇勳：特殊的功績。
71 挂印：掛印將軍，此指總兵（正二品）。挂，通「掛」字。
72 擐甲執銳：披尖執銳。擐，讀作「換」，當動詞用，穿著。銳，指武器。
73 男爵：與古代一般所指公、侯、伯、子、男五等爵位不同，清朝時，男爵指「副官」（正二品），分一二三等。
74 疏辭：此處當動詞用，指上書給君王。
75 夫人：古代對命婦的封號。清朝時，指一品官、二品官的正室被封贈之位階。在此應可視為與前述「男爵」位階相當的受封。

◆**何守奇評點**：或問夜叉究不知何狀。曰：請思之。

有人問，夜叉不知長什麼模樣。我說：「請自行想像。」

有個姓徐的交州人，出海經商，忽被大風吹走。睜開眼後發現，身處一荒山野嶺，只希望這裡有人居住，於是將船繫好，帶著乾糧上岸。剛入山，見兩旁崖壁全是山洞，密密麻麻如蜂巢，裡面隱隱傳出話語聲。走到某個洞外，停下腳步窺探，裡面有兩名夜叉，牙齒森列如戟，目光閃閃如燈，正用手爪扒開鹿肉生吃。徐某嚇得魂飛魄散，急著想逃下山崖，但夜叉已看見他，丟下鹿肉，抓他回山洞。兩個夜叉竊竊私語，聲如鳥獸鳴叫，爭相撕裂徐某衣服，像要吃掉他似的。徐某怕得要死，從袋中取出乾糧和牛肉乾給牠們，夜叉分著吃了，覺得很美味，吃完又去翻徐某袋子。徐某搖手表示已經沒有了，夜叉生氣，又抓他起來。徐某哀求：「把我放了。我的船上有鍋子，可用來煮東西吃。」夜叉聽不懂他的話，依然生氣。徐某便比手畫腳，夜叉似稍解其意，跟他回船上，取鍋子器皿回山洞。徐某綑柴點火燃燒，將夜叉所剩鹿肉拿來烹煮，煮熟後獻給牠們，兩個夜叉吃了非常高興。晚上，用巨石堵住洞口，似乎怕徐某逃走。徐某蜷曲著身體，遠遠躺在一旁，深怕被抓去吃。

天亮，兩個夜叉離開山洞，又將洞口堵上。不一會兒，帶回一頭鹿交給徐某。徐某剝掉鹿皮，從洞穴深處的流水取水，煮了幾鍋肉。不久，數個夜叉來到，聚在一起將鹿肉吞食殆盡，牠們指著鍋子，似乎嫌容量太小。過了三四天，有個夜叉揹來一口大鍋，似是人類常用的。此後，眾夜叉便把各種獵物交給徐某，煮好後，還會叫徐某一塊兒來吃。住了幾天，夜叉漸與徐某熟稔，出入時也不再堵住洞口，相處如家人。徐某漸能了解夜叉的語言，便仿效其語音，說起了夜叉話，夜叉更加高興，帶來一個雌夜叉給徐某當妻子。徐某起初很害怕，躺在牠身邊不敢伸展，雌夜叉便自己張開雙腿靠過去，徐某才與之交歡。雌夜叉大感高興，每餐都會留些肉給徐某，兩人恩愛如夫妻。

有天，眾夜叉特別早起，脖子上都掛著一串明珠，輪流出門張望，好像在等候貴賓蒞臨，又命徐某多煮些肉。徐某問雌夜叉發生了什麼事，雌夜叉說：「今天是夜叉王的壽辰。」又走出去對眾夜叉說：「徐郎沒有骨突子可戴。」眾夜叉便各自摘下五顆，全都交給雌夜叉；雌夜叉又自己摘了十顆，一共五十顆；後用野生苧麻做成繩子，將明珠串成項鍊，掛在徐某脖子上。徐某仔細一看，一顆明珠便值上千兩銀子。過了一陣，眾夜叉都出去了。徐某煮好肉，雌夜叉邀他同去，說：「去迎接大王。」他們來到一個大山洞，有一畝多這麼寬廣。中央有顆石頭，平滑得像個茶几，四周擺放石座；上座主位鋪著一件豹皮，其餘都鋪鹿皮。二三十個夜叉，幾乎坐滿了位子。不久，吹起一陣大風，塵土飛揚，眾夜叉慌張跑了出去。見一龐然大物前來，模樣也似夜叉，直接奔入山洞，兩腿一跨，坐在上座，目光像鶚一樣凶惡銳利，環顧四周。眾夜叉隨後進入，依序立於東西兩側，全都抬起頭，雙臂交叉擺在胸前。夜叉王清點人數，問：「臥眉山的部眾，都在這裡嗎？」眾夜叉鬧哄哄的回答。夜叉王望著徐某說：「這人是打哪兒來的？」雌夜叉說他是夫婿，眾夜叉又讚其烹調技術。接著，有二三名夜叉取來煮熟的肉，擺放在茶几上。夜叉王用手抓來吃，吃飽後，讚賞食物美味極了，還要求徐某常煮給牠吃。又看著他說：「你的骨突子怎麼這麼短？」眾夜叉說：「他初來乍到，來不及準備。」夜叉王便從脖子摘下珠串，解下十枚交給他，每顆都有指尖這麼大，圓如彈丸。雌夜叉趕忙上前接過，幫他穿掛好，徐某也交叉手臂，用夜叉語道謝。夜叉王離去，步伐踏著風，快得像在飛。眾夜叉這才開始吃所剩食物，隨後各自散去。

徐某在此住了四年多，雌夜叉忽然生產，一胎就生了兩個兒子和一個女兒，模樣皆似人，不像他們的母親。眾夜叉很疼愛他們的孩子，總會一起逗弄小孩。有天，眾夜叉都出去打獵，只有徐某獨坐洞中。忽從其他山洞來了一個雌夜叉，想與他交歡，徐某堅決不肯。夜叉發怒，將徐某撲倒在地。徐妻正好從外面回來，見狀暴怒，與那名雌夜叉打了起來，還咬斷牠耳朵。不久，那名雌夜叉的丈夫也來了，解釋之後，徐妻才讓牠們離去。從此，徐妻時時守著徐某，不管去哪兒都形影不離。又過了三年，子女都學會走路；徐某便教他們說人語，漸漸能夠說話，牙牙學語，已能聽得出人語聲調。雖只是孩童，在山裡奔跑如履平地，他們十分依戀徐某，親子情深。

有天，徐妻與一子一女外出，過了半天都沒回來。此時北風大作，徐某一陣酸楚，思念起家鄉，便帶兒子走到海岸，見來時船隻仍在，與兒子商量一同回鄉。兒子想先告訴母親，徐某加以制止。父子登船，一天一夜便回到交州。到家後，妻子早已改嫁。徐某取出兩枚明珠，賣了一大筆錢，家境頗為富裕。徐子取名為彪，十四、五歲便能舉起重達百鈞之物，性格粗野好鬥；交州總兵見了嘖嘖稱奇，任命為千總。時值邊疆作亂，徐彪所向披靡，立下不少功勞，十八歲就被封為副將。

當時，有名商人出海航行，也被大風吹到臥眉山。登岸，看到一名少年，大感驚訝。少年知其為中國人，便問他家鄉在哪裡，商人據實以告。少年拖他進入幽谷一個小石洞，洞外以荊棘遮蔽，囑其莫要出去。少年離開了一會兒，帶來鹿肉給商人吃，說：「我父親也是交州人。」商人問是誰，因而知道了是徐某，商人旅居外地時曾見過他，便說：「你父親是我舊識，如今他兒子當上了副將。」少年不懂「副將」

是什麼意思，商人解釋：「這是中國的官名。」少年又問：「什麼是官？」商人答：「出門有車馬可乘，回家有高樓大屋可住；在上一呼而下百人應，一般人見了都得低著頭、側著身，這就是官。」少年聽了，甚爲羨慕心動。商人說：「既然令尊在交州，你怎麼還留在此地？」少年便告知事情經過。商人勸他南歸，少年說：「我也常這麼想。但家母非中國人，語言、相貌都大相逕庭；況且被人類察覺，定會被害，因此拿不定主意。」接著走出石洞說：「待颳起北風，我會爲你送行。勞煩你到家父和家兄那裡，幫我捎個口信。」商人躲在洞中近半年，時常從荊棘裡往外窺視，見山中常有夜叉來來去去，非常害怕，不敢亂動。

有天，北風颳得樹葉沙沙作響，少年忽然來到，帶著商人趕忙跑到海邊，囑道：「我說的事千萬別忘了。」商人點頭答應。少年放了點肉在船內桌上，商人於是乘船回去。一回交州，便直接來到副總兵府，將所見所聞說了一遍。徐彪聽了很難過，欲前往尋找。徐父擔憂海上驚濤駭浪，險象環生，極力阻止。徐彪搥胸痛哭，徐父制止不了，將此事告知交州總兵，徐彪便帶著兩名士兵乘船出海。海上逆風，舟船難行，漂流了半個月。四周一望無際，渾沌迷濛，無法分辨東西南北。忽有滔天巨浪打來，船隻翻覆。徐彪落入海中，載浮載沉，不知過了多久，被一怪物拖走，來到某地，竟有房屋。徐彪仔細打量，那怪物長得像夜叉，便跟牠說起夜叉話。夜叉驚訝的問起，徐彪便告知要去的地方。夜叉高興的說：「臥眉是我的故鄉。請原諒我的唐突！但你偏離原本航道已有八千里，這裡是前往毒龍國、不是往臥眉的方向。」於是找來一艘船，送徐彪離開。夜叉在水中推船，航速如箭矢般快速，轉瞬行駛千里。過了一晚，已抵北岸。徐彪見到一名少年在海邊眺望，知山中無人類，懷疑是自己胞弟；走近一瞧，果然是弟弟，兄弟握手痛哭。

徐彪接著問起母親與妹妹，弟弟說她們都很平安。徐彪欲一同前往，弟弟攔阻，倉促離去。徐彪要再回頭感謝那個夜叉，牠卻已離開。

不久，母親與妹妹都來了，見到徐彪，聲淚俱下。徐彪告知來意，母親說：「去到中國恐受人欺負。」徐彪說：「兒子在中國地位尊榮，別人不敢任意欺凌我家人。」便決定一同回去，卻苦於逆風難行。母子四人正徬徨無助，忽見船帆往南飄動，風聲瑟瑟，徐彪高興的說：「眞是天助我也！」母子四人相繼登船，船行速度快如飛箭，三天便抵達交州，路人見到他們無不奔逃四散。徐彪脫下自己衣褲，分給母親與弟弟妹妹穿。到家後，徐妻見了丈夫劈頭痛罵，恨他未經商量私自離開，徐某急忙向妻子賠罪。家中僕人前來拜見主母，無不嚇得發抖。徐彪勸母親學說華語，讓她穿錦衣、吃玉食，母親大感欣慰。母女都穿男裝，衣著款式似滿州服。數個月後，便稍能以華語溝通。弟弟妹妹的皮膚也逐漸白皙。

徐彪的弟弟叫豹，妹妹喚夜兒，都孔武有力。徐彪以不識字爲恥，於是請來先生教弟弟讀書。徐豹十分聰慧，經史讀過一遍就通曉。但他不想考取功名，仍然挽弓射箭，騎馬馳騁，之後考中武進士，娶了阿姓游擊的女兒。夜兒被視爲異類，沒人上門提親。剛好徐彪麾下的袁守備喪偶，便勉強他娶夜兒爲妻。夜兒能拉強弓，在百步之外射中小鳥，箭無虛發。袁守備每次出征，都帶妻子同往；後官至副總兵，至少有一半功勞是妻子所立。徐豹三十四歲就當上掛印將軍，徐母曾隨之南征，每逢勁敵，便穿上鎧甲、拿起武器，爲兒子接應，敵人見了無不聞風喪膽。皇帝下詔封其爲男爵，徐豹代母上書婉辭，改封夫人。

記下奇聞異事的作者如是說：「夜叉夫人，前所未聞，然而仔細想想，也不稀罕，家家床頭都有個母夜叉。」

老饕

邢德，澤州[1]人，綠林[2]之傑也。能挽強弩，發連矢，稱一時絕技。而生平落拓，不利營謀[3]，出門輒虧其貲[4]。兩京大賈[5]，往往喜與邢俱，途中恃以無恐。會冬初，有二三估客[6]，薄假[7]以貲，邀同販鬻[8]；邢復自罄[9]其囊，將並居貨。有友善卜，因詣之。友占曰：「此爻[10]為『悔』，所操之業，即不母而子亦有損焉[11]。」邢不樂，欲中止；而諸客強速之行。至都，果符所占。臘[12]將半，匹馬出都門。自念新歲無貲，倍益怏悶[13]。

時晨霧濛濛，暫趨臨路店，解裝覓飲。見一頒[14]白叟，共兩少年，酌北牖[15]下。一僮侍，黃髮[16]蓬蓬然。邢於南座，對叟休止[17]。僮行觴，悞翻柈具[18]，污叟衣。少年怒，立摘其耳。捧巾持帨[19]，代叟揩拭。既見僮手拇俱有鐵箭鐶[20]，厚半寸；每一鐶，約重二兩餘。食已，叟命少年，於革囊中探出鏹[21]物，堆纍几上，稱秤握算[22]，可飲數杯時，始緘裹完好。少年於櫪[23]中牽一黑跛騾來，扶叟乘之；僮亦跨羸[24]馬相從，出門去。兩少年各腰弓矢，捉馬俱出。

邢窺多金，窮睛旁睨[25]，饞[26]焰若炙。輟[27]飲，急尾之。視叟與僮猶款段[28]於前，乃下道斜馳[29]出叟前，緊啣[30]關弓，怒相向。叟俯脫左足靴，微笑云：「而不識得老饕[31]也？」邢滿引一矢去。叟仰臥鞍上，伸其足，開兩指如箝，夾矢住。笑曰：「技但止此，何須而翁手敵[32]？」邢怒，出其絕技，一矢剛發，後矢繼至。叟手掇[33]一，似未防其連珠；後矢直貫其口，踣[34]然而墮，啣矢僵眠。僮亦下。邢喜，謂其已斃，近臨之。叟吐矢躍起，鼓掌曰：「初會面，何便作此惡劇？」邢大驚，馬亦駭逸。以此知叟異，不敢復返。走三四十里，值方面綱紀35，囊物赴都；要36取之，略可千金，意氣始得揚。方疾鶩37間，聞後有蹄聲；回首，則僮易跛騾來，駛若飛。叱曰：「男子勿行！獵取之貨，宜少瓜分。」邢曰：「汝識『連珠箭邢某』否？」僮云：「適已承教矣。」邢以僮貌不揚，又無弓矢，易之。一發三矢，連遻38不斷，如羣隼飛翔。僮殊不忙迫，手接二，口啣一。笑曰：「如此技藝，辱寞煞人39！乃翁傯遽40，未暇尋得弓來；此物亦無用處，請即擲還。」遂於指上脫鐵鐶，穿矢其中，以手力擲，嗚嗚風鳴。邢急撥以弓；弦適觸鐵鐶，鏗然斷絕，弓亦綻裂。邢驚絕。未及覷避，矢過貫耳，不覺翻墜。僮下騎，便將搜括。邢以弓臥撻41之。僮奪弓去，拗折為兩；又折為四，拋置之。已，乃一手握邢兩臂，一足踏邢兩股42；臂若縛，股若壓，極力不能少動。腰中束帶雙疊，可駢43三指許；僮以一手捏之，隨手斷如灰燼。取金已，乃超乘，作一舉手，致聲「孟浪」44，霍然遝去。

邢歸，卒為善士。每向人述往事不諱。此與劉東山45事蓋彷彿焉。◆

老饕
老饕真是綠林雄卻敵
從容鼓掌中一
發三矢無用處更看絕

1 澤州：今山西省晉城市。
2 綠林：西漢末年，王匡等人曾率饑民聚居綠林山一帶對抗官府，後泛指聚集在山林間反抗官府或搶劫財物的強盜。
3 營謀：經商獲取利益。
4 貲：指財物、錢財，通「資」字。
5 兩京：北京與南京。賈：讀作「古」，買賣經商的人。
6 估客：販賣貨物的人，即商人。
7 假：借。
8 鬻：讀作「玉」，賣。
9 罄，讀作「慶」，用盡。
10 爻：《易經》的卦象由六爻組成，爻又有陰陽之分，如乾卦是六畫陽爻組成，坤卦則是六畫陰爻組成。《易經》解釋「卦象之文字」稱為卦辭，而解釋「爻之文字」則稱爻辭。此處的爻，指的是爻辭。
11 不母而子亦有損焉：連本帶利都虧損。
12 臘：臘月，農曆十二月。
13 怏悶：悶悶不樂、鬱鬱寡歡的樣子。怏，讀作「樣」，惆悵。
14 頒：通「斑」字。
15 牖：讀作「有」，窗戶。
16 黃髮：此指小孩。
17 休止：坐下。
18 悮：出了差錯：同今「誤」字，是誤的異體字。柈具：盤中所盛菜餚；柈，讀作「盤」，盤子。
19 帨：讀作「稅」，手巾、手帕。
20 鐶：讀作「環」，圓形中有孔洞，可貫繫東西的物品或飾物。
21 鏹：讀作「搶」，古代貫串銅錢的繩索，泛指錢幣。
22 握算：握拳，然後伸出手指計算。
23 櫪：讀作「力」，馬槽、馬廄。
24 羸：讀作「雷」，身體瘦弱。
25 窮睛旁睨：目不轉睛的斜眼窺伺。
26 饞：貪吃，此指覬覦錢財的貪慾。
27 輟：半途停止、中斷某事。
28 款段：馬行走得很慢的樣子。
29 下道斜馳：行走路的兩側，抄小路。
30 緊啣：收緊馬的勒口，讓馬停下。啣，通「銜」字。
31 而：你。老饕：意指貪吃的人，此應指老者在江湖中的綽號、別名。
32 何須而翁手敵：何須你老子我出手對付。
33 掇：讀作「奪」，接取、拾取。
34 踣：讀作「柏」，跌倒。
35 方面綱紀：總督、巡撫的僕役。方面，主管一個地區的官員，明清指稱總督、巡撫。綱紀，奴僕、管家僕。
36 要：攔阻、截擊。
37 騖：奔馳、馳騁。
38 遱：相連不絕的樣子。遱，讀作「樓」。
39 辱寞煞人：真是丟人現眼。
40 偬遽：匆忙、倉卒。偬，讀作「總」，是「傯」的異體字。
41 臥撻：用棍、鞭等拍打，此指以弓拍打。撻，讀作「踏」。
42 股：大腿。
43 駢：讀作「便宜」的便，併攏、並列。
44 孟浪：猶言鹵莽、莽撞，假意裝作道歉的嘲諷言語。
45 劉東山：劉東山，明代嘉靖年間三輔（京畿）捉盜人，自稱連珠箭，認為無人可敵。有天，途中遇一黃衫氈笠少年，遭以強弓搶劫一空，從此棄武賣酒。

◆**何守奇評點**：天下之大，不可謂無人。

天下何其大，真可謂人外有人，天外有天。

山西澤州有個叫邢德的綠林豪傑，能拉強弓，射連環箭，在當時堪稱絕技。只是生平落魄，不擅營生，一出門經商就虧本。兩大京城的巨商都喜與他結伴同行，如此便無須擔心被搶劫。某年適逢冬初，兩三個商人借了他一點錢當本金，邀他一起做買賣；邢德也拿出自己所有的錢，一齊投入置辦貨物。邢德又去拜訪一善於占卜的友人，占得一卦，說：「此卦的爻辭爲『悔』，你所做的生意，連本帶利都會虧損。」邢德不大高興，想中止這趟買賣，但商人仍強行催他上路。抵達京城後，卦象果然應驗。到了十二月中，邢德獨自騎馬出城，自忖沒有盤纏過新年，更加惆悵鬱悶。

那時晨霧濛濛，來到路邊小店稍事休憩，解下行裝，想喝點酒。他見到一名白髮蒼蒼的老者與兩名少年坐在北面窗下喝酒，有個侍童隨侍在側，還只是個黃髮蓬蓬的孩子。邢德在南面，朝老者坐了下來。侍童倒酒時，不小心打翻盤子，菜餚撒了老者一身，弄髒他衣裳。少年勃然大怒，伸手去擰侍童耳朵。侍童趕緊奉上手巾，幫老者擦拭乾淨。邢德見侍童兩手拇指都戴著鐵箭鐶，有半寸那麼厚，每個鐵鐶約重二兩。飯後，老者命少年從皮袋拿出銀兩，堆疊在桌上，秤了重量，又屈指一算，再飲數杯酒，這才將銀子包好放回皮袋。少年從馬廄牽了匹又黑又跛的騾子，扶老者騎上去；侍童也跨上一匹瘦馬跟著出去。兩名少年腰間各佩一把弓箭，也騎上馬跟著走了。

邢德見到這麼多錢財，目不轉睛的窺伺著，貪念似火。他放下酒杯，趕緊尾隨其後。見老者與侍童慢悠悠的騎在前頭，便抄小路趕到前面，而後停下馬，怒目相向，拉弓欲射。老者彎下身子，脫掉左腳靴子，微笑道：「你不認識老饕我這號人物嗎？」邢德張弓，射去一箭。老者躺在騾鞍上，將左腳伸直，張開兩根腳趾，像鉗子般夾住了箭。老者笑道：「雕蟲小技，何須老子親自出手？」邢德大怒，使出連環箭的本領，一箭才剛射出，便緊接著第二箭。老者用手接了第一箭，對連環箭似無防備，第二箭直接貫穿他嘴巴，跌倒墜馬，銜著箭矢，僵臥在地。侍童也下了馬。邢德暗自高興，以為老者已死，湊近一瞧，老者竟吐出箭矢，一躍而起，鼓掌道：「初次見面，為何如此惡作劇？」邢德嚇一大跳，馬也被嚇跑，這才知老者非尋常人，不敢再返回。

後來，邢德騎著馬走了三四十里，正遇到總督大人的僕役揹著一袋財物進城；他攔路阻截，一千兩銀子手到擒來，這才得意起來。正奔馳時，聽到後頭傳來蹄聲，轉頭一看，竟是那侍童換騎了跛腳黑騾，飛奔而來。侍童斥道：「男子別跑！你搶來的財貨，要分我一份。」邢德說：「你可認識『連珠箭邢某』？」侍童說：「剛才已領教過。」邢德看那侍童其貌不揚，身上又無弓箭，看不起他。一連射出三箭，連續不斷，有如群鷹飛翔。侍童不慌不忙，雙手接了兩箭，嘴巴銜了一箭，笑道：「這種三腳貓功夫，還敢拿出來丟人現眼！老子來得匆忙，沒空找把弓；這幾枝箭留著也沒用，丟還給你好了。」說完便脫下手指的鐵鐶，穿過箭矢，用手猛力一擲，霎時風聲呼嘯。邢德趕忙拿弓撥擋，弓弦一碰到鐵鐶，「鏗」的一聲斷了，弓身也綻裂開來。邢德驚訝不已，還沒來得及閃避，箭矢已射穿耳朵，不知不覺間墜馬落地。侍童下騾，欲搜刮財物。邢德倒臥在地，欲拿弓打他。侍童將弓奪走，折成兩半，又對折成四半，隨手扔了。又一手握住邢德雙臂，一腳踩著他雙腿；邢德感覺雙臂好像被綑綁，雙腿好像被壓著，使盡全力仍無法掙脫。他腰間綁著一條雙層的帶子，約三指寬，侍童用一隻手去捏，帶子即斷，碎如灰燼。侍童拿了錢，跳上騾子，朝邢德拱一拱手，說聲「得罪了」，即揚長而去。

邢德回到家，金盆洗手，從此做個善人，且從不避諱向人提起這樁往事。這有如明代劉東山身上發生的事。

小髻

長山[1]居民某，暇居，輒有短[2]客來，久與扳談[3]。素不識其生平，頗注疑念。客曰：「三數日，將便徙居，與君比鄰矣。」過四五日，又曰：「今已同里，旦晚可以承教。」問：「喬居何所？」亦不詳告，但以手北指。自是，日輒一來，時向人假[4]器具；或吝不與，則自失之。

羣疑其狐。村北有古冢[5]，陷[6]不可測，意必居此。共操兵杖往。伏聽之，久無少異。一更向盡，聞穴中戢戢[7]然，似數十百人作耳語。眾寂不動。俄而尺許小人，連遱[8]而出，至不可數。眾譟起，並擊之。杖杖皆火◆，瞬息四散。惟遺一小髻[9]，如胡桃殼[10]然，紗飾而金綫[11]。嗅之，騷臭不可言。

1 長山：古地名，今山東省鄒平縣。
2 短：身材矮小。
3 扳談：閒談、交談。扳，讀作「攀」。
4 假：借。
5 冢：讀作「腫」，墳墓。
6 陷：地下坑穴，此指墓穴。
7 戢戢：讀作「集集」，擬聲詞，此指低語說話聲。
8 遱：絡繹不絕的樣子，一個接著一個行走。遱，讀作「樓」。
9 髻：此指髮髻上的裝飾品。
10 殼：同今「殼」字，是殼的異體字。
11 綫：同今「線」字，是線的異體字。

◆**但明倫評點**：騷狐雖小，近之火動，勿以其細已甚而忽之。

騷狐雖然矮小，一靠近，就如火花般竄動，切勿因牠小而輕忽。

山東長山有個人，閒居在家，常有一矮小客人造訪，前來攀談甚久。他與這位客人素昧平生，覺得很奇怪。客人說：「再過幾天，我就要搬過來，和你比鄰而居。」過了四五天，客人又說：「現在已經搬到村子來了，以後早晚都能來聽候您指教。」那人問：「你搬到哪裡？」客人沒仔細說明，只用手指著北方。從此以後，客人每天都來一次，有時來借東西，若不借，東西就會不翼而飛。

大夥懷疑是狐妖作祟。村子北方有座深不可測的古墳，眾人心想，它必然住在這裡，於是持兵器前往。埋伏在附近，偷聽了很久，沒什麼異狀。一更將盡，聽到墳墓裡傳來細微的說話聲，像有幾百個人在竊竊私語。大夥仍按兵不動。不久，只見身高僅一尺的小矮人絡繹不絕的從墓穴出來，數量多到數不清。大夥衝上前去，朝小人亂打一氣，杖杖皆打出火花來。小人四處逃散，瞬間消失不見，只留下一只如胡桃殼般的小髻，上頭飾以薄紗，以金線編織；湊近一聞，有股說不出的騷臭味。

小髻
憑城穴社
計求安首
鼠相遭竟
脫冠幾許
頭顱空自
掙令人
笑作沐
猴觀

西僧

西僧自西域①來，一赴五臺②，一卓錫泰山③。其服色言貌，俱與中國殊異。自言：「歷火燄山④，山重重，氣熏騰若爐竈⑤。凡行必於雨後，心凝目注，輕躡步履之；悞蹴⑥山石，則飛燄騰灼焉。又經流沙河⑦，河中有水晶山，峭壁插天際，四面瑩澈，似無所隔。又有隘⑧，可容單車；二龍交角對口把守之。過者先拜龍；龍許過，則口角自開。龍色白，鱗鬣⑨皆如晶然。」僧言：「途中歷十八寒暑矣。離西土者十有二人，至中國僅存其二。西土傳中國名山四：一泰山，一華山，一五臺，一落伽⑩也。相傳山上徧⑪地皆黃金，觀音⑫、文殊⑬猶生。能至其處，則身便是佛，長生不死。」聽其所言狀，亦猶世人之慕西土也◆。倘有西遊人，與東渡者中途相值⑭，各述所有，當必相視失笑，兩免跋涉矣。

1 西僧：西方來的僧侶，一說指喇嘛。西域：漢代的西域指玉門關、陽關以西之地，現今新疆地區即西域之地。
2 五臺：位於山西省五臺縣東北，山中寺院極多，為佛教聖地，是中國四大名山之一。因環境清幽，佛家又稱「清涼山」；道家則喻為神仙府地，稱「紫府山」。
3 卓錫：指僧人投宿，又稱掛錫。泰山：起於山東省膠州灣西南，橫亙省境中部，止於運河東岸，主峰在泰安縣北，為五嶽中的東嶽。
4 火燄山：此處的火焰山，典出吳承恩所著《西遊記》的西方地名。
5 竈：生火煮飯的地方；同今「灶」字，是灶的異體字。
6 悞：出了差錯；同今「誤」字，是誤的異體字。蹴：讀作「促」，踢。
7 流沙河：此處的流沙河，典出吳承恩所著《西遊記》的西方地名。
8 隘：狹小、狹窄，此應指狹窄通道，因下文說可容單車通行。
9 鬣：讀作「列」，鬍鬚。
10 落伽：即普陀山。
11 徧：同今「遍」字，是遍的異體字。
12 觀音：佛教菩薩名，西方三聖之一，是慈悲、救苦救難的象徵。當眾生有苦難時，只要稱念誦祂的名號，即可解脫苦厄。
13 文殊：佛教菩薩名，是象徵佛陀智慧的菩薩。在中國，祂和觀音、地藏、普賢並稱四大菩薩。中國佛教徒相傳，山西五臺山是文殊菩薩的道場。
14 相值：相遇。

◆**馮鎮巒評點**：貧賤慕富貴者之享榮華，富貴又慕貧賤者之得清閒，彼此相羨，都忘本來面目。

窮人羨慕富人可以享盡榮華，而富人又羨慕窮人可偷得浮生半日閒，兩相羨慕，都忘記了各自本來所擁有的。

有兩個從西域來的僧人，一個去五臺山朝聖，一個居留泰山。他們身上的袈裟顏色與言談舉止，都和中國僧人不同。他們說：「我們經過了火燄山，高山重重，熱氣蒸騰，好比爐灶。凡要通過者，一定得在下過雨後，還得全神貫注，輕手輕腳的慢慢過去，若不小心踢落一顆小石子，就會有火焰上竄。又行經流沙河，河裡有座水晶山，高崖峭壁聳入天際，四面山峰皆清澈晶瑩，彷彿沒有阻隔似的。還有個狹窄的山口，僅能容一輛車通過；有兩條龍，龍角相交，雙口相對，在那兒看守著。過路人得先向龍敬拜一番，龍若允許，口角自然會打開；那是兩條白龍，鱗片、鬍鬚閃亮如水晶。」西僧還說：「這趟旅程走了十八年，與我們一起離開西方的有十二人，到了中國只剩兩個。西域傳言，中國有泰山、華山、五臺山、普陀山四大名山；相傳，山上遍地都是黃金，觀音、文殊菩薩都還健在。若能去到那裡，就能成佛，長生不死。」

聽他們所描述的中國，正如同中國人對西域的景仰。若有前往西域的旅人，在路上遇到往東的人，各自說明了本土實際情況後，定然相視而笑，雙方都可免去長途跋涉之苦。

連城

喬生，晉寧[1]人。少負才名。年二十餘，猶偃蹇[2]。為人有肝膽[3]。與顧生善；顧卒，時卹[4]其妻子。邑宰以文相契重[5]；宰終於任，家口淹滯[6]不能歸，生破產扶柩[7]，往返二千餘里。以故士林[8]益重之，而家由此益替[9]。

史孝廉[10]有女，字連城，工刺繡，知書。父嬌愛之。出所刺「倦繡圖」，徵少年題詠[11]，意在擇婿[12]。生獻詩云：「慵鬟高髻綠婆娑[13]，早向蘭[14]窗繡碧荷；刺到鴛鴦魂欲斷，暗停針綫蹙雙蛾[15]。」又讚挑繡之工云：「繡綫挑[16]來似寫生，幅中花鳥自天成；當年織錦非長技，幸把迴文感聖明[17]。」女得詩喜，對父稱賞。父貧之。女逢人輒稱道；又遣媼[18]矯父命，贈金以助燈火[19]。生歎曰：「連城我知己也！」傾懷結想，如飢思啗[20]。無何，女許字於鹺賈[21]之子王化成，生始絕望；然夢魂中猶佩戴之。

未幾，女病瘵[22]，沉痼[23]不起。有西域頭陀[24]自謂能療；但須男子膺[25]肉一錢，搗合藥屑。史使人詣王家告婿。婿笑曰：「癡老翁，欲我剜[26]心頭肉也！」使返，史乃言於人曰：「有能割肉者妻之。」生聞而往，自出白刃，刲[27]膺授僧。血濡袍袴[28]，僧敷藥始止。合藥三丸。三日服盡，疾若失。史將踐其言，先告王。王怒，欲訟[29]官。史乃設筵招生，以千金列几上，曰：「重負大德，請以相報。」因具白[30]背盟之由。生怫然[31]曰：「僕所以不愛膺肉者，聊以報知己耳，豈貨[32]肉哉！」拂袖而歸。女聞之，意良不忍，託媼慰諭之。且云：「以彼才華，當不久落。天下何患無佳人？我夢不祥，三年必死，不必與人爭此泉下物也。」生

告媪曰：「『士為知己者死[33]』，不以色也。誠恐連城未必真知我，但得真知我，不諧何害[34]？」媪代女郎矢誠自剖[35]。生曰：「果爾，相逢時，當為我一笑，死無憾！」媪既去，踰數日，生偶出，遇女自叔氏歸，睨[36]之。女秋波轉顧，啟齒嫣然。生大喜曰：「連城真知我者！」

會王氏來議吉期，女前症又作，數月尋死。生往臨弔，一痛而絕。史舁[37]送其家。生自知已死，亦無所戚。出村去，猶冀[38]一見連城。遙望南北一道，行人連緒如蟻，因亦混身雜迹[39]其中。俄頃，入一廨署[40]，值顧生，驚問：「君何得來？」即把手將送令歸。生太息[41]，言：「心事殊未了。」顧曰：「僕在此典牘[42]，頗得委任[43]。倘可效力，不惜也。」生問連城。顧即導生旋轉多所，見連城與一白衣女郎，淚睫慘黛[44]，藉坐廊隅。見生至，驟起似喜，略問所來。生曰：「卿死，僕何敢生！」連城泣曰：「如此負義人，尚不吐棄之，身殉何為？然已不能許君今生，願矢[45]來世耳。」生告顧曰：「有事君自去，僕樂死不願生矣。但煩稽[46]連城託生何里，行與俱去耳。」顧諾而去。

白衣女郎問生何人，連城為緬述之。女郎聞之，若不勝悲。連城告生曰：「此妾同姓，小字賓娘，長沙史太守[47]女。一路同來，遂相憐愛。」生視之，意態憐人。方欲研問，而顧已返，向生賀曰：「我為君平章[48]已確，即教小娘子從君返魂，好否？」兩人各喜。方將拜別，賓娘大哭曰：「姊去，我安歸？乞垂憐救，妾為姊捧帨[49]耳。」連城淒然，無所為計，轉謀生。生又哀顧。顧難之，峻辭以為不可。生固強之。乃曰：「試妾為之。」去食頃而返，搖手曰：「何如！誠萬分不能為力矣！」賓娘聞之，宛轉嬌啼，惟依連城肘下，恐其即去。慘怛[50]無術，相對默默；而睹其愁顏戚容，使人肺腑酸柔[51]。顧生憤然曰：「請攜賓娘去。脫有愆尤[52]，小生拚身受之！」賓娘乃喜，從生出。生憂其道遠無侶。賓娘曰：「妾從君去，不願歸也。」

生曰：「卿大癡矣。不歸，何以得活也？他日至湖南，勿復走避，為幸多矣。」適有兩媼攝牒[53]赴長沙，生屬賓娘，泣別而去。

途中，連城行蹇緩[54]，里餘輒一息；凡十餘息，始見里門。連城曰：「重生後，懼有反覆。請索妾骸骨來，妾以君家生，當無悔也。」生然之。偕歸生家。女惕惕[55]若不能步，生佇待之。女曰：「妾至此，四肢搖搖，似無所主。志恐不遂，尚宜審謀，不然，生後何能自由？」相將入側廂中。嘿定[56]少時，連城笑曰：「君憎妾耶？」生驚問其故。赧[57]然曰：「恐事不諧，重負君矣。請先以鬼報也。」生喜，極盡懽[58]戀。因徘徊不敢遽[59]生，寄廂中者三日。連城曰：「諺有之：『醜婦終須見姑嫜[60]。』戚戚於此，終非久計。」乃促生入。纔[61]至靈寢，豁然頓蘇。家人驚異，進以湯水。生乃使人要史來，請得連城之尸，自言能活之。史喜，從其言。方舁入室，視之已醒。告父曰：「兒已委身喬郎矣，更無歸理。如有變動，但仍一死！」史歸，遣婢往役給奉。王聞，具詞申理。官受賂，判歸王。生憤懣[62]欲死，亦無奈之。連城至王家，忿不飲食，惟乞速死。室無人，則帶懸梁上。越日，益憊[63]，殆將奄逝[64]。王懼，送歸史。史復舁歸生。王知之，亦無如何，遂安焉。

連城起[65]，每念賓娘，欲遣信探之，以道遠而艱於往。一日，家人進曰：「門有車馬。」夫婦出視，則賓娘已至庭中矣。相見悲喜。太守親詣送女，生延入。太守曰：「小女子賴君復生，誓不他適，今從其志。」生叩謝如禮[66]。孝廉亦至，敘宗好[67]焉。生名年，字大年。

異史氏曰：「一笑之知，許之以身，世人或議其癡；彼田橫五百人[68]，豈盡愚哉。此知希之貴[69]，賢豪所以感結[70]而不能自已也。顧茫茫海內，遂使錦繡[71]才人，僅傾心於蛾眉[72]之一笑也。悲夫！」◆

連城
吟將新句獻妝臺博得傾
城笑靨開贈肉醫、何足
惜多情遂肯殉身來

1 晉寧：古代州名，今雲南省晉寧縣。
2 偃蹇：讀作「眼簡」，困頓不得志，此指科場失意。
3 肝膽：比喻為人重情重義。
4 卹：救濟、接濟，同「恤」字。
5 邑宰：古代對縣令的尊稱，現今的縣長。契重：器重、看重。
6 淹滯：因遭遇困難阻礙而久留。
7 扶柩：護送靈柩回鄉安葬。
8 士林：知識分子、學術界的學者。
9 替：衰落、貧窮。
10 孝廉：舉人。
11 題詠：詠詩題句，古人喜在書畫上題詩。
12 壻：女婿。同今「婿」字，是婿的異體字。
13 慵鬟高髻綠婆娑：此句形容少女早上剛睡醒，頭髮散亂不整齊的樣子。慵鬟，懶得梳頭，頭髮散亂。綠，黑色，古人形容頭髮多而黑為「綠雲」。婆娑，分散不整的樣子。
14 蘭：此指少女閨房。
15 蹙雙蛾：皺起雙眉。蹙，讀作「促」，聚攏。雙蛾，形容女子眉毛。
16 綫：同今「線」字，是線的異體字。挑：挑花，是刺繡的一種針法，這裡泛指刺繡。
17 當年織錦非長技，幸把迴文感聖明：這兩句借用「唐代蘇蕙將迴文圖詩織於錦緞，受武則天賞識」的典故，以讚美連城的刺繡技巧。意思是說，就連蘇蕙這樣精通刺繡的人，與連城相比也為之遜色。蘇蕙，字若蘭，前秦竇滔之妻，善屬文。滔於苻堅時擔任秦州（今甘肅省天水市）刺史，獲罪被徙流沙。蘇蕙在家以織錦將對丈夫的思念織成迴文詩。詩長八百四十字，可宛轉迴圈讀之，詞甚淒惋。唐武則天曾作〈璇璣圖詩序〉，讚嘆蘇蕙的詩「五彩相宜，瑩心曜目」。聖明，指唐朝女皇武則天。
18 媪：讀作「棉襖」的襖，指老婦人。同今「媼」字，是媼的異體字。
19 燈火：資助燈火的錢，此指贊助錢財供他讀書。
20 啗：讀作「旦」，吃。
21 鹺賈：鹽商。鹺，讀作「搓」的二聲。賈，讀作「古」。
22 瘵：讀作「債」，肺癆，今稱作肺結核。
23 沉痼：積久難癒的病。
24 頭陀：佛教用語，指去除煩惱；梵語轉譯，意譯為抖擻、棄除、沙汰等。俗稱行腳托缽的出家人。
25 膺：胸膛。
26 剜：讀作「彎」，用刀挖取。
27 刲：讀作「窺」，刺、割。
28 袴：同今「褲」字，是褲的異體字。
29 訟：打官司。
30 白：讀作「博」，告訴、告知。
31 怫然：勃然大怒的樣子。怫，讀作「費」。
32 貨：販賣之意。
33 士為知己者死：語出《史記・卷八六・刺客傳・豫讓傳》：「嗟乎！士為知己者死，女為悅己者容。」（男人為了知心好友，可以不惜犧牲生命；女子為了心愛的男人而打扮自己。）
34 不諧何害：不能成親又何妨？
35 自剖：表明心意。
36 睨：讀作「逆」，斜眼看、偷窺。
37 舁：讀作「魚」，抬、扛舉。
38 冀：希冀、期望。
39 迹：蹤跡、行跡、痕跡。同今「跡」字，是跡的異體字。
40 廨署：官府、官衙。廨，讀作「謝」，古時官吏辦公處。
41 太息：仰天長嘆。
42 典牘：主掌整理文書檔案的工作。牘，讀作「讀」，文書、書籍。
43 委任：任用、託付，引申為器重。
44 泪睫慘黛：淚眼愁眉。泪，同今「淚」字，是淚的異體字。睫，睫毛，此處借指眼睛。慘，悲傷。黛，青黑色的顏料，古時女子用以畫眉，此處借指眉毛。
45 矢：立誓，通「誓」字。

46 稽：查核、稽查。

47 長沙：古代府名，今湖南省長沙市。太守：知府。

48 平章：商議處理。

49 捧帨：捧著毛巾伺候主人梳洗，借指奴婢、妾侍伺候主人。帨，讀作「稅」，手巾、手帕。

50 怛：讀作「達」，憂傷，悲痛。

51 肺腑酸柔：猶言心酸腸軟，於心不忍。

52 脫：假如、倘若。愆尤：罪過、錯失；愆，讀作「千」，過錯、過失、罪行。

53 攝牒：手持公文。牒，讀作「蝶」，官府發布的公文或證明文書。

54 蹇緩：緩步慢行、行動遲緩。

55 惕惕：憂心、恐懼。

56 嘿定：默然無語，稍事休息。嘿，讀作「默」，同今「默」字，是默的異體字。

57 赧：讀作「男」的三聲，因害羞而臉紅，不好意思的樣子。

58 懽：同今「歡」字，是歡的異體字。

59 遽：立刻、馬上。

60 姑嫜：古代稱丈夫的父母，即公婆。

61 纔：讀作「才」，僅、只之意，通「才」、「裁」二字。

62 懣：讀作「悶」的四聲，憤恨之意。

63 憊：原指疲憊，此指身體虛弱。

64 奄逝：忽然死去。

65 起：病癒。

66 如禮：如同女婿叩拜岳父的禮節。

67 宗好：同宗的情誼。

68 田橫五百人：田橫，秦末山東狄縣（今高青縣東南）人，本齊王田氏族。韓信破齊，田橫自立為齊王，漢高祖劉邦登基後，田橫率領從屬五百人逃至海島，劉邦派人招降，田橫不願北面臣事之，遂自殺，其餘五百人聽聞田橫死訊後亦自殺。

69 知希之貴：知音難尋，故為可貴。希，通「稀」字。

70 感結：銘記於心。

71 錦繡：用來讚美文思敏捷、才華洋溢的人。

72 蛾眉：本為形容美人眉毛，此用以比喻美女。

◆**王阮亭（即王士禎）曰：**「雅是情種。不意牡丹亭後，復有此人。」

喬生真是個多情種。沒想到，繼《牡丹亭》之後，尚有此多情之人。

編撰者按：明代傳奇作家湯顯祖所作《牡丹亭》，描寫杜麗娘與柳夢梅之間的愛情故事。杜麗娘春日遊花園時，夢見一俊美少年柳夢梅，後因相思之情而香消玉殞。後來柳夢梅到臨安赴考，杜麗娘魂魄到他所寄居尼姑庵幽會，後因柳夢梅之助，杜麗娘得以還陽。因此，《牡丹亭》題詞道：「生者可以死，死者可以生，生而不可與死，死而不可復生者，皆非情之至也。」情到濃處，即使死了也能為情而還陽，就如〈連城〉中的連城和喬生一樣，兩人相知相愛，感動地府，特別恩准他們還陽。

喬生是雲南晉寧人，年少時頗有才名，到二十多歲卻仍科場失意。他為人重情義，與顧生交好，顧生過世後，時常照料其妻小。當地知州極欣賞喬生才學，十分器重；知州後來在任內過世，家眷滯留晉寧，回不了家鄉，喬生於是變賣家產，護送知州靈柩回鄉安葬，往來路程兩千多里。喬生由此得到學界友人敬重，家境也因此更窮困。

史姓舉人有個女兒，字連城，擅長刺繡，知書達禮。史父寵愛有加，拿出女兒所刺〈倦繡圖〉，徵求少年才子對圖題詩，有意挑個乘龍快婿。喬生也獻上一首詩，寫道：「慵鬟高髻綠婆娑，早向蘭窗繡碧荷；刺到鴛鴦魂欲斷，暗停針線蹙雙蛾。」又另作一詩讚賞連城刺繡功夫：「繡線挑來似寫生，幅中花鳥自天成；當年織錦非長技，幸把迴文感聖明。」連城見了喬生的詩非常喜愛，對父親讚其文采，史父則嫌喬生太窮。連城逢人便稱讚喬生，又派家中老婦借父親名義贈送銀兩助喬生讀書。喬生感嘆的說：「連城眞是我的知己啊！」後來更如飢似渴的傾慕思念連城。不多久，連城許婚給鹽商之子王化成，喬生這才絕望，但仍魂牽夢縈，無法忘懷。

不久，連城患上肺癆，久病不起。一名來自西域的行腳僧自稱能醫，但需男子胸口的肉一錢，混著藥屑搗合。史父派家僕到王家告訴王化成，王化成笑道：「傻老頭，居然想割我心頭肉啊！」便遣走家僕。史父於是對外宣布：「只要有人願意割肉醫治小女，我就將女兒許配給他。」喬生聽聞此事立即前往，自行掏出白刃，割下胸肉交給僧人；鮮血直流，衣褲盡濕，僧人替他敷藥才止住。僧人混合胸肉與藥末，做成三顆藥丸；連城分三天服完，藥到病除。史父為實踐承諾，先行告知王家此事，王化成聽了很生氣，欲告官府。史父只好設宴款待喬生，放了千兩銀子在桌上，說：「很抱歉負了你大恩大德，謹以這點銀兩聊表心意。」而後相告悔婚之由。喬生大怒，道：「我之所以不惜胸前這點肉，只是爲了報答知己，誰說我是來賣肉的？」說完拂袖離去。連城聽說此事，於心不忍，託老婦前去慰問並相告：「以你的才華，遲早會有出頭之日。天下何愁沒有佳人？我常做惡夢，知道自己活不過三年，你不必與人爭我這黃泉之鬼。」喬生告訴老婦：「有道是，大丈夫可以爲知己犧牲性命，我非貪圖她美色，只怕連城未必眞懂我；若她眞懂我，做不成夫妻又何妨？」老婦代連城表明了心意，喬生說：「若果眞如此，下次相見時，只要對我一笑，我死而無憾！」老婦回去後，過了數日，喬生偶然外出，巧遇連城從叔父家回來，喬生偷看了她一眼。連城暗送秋波，嫣然一笑。喬生開心不已：「連城果眞懂我的心！」

正逢王家前來商議婚期，連城舊疾又發，幾個月後過世了。喬生前去弔唁，哀痛而亡，史父送回了他屍體。喬生知自己已死，也不怎麼難過，走出村子，仍期待再見連城一面。遠遠眺望，有條南北向的道路，行人像螞蟻般連綿不絕，便一同混入了人群。過一會兒，走進一所官衙，竟巧遇顧生。顧生驚訝的問：「你怎會在此？」遂挽起它的手，就要送它回去。喬生長嘆道：「我還有心事未了。」顧生說：「我在此管理文書檔案，頗得重用。若有能幫忙之處，必定全力以赴。」喬生打探連城下落，顧生便領它四處打轉探詢，見連城與一白衣女子淚眼愁眉的坐在門廊角落。連城見到喬生，立刻欣喜起身，問它來此緣由。喬生說：「你死了，我怎敢獨活？」連城哭著說：「我辜負了你的情意，你不嫌棄也就罷了，怎麼還爲我殉情呢？只可惜今生已無法相守，只願來世能結爲夫妻。」喬生對顧生說：「你去忙你的吧，我寧死也不願還陽。只勞煩你查看連城轉世何處，我和它一同投胎。」顧生允諾離去。

白衣女子問喬生是誰，連城便告知了生前之事，白衣女子聽聞也很難過。連城對喬生說：「這位妹妹與我同姓，小字賓娘，是長沙知府史大人之女。我們一路同行，愛惜彼此。」喬生端詳它，模樣頗惹人憐愛，正要開口細問，顧生已經回來，對喬生道賀：「我替你向上司商量過了，現在就讓連城姑娘與你一起還陽，可好？」喬生與連城都很高興，正要向顧生告別，賓娘大哭起來：「姊姊還陽了，那我怎麼辦？求姊姊憐惜救助，我願爲奴婢侍奉姊姊。」連城聽了也很難過，卻苦無對策，只好求助喬生，喬生又哀求顧生幫忙。顧生頗有難色，堅決推辭，認爲這事沒法辦，喬生仍哀求不斷。顧生才說：「那好吧，我姑且一試。」離開後，過了一頓飯的時間才回，搖手道：「看吧！這事我眞的無能爲力啊！」賓娘聽了，哭得嬌豔宛轉，依偎在連城懷裡，唯恐它立刻就要離開。二姝憂傷悲痛，又無計可施，相對無語；看著它們愁容滿面，眞讓人爲之酸楚。顧生憤慨的說：「請帶賓娘走吧。假若上頭怪罪下來，我來承擔就是！」賓娘這才破涕爲笑，跟隨喬生離開。喬生擔憂賓娘返家路途遙遠，無人作伴。賓娘說：「我和你們一道走，不想回家。」喬生說：「你糊塗了。不回家，如何能夠還陽？改日我去湖南，你別躲藏起來，就感激不盡了。」此時，正有兩名老婦手持公文要赴長沙，喬生要賓娘跟它們一起走，賓娘哭著辭別而去。

還陽途中，連城緩慢的走著，每隔一里就停下休息，一路上休息了十多次，才見到村門。連城說：「還陽後，我們的婚事恐會生變。請取來我的屍體，我在你家還陽，家父應當不會悔婚。」喬生也贊同，便一起回到喬家。連城擔憂得無法行走，喬生便站在一旁等候。連城說：「我走到這裡，四肢發軟，不聽使喚。心願恐無法達成，應從長計議；否則，還陽後哪裡能如願？」喬生便扶它進入廂房。稍事休息後，連城笑道：「你會嫌棄我嗎？」喬生驚訝反問其意，連城紅著臉說：「我怕婚事有所阻礙，辜負了你的情意。不如趁現在仍然做鬼，以身相許，報答你的大恩大德。」喬生大喜，盡享交歡之樂。又因徘徊不定，不敢立刻還陽，它們便在廂房寄居了三日。連城說：「俗話說得好：『醜媳婦終得見公婆。』光在這裡擔心，終究非長久之計。」便催促喬生進到大廳。才剛至靈寢，喬生立刻甦醒。家人驚奇訝異，餵他喝了些湯水。喬生於是派人請史父前來，欲索連城屍骨，自稱能令其還陽；史父聽了很高興，便照他所說去做。連城屍骸才剛抬至喬家大廳，一看，已然甦醒。她稟告父親：「我已是喬郎的人了，沒有回家的道理。若我們的婚事有變，女兒寧可一死！」史父回家後，派遣婢女前去侍奉連城。王化成聽聞此事，告上衙門。官員收了賄賂，將連城判給王化成。喬生憤慨欲絕，但也無可奈何。連城來到王家，氣憤得不飲不食，只求速死。趁房中無人，拿了條綾帶，懸掛梁上打算自盡；第二天，身體更加虛弱，眼看就要死去。王化成怕鬧出人命，趕緊送她回家，史父又抬她至喬生家。王化成聽了，也不再鬧事，大家終於相安無事。

連城病癒後，常常思念賓娘，欲派人探望，但因路途遙遠，終難成行。有天，家人前來通報：「門口有輛馬車。」喬氏夫婦出門一看，賓娘已來到庭院中。三人相見，又悲又喜。史知府親送女兒前來，喬生請他入內。史知府說：「小女多虧你才能還陽，發誓不嫁別人，故順其心願。」喬生以女婿之禮叩謝。史父也來到，與知府一敘同宗情誼。喬生名年，字大年。

記下奇聞異事的作者如是說：「連城嫣然一笑，喬生不惜犧牲性命，世人或許會笑他太傻；那麼，追隨田橫的五百人豈不都是傻瓜。這是明白知音難尋，豪傑賢者因爲銘感五內而無法自制啊。天下之大，然就算是喬生這般文采卓越的人，也只能傾慕於美人一笑，說來眞是可悲啊！」

霍生

文登[1]霍生，與嚴生少相狎[2]，長相謔也。口給交禦[3]，惟恐不工。霍有鄰嫗[4]，曾與嚴生妻導產[5]。偶與霍婦語，言其私處有兩贅疣[6]。婦以告霍。霍與同黨者謀，窺嚴將至，故竊語云：「某妻與我最昵[7]。」眾故不信。霍因捏造端末，且云：「如不信，其陰側有雙疣。」嚴止窗外，聽之既悉，不入逕去。至家，苦掠其妻；妻不服，搒[8]益殘。妻不堪虐，自經[9]死。霍始大悔，然亦不敢向嚴而白[10]其誣矣。嚴妻既死，其鬼夜哭，舉家不得寧焉。無何，嚴暴卒，鬼乃不哭。霍婦夢女子披髮大叫曰：「我死得良苦，汝夫妻何得歡樂耶！」既醒而病，數日尋卒。霍亦夢女子指數詬罵，以掌批其吻[11]。驚而寤[12]，覺脣際隱痛，捫[13]之高起，三日而成雙疣，遂為痼疾[14]。不敢大言笑；啟吻太驟，則痛不可忍。

異史氏曰：「死能為厲，其氣冤也。私病加於脣吻，神而近於戲矣。」

邑[15]王氏與同窗某狎。其妻歸寧，王知其驢善驚，先伏叢莽中，伺婦至，暴出；驢驚婦墮，惟一僮從，不能扶婦乘，王乃殷勤抱控甚至，婦亦不識誰何。王揚揚以此得意，謂僮逐驢去，因得私[16]其婦於莽中，述袒褲[17]履甚悉。某聞，大慚而去。少間，自窗隙中，見某一手握刃，一手捉妻來，意甚怒惡。大懼，踰垣[18]而逃。某從之，追二三里地，不及，始返。王盡力極奔，肺葉開張，以是得吼疾，數年不愈焉。◆

霍生
才人結習好輕儇況涉閨
疑禍易延殷鑒不遠具看
否雙瘡倒置主客遷

1 文登：古代縣名，今山東省文登市。
2 狎：讀作「霞」，親近。
3 口給交禦：意指以互相鬥嘴為樂。
4 嫗：讀作「玉」，老婦人。
5 導產：接生。
6 贅疣：贅瘤。因濾過性病毒，引起皮膚或黏膜角質增殖、變厚的腫瘤。疣，讀作「游」，肉瘤。
7 昵：讀作「逆」，親近。
8 搒：讀作「蹦」，鞭打、擊打。
9 自經：自盡。
10 白：讀作「博」，告訴、告知。
11 以掌批其吻：掌嘴。吻，嘴唇。
12 寤：讀作「物」，醒來、睡醒。
13 捫：讀作「門」，撫摸、觸摸。
14 痼疾：頑疾。
15 邑：此處指縣市，指蒲松齡的家鄉——山東省淄川縣（古名「般陽」），即今淄博市淄川區。
16 私：發生性行為，性交。
17 衵：讀作「膩」，貼身內衣。袴：同今「褲」字，是褲的異體字。
18 垣：讀作「圓」，矮牆。

霍生是山東文登人，與嚴生從小即交往親密，長大後常互相捉弄。兩人很愛鬥嘴，唯恐玩笑開得不夠大。霍生的鄰居中有個老婦，曾幫嚴妻接生，有次偶然對霍妻提起，說嚴妻私處有兩顆贅瘤。霍妻將此事告訴丈夫。

◆**何守奇評點**：言人之不善，當如後患何？可為亂言者戒也。

議論他人是非，要知道後果將會如何？喜好胡言亂語的人，當以此為戒。

眼看嚴生就要來到，霍生與幾位同黨友人暗中謀劃，刻意竊竊私語：「嚴某的妻子與我很親近。」眾人佯裝不信，霍生便捏造事實，說：「若不信，我知道她陰部側邊長了兩顆瘤。」嚴生停腳在窗外，全都聽見了，沒有進門便直接離開。回到家中，拷問妻子，妻否認，嚴生打得更重。嚴妻不堪虐打，自殺了。霍生聽聞，大感後悔，卻也不敢向嚴生坦承自己誣陷了嚴妻。嚴妻死後，鬼魂每晚都哭號，搞得全家不得安寧。沒多久，嚴生暴斃而死，才未再傳出鬼哭聲。後來，霍妻夢見一名女子披頭散髮的大叫：「我死得好慘，你們夫妻憑什麼過得舒坦！」霍妻醒來就生了病，沒幾天便死了。霍生也夢見女子指著他辱罵，還一掌打在他嘴唇上。他嚇得驚醒，覺得嘴唇隱隱作痛，用手一摸，發現紅腫脹大，三天後長成雙瘤，化為難以治癒的頑疾。他不敢大聲說話，也不敢大笑；嘴巴若張得太快，就會疼痛難忍。

記下奇聞異事的作者如是說：「死後變成厲鬼，可見冤氣很重。原本長在嚴妻私處的雙瘤，轉移到霍生嘴唇，著實神奇得像在變戲法。」

本縣有位王生，與同窗某人交情很好。某人妻子欲返娘家，王生知驢易受驚嚇，便事先埋伏草叢。待婦人一到，他突然衝出，驢子一受驚，摔下婦人，隨身僅一小僮，無法扶她上驢。王生便獻殷勤，將她抱至驢上，而婦人並不識他。王生為此洋洋得意，對人說小僮追驢子去了，他則和婦人在草叢親熱，將婦人所穿貼身衣物及鞋褲全都描述得一清二楚。某人聽到，羞憤離去。不久，王生從家中窗縫見某人一手握著刀，一手捉著妻子，生氣的朝自己走來。王生心虛害怕，趕緊翻牆逃走。某人緊追在後，追了二三里路，眼見追不上才返回。王生使盡全力狂奔，肺葉都給撐開，從此患上氣喘病，好幾年都痊癒不了。

汪士秀

明汪士秀，廬州[1]人。剛勇有力，能舉石舂[2]。父子善蹴鞠[3]。父四十餘，過錢塘沒焉。積八九年，汪以故詣湖南，夜泊洞庭[4]。時望月[5]東升，澄江如練。方眺矚間，忽有五人自湖中出，攜大席，平鋪水面，略可半畝。紛陳酒饌，饌器磨觸作響，然聲溫厚，不類陶瓦[6]。已而三人踐席坐，二人侍飲。坐者一衣黃，二衣白；頭上巾皆皂色[7]，峩峩然[8]下連肩背，制絕奇古，而月色微茫，不甚可晰。侍者俱褐衣；其一似童，其一似叟也。但聞黃衣人曰：「今夜月色大佳，足供快飲。」白衣者曰：「此夕風景，大似廣利王[9]宴梨花島時。」三人互勸，引釂[10]競浮白。但語略小，即不可聞。舟人隱伏，不敢動息。汪細審侍者叟，酷類父；而聽其言，又非父聲。

二漏[11]將殘，忽一人曰：「趁此明月，宜一擊毬[12]為樂。」即見僮汲水中，取一圓出，大可盈抱，中如水銀滿貯，表裏通明。坐者盡起。黃衣人呼叟共蹴之。蹴起丈餘，光搖搖射人眼。俄而砉[13]然遠起，飛墮舟中。汪技癢，極力踏去，覺異常輕軟。踏猛似破，騰尋丈；中有漏光，下射如虹，蚩然[14]疾落；又如經天之彗[15]，直投水中，滾滾作沸泡聲而滅。

席中共怒曰：「何物生人，敗我清興！」叟笑曰：「不惡不惡，此吾家流星拐[16]也。」白衣人嗔其語戲，怒曰：「都方厭惱，老奴何得作懽[17]？便同小烏皮捉得狂子來；不然，脛股[18]當有椎喫也！」汪計無所逃，即亦不畏，捉刀立舟中。倏見僮叟操兵來。汪注視，真其父也。疾呼：「阿翁！兒在此。」叟大駭，相顧悽斷。僮即反[19]身去。叟曰：「兒急作匿，不然都死矣。」言未已，三人忽已登舟。面皆漆黑，睛大於榴。攫[20]叟出。汪力與奪，搖舟斷纜。汪以刀截其臂落，黃衣者乃逃。一白衣人奔汪；汪剁其顱，墮水有聲，鬨然俱沒。方謀夜渡，旋見巨喙出水面，深若井。四面湖水奔注，砰砰作響。俄一噴湧，則浪接星斗，萬舟簸[21]盪。湖人大恐。舟上有石鼓[22]二，皆重百斤。汪舉一以投，激水雷鳴，浪漸消；又投其一，風波悉平。

汪疑父為鬼。叟曰：「我固未嘗死也。溺江者十九人，皆為妖物所食；我以蹋圓[23]得全。物得罪於錢塘君[24]，故移避洞庭耳。三人魚精，所蹴魚胞[25]也。」父子聚喜，中夜擊棹[26]而去。天明，見舟中有魚翅，徑四五尺許，乃悟是夜間所斷臂也。◆

◆王阮亭（即王士禎）云：「此條亦恢詭。」

這篇故事也很詼諧詭譎。

1 廬州：古代府名，今安徽省合肥市。
2 舂：讀作「衝」，杵臼。
3 蹴鞠：讀作「促局」，古代一種踢球遊戲，類似現今的踢毽子。蹴，讀作「促」，踢。鞠，皮革縫製的圓球，又稱作「毬」。
4 洞庭：即洞庭湖，位於湖南省北部，長江南側。
5 望月：農曆每月十五夜晚的月亮。
6 陶瓦：指陶器。
7 巾：此指高帽子。皂色：黑色。
8 峩峩然：高聳貌。峩，同今「峨」字，是峨的異體字。
9 廣利王：南海之神，唐天寶十年（西元七五一年），封南海神為廣利王。梨花島：疑指海南島，因島上有梨山（即五指山，舊名黎母山），故擬此名。
10 釂：讀作「叫」，一飲而盡，俗稱「乾杯」。
11 二漏：二更（讀作「耕」），即晚上九點至十一點。
12 毬：古代遊戲所用的圓球。

13 硡：讀作「轟」，形容巨大的聲音，通「訇」字。
14 蚩然：擬聲詞。蚩，通「嗤」字。
15 彗：彗星。
16 流星拐：踢球的招式名稱。
17 懽：同今「歡」字，是歡的異體字。
18 脛：讀作「靜」，指膝蓋以下、腳踝以上部位，又稱小腿。股：大腿。
19 反：回返，同「返」字。
20 攫：讀作「決」，用爪子抓取。
21 簸：讀作「跛」，搖晃擺盪。
22 石鼓：鼓形的石塊，可用來當凳子坐，或壓艙穩定船身之用。
23 蹋圓：踢球。蹋，讀作「踏」。
24 錢塘君：掌管錢塘江的神，性情暴躁。
25 魚胞：魚鰾，即魚類脊柱下，薄皮橢圓形的白色氣囊，幫魚調節比重、呼吸，輔助聽覺及發音的重要器官。鰾，讀作「標」的四聲。
26 擊棹：搖槳、划船。棹，讀作「趙」，船槳，同「櫂」字。

◆王阮亭（即王士禎）云：「此條亦恢詭。」

這篇故事也很詼諧詭譎。

汪士秀是安徽廬州人，生得孔武有力，能舉起石舂，與父親皆擅長踢球。汪父在四十多歲時，過錢塘江，落水淹死。八九年後，汪士秀前往湖南辦事，夜晚泊舟洞庭湖。當時月圓東升，江水清澈如白絹。正欣賞良辰美景之際，忽有五人自湖中竄出，攜一張大蓆，平鋪於水面上，約有半畝這麼大。他們逐一陳列酒菜，碗盤器皿碰撞作響，聲響卻很溫厚，不似陶罐瓦器。張羅完畢，其中三人坐在蓆上，另兩人在旁侍酒。坐著的人之中，一人身著黃衣，兩人穿著白衣，頭上都戴黑帽，帽子很高，後幅很長，垂至肩背，款式甚為奇特；然月色朦朧，看得不是很清楚。侍酒二人則穿褐色衣服，一人貌似小童，一人貌似老人。只聽那名黃衣人說：「今晚月色甚美，可以喝個痛快。」一名白衣人說：「今夜風景，頗有廣利王在梨花島飲宴的氣氛。」三人互相勸酒，舉杯較勁；但話語聲略小，聽不甚清。汪士秀的船夫躲了起來，不敢輕舉妄動。汪士秀則仔細觀察那位侍酒老人，覺得酷似父親，但聽他說話，聲音又不太像。

二更將盡，忽有一人說：「趁著今晚月色，應當踢球取樂。」見小童潛入水中取出一顆球，大到雙手才能抱住，球心如注入水銀般，裡外透亮。坐飲之人全都起了身，黃衣人叫喚老人一起踢球，球被踢到一丈多高，光芒閃亮，讓人睜不開眼。不久，發出「轟」的一聲巨響，球遠遠飛去，落在汪士秀船上。汪士秀一時技癢，奮力踢回，只覺那球出奇輕盈柔軟，一下子踢得太猛，似乎把球給踢破。球飛到八九尺高，球心射出一道彩虹般強光，「嗤」的一聲快速落下；緊接著又像流星劃過天際，筆直墜落水中，水面冒出滾滾沸泡，然後便消失了。

蓆上眾人生氣的說：「什麼東西，竟敢壞我興致！」老人笑道：「不差不差，這正是我家傳絕學『流星拐』。」白衣人責罵老人還有心情開玩笑，怒道：「大家都惱火了，你這老奴才怎麼還在幸災樂禍？快和小烏皮把那狂人抓來，否則你的腿就等著吃棍子吧！」汪士秀心想無處可逃，不如鼓起勇氣正面迎敵，便抓起刀，站在船上，立刻見老人與小童操著兵器而來。汪士秀仔細一瞧，老人果眞是父親，疾聲大呼：「爹！孩兒在此。」老人大驚，彼此對視，悲傷淒惻。小童隨即轉身回去。老人說：「你快逃，不然我們兩個都要沒命。」話還沒說完，忽然之間三人已登船，臉孔漆黑，眼睛比石榴還大。他們一把抓走老人，汪士秀奮力爭奪，船隻搖晃得太厲害，纜繩都斷了。汪士秀揮刀砍斷黃衣人手臂，那人隨即逃之夭夭。一名白衣人衝向汪士秀，汪士秀便砍下他的頭，頭顱撲通一聲掉進水裡，剩下的一人也在哄鬧中逃走。汪士秀打算趁夜渡船，卻見一張巨大魚嘴冒出水面，深得像口井，將四周湖水灌注嘴裡，砰砰作響。不一會兒，魚嘴噴出大水，波濤震天，湖上千萬艘船無不隨之擺盪，漁夫全都嚇壞。汪士秀船上有兩只重達百斤的石鼓，他舉起一個投入大嘴，水花激高如雷作響，波浪漸消退；又投入另一石鼓，風波才平息下來。

汪士秀懷疑父親是鬼，老人答：「我本來就沒死。當初溺水的有十九人，都被妖怪吃了，我因懂得踢球才撿回一命。那些妖怪後來得罪錢塘江神，而暫避洞庭湖。那三人是魚精，所踢的球是魚鰾。」父子歡喜團聚，半夜即划船返家。到了天亮，見船上有魚翅，長約四五尺，這才恍然悟出是夜間所砍下的手臂。

商三官

故諸葛城[1]，有商士禹者，士人也。以醉謔忤邑[2]豪。豪嗾[3]家奴亂捶之。舁[4]歸而死。禹二子，長曰臣，次曰禮。一女曰三官，年十六；出閣有期，以父故不果。兩兄出訟[5]，經歲不得結。壻家遣人參[6]母，請從權畢姻事。母將許之。女進曰：「焉有父尸未寒而行吉禮？彼獨無父母乎？」壻家聞之，慚而止。無何，兩兄訟不得直，負屈歸。舉家悲憤。兄弟謀留父尸，張再訟之本[7]。三官曰：「人被殺而不理，時事[8]可知矣。天將為汝兄弟專生一閻羅包老[9]耶？骨骸暴露，於心何忍矣。」二兄服其言，乃葬父。葬已，三官夜遁，不知所往。母慚怍，唯恐壻家知，不敢告族黨，但囑二子冥冥[10]偵察之。幾半年，杳不可尋。

會豪誕辰，招優[11]為戲。優人孫淳攜二弟子往執投[12]。其一王成，姿容平等，而音詞清徹，羣贊賞焉。其一李玉，貌韶秀如好女。呼令歌，辭以不稔；強之，所度曲半雜兒女俚謠[13]，合座為之鼓掌。孫大慚，白[14]主人：「此子從學未久，祇解行觴[15]耳。幸勿罪責。」即命行酒。玉往來給奉[16]，善覷主人意向。豪悅之。酒闌人散，留與同寢。

玉代豪拂榻解履，殷勤周至。醉語狎[17]之，但有展笑。豪惑益甚，盡遣諸僕去，獨留玉。玉伺諸僕去，闔扉下楗[18]焉。諸僕就別室飲。移時，聞廳事中格格有聲。一僕往覘[19]之，見室內冥黑，寂不聞聲。行將旋踵[20]，忽有響聲甚厲，如懸重物而斷其索。亟問之，並無應者。呼眾排闥[21]入，則主人身首兩斷；玉自經[22]死，繩絕墮地上，梁間頸際，殘綆[23]儼然。眾大駭，傳告內闥[24]，羣集莫解。

眾移玉尸於庭，覺其襪履，虛若無足；解之，則素舄如鉤[25]，蓋女子也。益駭。呼孫淳詰[26]之。淳駭極，不知所對。但云：「玉月前投作弟子，願從壽主人，實不知從來。」以其服凶，疑是商家刺客。暫以二人邏守之。女貌如生；撫之，肢體溫軟。二人竊謀淫之。一人抱尸轉側，方將緩其結束[27]，忽腦如物擊，口血暴注，頃刻已死。其一大驚，告眾。眾敬若神明焉。且以告郡。郡官問臣及禮，並言：「不知。但妹亡[28]去，已半載矣。」俾[29]往驗視，果三官。官奇之，判二兄領葬，敕[30]豪家勿仇。

異史氏曰：「家有女豫讓[31]而不知，則兄之為丈夫者可知矣。然三官之為人，即蕭蕭易水，亦將羞而不流[32]；況碌碌與世浮沉者[33]耶！願天下閨中人，買絲繡之，其功德當不減於奉壯繆[34]也。」◆

商三官
小娥心事龐娥膽更見
三官智有餘易服報讎
沈恨雪兩兄應愧女專諸

◆**王阮亭（即王士禎）云**：「龐娥、謝小娥，得此鼎足矣。」

龐娥、謝小娥，再加上商三官，便可算是三方鼎立了。

編撰者按：龐娥是趙安的長女，乃三國時期曹魏武將龐淯之母，龐子夏之妻。趙安被同縣的李壽殺死，龐娥發誓為父報仇，最終成功刺殺李壽，並自首承擔罪責，堅持官府依法懲處，得到當地仕民稱許。謝小娥則典出李公佐所寫的唐傳奇《謝小娥傳》，故事講述江西豫章少婦謝小娥之父，經商遇強盜打劫殺害。小娥女扮男裝，混入凶賊家中成為傭人，將一名凶賊殺死，另一名生擒。大仇得報後，潯陽太守張公對此事非常感動，向皇帝上奏求情，皇帝下詔赦免小娥死罪，此舉感動世家貴族，紛紛向小娥提親，小娥則遁入空門，削髮為尼。

1 故諸葛城：今山東省諸城西南，明清時期屬青州府。
2 忤：忤逆、得罪。邑：此處指縣市。
3 嗾：讀作「搜」的三聲，教唆、唆擺，指使別人做壞事。
4 舁：讀作「魚」，抬、扛舉。
5 訟：打官司。
6 壻：女婿。同今「婿」字，是婿的異體字。參：進謁、拜見。
7 張再訟之本：做為再次向官府訴訟的憑證。
8 時事：當今的世道，此指世態炎涼。
9 閻羅包老：包拯、包公，此指包拯像閻王那樣公正清廉，斷案嚴明。包拯，字希仁，宋合肥人，個性剛正耿直，歷任天章閣待制、龍圖閣直學士；開封知府，辦案嚴正，不避權貴，當時的人喻其為「黃河清」，為宋代有名清官。其時，京師流傳「關節不到，有閻羅包老」之語，卒謚孝肅。
10 冥冥：暗中。
11 優：優伶、俳優，古代從事歌舞或戲劇表演工作者。
12 執役：執事，此指侍奉。
13 兒女俚謠：通俗的童謠、兒歌。
14 白：讀作「博」，告訴、告知。
15 行觴：讀作「刑傷」，替客人斟酒。
16 給奉：此指服務。給，讀作「擠」。
17 狎：讀作「霞」，親暱、親熱。
18 闔扉下楗：關起門來，拴上門閂。楗，指門閂，同今「鍵」字，是鍵的異體字。
19 覘：讀作「沾」，觀看、察視。
20 旋踵：旋轉腳跟，此指轉身。
21 排闥：推門。闥，指門。
22 自經：自盡。
23 綆：讀作「梗」，繩索。
24 闥，讀作「踏」，指門。
25 舄：讀作「細」，指鞋子。如鉤：像女子纏足後所穿的小鞋子，前端彎曲作鉤狀。
26 詰：問。
27 緩其結束：解開衣服上的繩結或腰間的繫帶。
28 亡：逃。
29 俾：讀作「必」，使。
30 勅：讀作「赤」，原指玉帝頒布的詔命，此為命令之意。同今「敕」字，是敕的異體字。
31 豫讓：戰國時的刺客，晉國人，初事范中行氏，不受重用，又事知伯，知伯以國士待之；後來，知伯為趙襄子所滅，豫讓漆身為癩，吞炭為啞，使人不復識其形狀，以刺趙襄子，為知伯復仇，然事敗而死。
32 即蕭蕭易水，亦將羞而不流：荊軻即使再生也自嘆不如。戰國末年，荊軻為燕太子丹行刺秦王，臨行，太子丹送行易水上，荊軻作歌曰：「風蕭蕭兮易水寒，壯士一去兮不復還！」荊軻帶著夾有匕首的地圖，以及秦將樊於期的首級入秦，最終刺殺秦王失敗，被殺。
33 況碌碌與世浮沉者：更何況是那些隨波逐流的平庸之輩。
34 壯繆：指關羽，民間所信仰的神祇「關聖帝君」。繆，讀作「目」。

山東諸葛城故地有個叫商士禹的讀書人，因喝醉酒，開玩笑得罪了當地富豪，富豪唆使家奴亂棍將他打成重傷，抬回家就死了。商士禹有兩個兒子，長子名臣，次子名禮，還有一個十六歲的女兒三官。三官原已擇定日子成親，但因父親過世，親事也就不了了之。兩位兄長告上官府，過了一年還沒結案。女婿家派人謁見三官之母，請求從權完成親事，商母亦允諾。三官對母親說：「哪有父親屍骨未寒就辦喜事的？難道他無父無母嗎？」夫婿家聽了也覺羞愧，便未再談論婚嫁之事。沒多久，兩位兄長打輸了官司，備感委屈的返家，全家都很悲憤。兄弟倆商議留著父親屍首暫不安葬，打算作爲下次訴訟的證據。三官說：「人被殺而官府不理，世態炎涼可見一斑。難道兄長期望上天特地爲你們生出一個包青天不成？父親骨骸暴露在外，做兒女的於心何忍啊。」兄長覺得她的話有理，便安葬了父親。喪事結束後，三官半夜離家，不知去向。商母覺得慚愧，怕女婿家知曉，不敢告訴親戚街坊，只囑咐兒子暗中查訪。過了近半年，三官仍毫無音訊。

適逢富豪壽辰，請來戲班表演，藝人孫淳帶了兩位徒弟來侍奉，其中一名叫王成，姿容平平，唱起歌來卻清靈脫俗，眾人十分讚賞。另一名徒弟叫李玉，容貌秀麗，活像個美女，要他唱歌，他說不熟練便推辭了；強迫他唱，所唱的多是些通俗童謠，在座所有人都爲他鼓掌捧場。孫淳大感羞愧，對主人說：「這位徒弟跟著我學習不久，只能斟酒而已，請不要怪罪。」便命李玉替眾人倒酒。李玉在宴席間穿梭侍奉，很懂得察言觀色，一下子就能明白主人心意。富豪非常喜歡他。酒足飯飽後，賓客紛紛散去，主人留下李玉侍寢。

李玉替富豪鋪床脫鞋，殷勤周到。富豪則趁醉調戲，李玉只是笑笑。富豪迷惑更深，遣走所有僕人，只留下李玉。待僕人都離開，李玉便關了門，拴上門閂。眾僕人繼續到其他房間喝酒；過了一會兒，聽到廳房傳來「格格」的聲響，有個僕人前去查看，見室內一片漆黑，什麼都聽不見。正要轉身離開，忽聽見一聲巨響，像是懸掛重物的繩索斷裂。他一連出聲問了幾次，都無人回應，便呼叫眾僕推門進入。只見主人身首分離，李玉也已上吊自殺，繩子斷掉，屍體落在地上，殘餘的繩子甚至透出一股凝肅意味，暗自在屋梁上掛著。眾人嚇得要命，趕緊傳告內廳，一群人聚在一起，百思不得其解。

眾人將李玉屍首搬到庭院，覺得他的鞋襪好像空空的，裡頭彷彿沒有腳；脫下一看，發現穿的是小巧如鉤的白鞋，原來是名女子。大夥更加驚恐，呼叫孫淳前來詰問，孫淳也驚恐極了，不知如何應對，只說：「一個月前，李玉投奔為徒，願一起來向主人祝壽，實在不知她來歷。」眾人見她身著喪服，疑是商家刺客，便暫留兩人看守屍體。女子容貌生如活人，稍微撫摸，肢體尚溫，十分柔軟；兩人私下串謀要姦汙她。一人抱著屍體翻過來，正要解開她衣帶，頭部忽然被什麼東西擊中，嘴巴爆出鮮血，馬上就死了。另一人大驚失色，趕緊告訴眾人，大夥於是對李玉屍體恭恭敬敬，奉若神明。後將此事上報府衙，知府便詢問商臣與商禮，兄弟倆都說：「不知道。只知三妹逃走，已經半年了。」知府命他們前去認屍，果然是三官。知府心覺此案離奇，判兩兄弟領回屍體安葬，並下令富豪一家不能報仇。

記下奇聞異事的作者如是說：「商家出了個女豫讓卻渾然不知，這兩兄弟會是什麼德行便不難知道。然三官的為人，即便荊軻復生也將感羞慚，更何況是世間的庸俗之輩呢！天底下女子都該繡上一幅三官像，好好的供奉，此功德應當不少於供奉關羽。」

于江

鄉民于江，父宿田間，為狼所食。江時年十六，得父遺履，悲恨欲死。夜俟母寢，潛持鐵槌去，眠父所，冀報父仇。少間，一狼來，逡巡[1]嗅之。江不動。無何，搖尾掃其額，又漸俯首舐其股[2]。江迄不動。既而懽[3]躍直前，將齕[4]其領。江急以錘擊狼腦，立斃。起置草中。少間，又一狼來，如前狀。又斃之。以至中夜，杳[5]無至者。忽小睡，夢父曰：「殺二物，足洩我恨。然首殺我者，其鼻白；此都非是。」江醒，堅臥以伺之。既明，無所復得。欲曳[6]狼歸，恐驚母，遂投諸眢井[7]而歸。至夜復往，亦無至者。如此三四夜。忽一狼來齧[8]其足，曳之以行。行數步，棘[9]刺肉，石傷膚。江若死者。狼乃置之地上，意將齕腹。江驟起錘之，仆[10]；又連錘之，斃。細視之，真白鼻也。大喜，負之以歸，始告母。母泣從去，探眢井，得二狼焉。

異史氏曰：「農家者流，乃有此英物耶？義烈發於血誠，非直勇也。智亦異焉。」◆

1 逡巡：徘徊不前進。逡，讀作「群」的一聲。
2 股：大腿。
3 懽：同今「歡」字，是歡的異體字。
4 齕：讀作「河」，以牙齒去咬。
5 杳：讀作「咬」，不見蹤跡之意。
6 曳：牽、拉。
7 眢井：荒廢的枯井。眢，讀作「淵」，荒枯。
8 齧：讀作「聶」，咬。
9 棘：荊棘。
10 仆：讀作「撲」，倒臥、跌倒而趴在地上。

◆**何守奇評點**：連斃三狼，父讎卒報，孰得年少輕之？

連續擊殺三匹狼，父仇終於得報，怎能因他年少而輕忽其智勇？

于江
父仇何敢片時忘竟
殺山中白臭狼自有
孝心通夢語旁人休
認莽兒郎

于江是個十六歲的年輕農人，于父有次夜宿田間，被狼吃了，他找到父親生前所穿鞋子，悲恨欲絕。夜晚待母親就寢，他偷偷拿著鐵鎚出去，睡在父親被吃掉的地方，希望爲父報仇。不久，有匹狼前來，在他四周徘徊嗅聞，他躺著不動。過了一會兒，狼搖著尾巴掃掃他的額頭，又慢慢低頭舔他大腿，他還是不爲所動。接著，那匹狼高興的撲向他，想咬他脖子，于江急忙拿鐵鎚敲擊狼的頭，當場擊斃，他起身，將狼屍藏在草叢。不久，又來一匹狼，于江比照之前方法擊殺了牠。直到半夜，都沒有狼再來。于江不小心睡著了，夢見父親對自己說：「你殺了這兩匹狼，足以宣洩我的恨意。但帶頭咬死我的狼，是一匹白鼻子的，這兩匹都不是。」

于江夢醒，繼續躺在地上等待，直到天亮都沒看見狼。本想拖著狼屍回去，又怕嚇著母親，便將屍體投入枯井後才回家。到了晚上，又去找狼，還是沒遇到。如此過了三四個晚上，忽有一匹狼咬他的腳，拖著他走；走沒幾步，皮肉已被荊棘刺傷，皮膚也遭石頭磨破，他仍像死了一樣的不動聲色。狼這才將他放在地上，準備吃了他。這時，于江突然跳起身搥打，擊倒了狼；又連續打了幾鎚，狼死去。仔細檢查狼屍，果眞是白鼻子的。于江很高興的揹著狼屍回家，並將此事告訴母親，母親哭著跟他去到那口枯井，果然見到兩匹狼的屍體。

記下奇聞異事的作者如是說：「農家子弟眞有此等俠義之輩嗎？其俠氣來自一片孝心，且並非有勇無謀之輩，智慧非尋常人可比。」

小二

滕邑[1]趙旺，夫妻奉佛，不茹葷血，鄉中有「善人」之目[2]。家稱小有[3]。一女小二，絕慧美。趙珍愛之。年六歲，使與兄長春，並從師讀，凡五年而熟五經[4]焉。同窗丁生，字紫陌，長於女三歲，文采風流[5]，頗相傾愛。私以意告母，求婚趙氏。趙期[6]以女字大家，故弗許。

未幾，趙惑於白蓮教[7]；徐鴻儒[8]既反，一家俱陷為賊。小二知書善解，凡紙兵豆馬[9]之術，一見輒精。小女子師事徐者六人，惟二稱最，因得盡傳其術。趙以女故，大得委任。時丁年十八，游滕泮[10]矣，而不肯論婚，意不忘小二也。潛亡[11]去，投徐麾下。女見之喜，優禮逾於常格[12]。女以徐高足，主軍務；晝夜出入，父母不得閒[13]。丁每宵見，嘗斥絕諸役，輒至三漏。丁私告曰：「小生此來，卿知區區[14]之意否？」女云：「不知。」丁曰：「我非妄意攀龍，所以故，實為卿耳。左道[15]無濟，止取滅亡◆，卿慧人，不念此乎？能從我亡，則寸心誠不負矣。」女憮然為間[16]，豁[17]然夢覺，曰：「背親而行，不義，請告。」二人入陳利害，趙不悟，曰：「我師神人，豈有舛錯[18]？」女知不可諫，乃易髫而髻[19]。出二紙鳶[20]，與丁各跨其一；鳶肅肅[21]展翼，似鶼鶼[22]之鳥，比翼而飛。

質明[23]，抵萊蕪界[24]。女以指撚鳶項，忽即斂墮。遂收鳶；更以雙衛[25]，馳至山陰里，託為避亂者，僦屋[26]而居。二人草草出，嗇於裝[27]，薪儲不給[28]。丁甚憂之。假[29]粟比舍，莫肯貸以升斗。女無愁容，但質簪珥[30]。閉門靜對，猜燈謎，憶亡書[31]，以是角低昂[32]；負者，駢[33]二指擊腕臂焉。西鄰翁姓，綠林[34]之雄也。

一日，獵[35]歸。女曰：「富以其鄰[36]，我何憂？暫假千金，其與我乎！」丁以為難。女曰：「我將使彼樂輸[37]也。」乃翦紙作判官[38]狀，置地下，覆以雞籠。

然後握丁登榻，煮藏酒，檢周禮為觴政[39]：任言是某冊第幾葉[40]，第幾人，即共翻閱。其人得食傍[41]、水傍、酉傍者飲；得酒部[42]者倍之。既而女適得「酒人」[43]，丁以巨觥引滿促釂[44]。女乃祝曰：「若借得金來，君當得飲部[45]。」丁翻卷，得「鼈人」[46]。女大笑曰：「事已諧矣！」滴瀝授爵[47]。丁不服。女曰：「君是水族，宜作鼈飲[48]。」方喧競[49]所，聞籠中戛戛[50]。女起曰：「至矣。」啟籠驗視，則布囊中有巨金纍纍充溢。丁不勝愕喜。後翁家媼[51]抱兒來戲，竊言：「主人初歸，篝燈[52]夜坐。地忽暴裂，深不可底。一判官自內出，言：「我地府司隸[53]也。太山帝君[54]會諸冥曹，造暴客惡錄[55]，須銀燈千架，架計重十兩；施百架，則消滅罪愆[56]。」主人駭懼，焚香叩禱，奉以千金。判官荏苒[57]而入，地亦遂合。」夫妻聽其言，故嘖嘖詫異之。而從此漸購牛馬，蓄廝婢，自營宅第。

里無賴子[58]窺其富，糾諸不逞[59]，踰垣[60]劫丁。丁夫婦始自夢中醒，則編菅爇[61]照，寇集滿屋。二人執丁；又一人探手女懷。女袒[62]而起，戟指而呵[63]曰：「止，止！」盜十三人，皆吐舌呆立，癡若木偶。女始著袴[64]下榻；呼集家人，一一反接其臂，逼令供吐明悉。乃責之曰：「遠方人埋頭澗谷，冀得相扶持；何不仁至此！緩急[65]人所時有，窘急者不妨明告，我豈積殖自封[66]者哉？豺狼之行，本合盡誅；但吾所不忍，姑釋去，再犯不宥[67]！」諸盜叩謝而去。

居無何，鴻儒就擒，趙夫婦妻子俱被夷誅；生齎[68]金往贖長春之幼子以歸。兒時三歲，養為己出，使從姓丁，名之承祧[69]。於是里中人漸知為白蓮教戚裔。適蝗害稼，女以紙鳶數百翼放田中，蝗遠避，不入其隴

[70]，以是得無恙。里人共嫉之，羣首於官，以為鴻儒餘黨。官瞰[71]其富，肉視之，收丁。丁以重賂啗[72]令，始得免。女曰：「貨殖之來也苟，固宜有散亡。然蛇蝎之鄉，不可久居。」因賤售其業而去之，止於益都之西鄙[73]。

女為人靈巧，善居積，經紀[74]過於男子。嘗開琉璃[75]廠，每進工人而指點之，一切碁[76]燈，其奇式幻采，諸肆[77]莫能及，以故直[78]昂得速售。居數年，財益稱雄。而女督課婢僕嚴，食指數百無冗口。暇輒與丁烹茗著棋，或觀書史為樂。錢穀出入，以及婢僕業，凡五日一課；女自持籌[79]，丁為之點籍[80]唱名數焉。勤者賞賚[81]有差；惰者鞭撻罰膝立[82]。是日給假不夜作，夫妻設肴酒，呼婢輩度俚曲[83]為笑。女明察如神，人無敢欺。而賞輒浮於其勞，故事易辦。村中二百餘家，凡貧者俱量給資本，鄉以此無游惰。值大旱，女令村人設壇於野，乘輿[84]夜出，禹步[85]作法，甘霖傾注，五里內悉獲霑足[86]。人益神之。女出未嘗障面[87]，村人皆見之。或少年羣居，私議其美；及覿[88]面逢之，俱肅肅無敢仰視者。每秋日，村中童子不能耕作者，授以錢，使采荼薊[89]，幾二十年，積滿樓屋。人竊非笑之。會山左[90]大饑，人相食；女乃出菜，雜粟贍饑者，近村賴以全活，無逃亡焉。

異史氏曰：「二所為，殆天授，非人力也。然非一言之悟，駢死已久。由是觀之，世抱非常之才，而誤入匪僻[91]以死者，當亦不少。焉知同學六人中，遂無其人乎？使人恨不遇丁生耳。」

1 滕邑：古代縣名，今山東省滕州市。
2 目：名聲、稱號。
3 小有：小康。
4 五經：指儒家的《易》、《書》、《詩》、《禮》、《春秋》五部經典，漢代時訂為五經，並設五經博士，專研這些典籍。
5 文采風流：文采超群出眾。
6 期：期望。
7 白蓮教：民間宗教的一種，佛教的旁支。
8 徐鴻儒：明末山東鉅鹿人，熹宗天啟二年（西元一六二二年），率領白蓮教眾起義反叛，聯合景州于宏志、曹州張世佩、艾山劉永明等叛軍勢力，攻下巨野、鄒縣、滕縣等地，切斷漕河糧道，最後遭朝廷鎮壓，被俘處死。
9 紙兵豆馬：剪紙為兵，撒豆成馬，此乃小說中常提到的法術。
10 游滕泮：成為滕縣縣學的生員。泮：即「入泮」，俗稱考中秀才；古代學宮內有泮池（半月形的水池），故稱學宮為「泮宮」，童生入縣學為生員，即稱「入泮」。泮，讀作「判」。
11 亡：逃。
12 常格：常規。
13 閒：依據上下文意，應作「閑」字解，指阻止、限制。
14 區區：猶言在下，自謙之詞。
15 左道：旁門左道，此指徐鴻儒。
16 憮然：悵惘若失的樣子。憮，讀作「伍」。為間：過了一會兒。
17 豁：讀作「貨」，突然、很快。
18 舛錯：錯誤、差錯。舛，讀作「喘」。
19 易髫而髻：將原本少女的垂髮，梳成已婚婦女的髮髻，表示她已為人婦。髫，讀作「條」，原指孩童不束髮，此指少女垂髮。
20 紙鳶：風箏，此指老鷹形狀的紙鳥。
21 肅肅：此指鳥展翼時，羽毛振動的聲音。
22 鶼鶼：讀作「尖尖」，俗稱比翼鳥，相傳為一雄一雌並翅雙飛的鳥。
23 質明：天大亮時。

24 萊蕪：古代縣名，今山東省萊蕪市。界：分界，此指境內。
25 衛：驢子。
26 僦屋：租房子。僦，讀作「舊」。
27 嗇於裝：指帶出來的錢財、行李不多。嗇，讀作「瑟」。
28 薪儲不給：指生活日用的柴米等必需品不足夠。
29 假：借。
30 質簪珥：典當頭簪與耳環等各式首飾。質，典當。
31 亡書：指曾經讀過，但已丟失、或不在手邊的書。
32 角低昂：一較高下。
33 駢：讀作「便宜」的便，併攏。
34 綠林：西漢末年，王匡等人曾率饑民聚居綠林山一帶對抗官府，後泛指聚集在山林間反抗官府或搶劫財物的強盜。
35 獵：掠奪財物。
36 富以其鄰：此指靠鄰居發財。
37 樂輸：心甘情願拿出錢財。
38 翦：用剪刀剪東西；同今「剪」字，是剪的異體字。判官：民間傳說，輔佐閻王，掌管《生死簿》的冥官。
39 周禮：記載古代的官制，相傳為周公攝政後所撰；全書分為〈天官〉、〈地官〉、〈春官〉、〈夏官〉、〈秋官〉、〈冬官〉六篇，〈冬官〉失傳，漢時補入〈考工記〉一篇。觴政：行酒令。
40 葉：書頁，通「頁」字。
41 傍：字的偏旁，即部首。
42 酒部：與酒有關的部首字。
43 酒人：古代官名，替君王執掌釀酒事務。
44 觥：讀作「工」，用兕（讀作「四」）牛角做成的酒器。釂：讀作「叫」，一飲而盡，俗稱「乾杯」。
45 飲部：指前述食傍、水傍、酉傍與酒部等該罰酒的部首字。
46 鼈人：古代官名，負責為君王尋找及供應甲殼類動物，用以作為食品。鼈，一種甲殼類動物；同今「鱉」字，是鱉的異體字。
47 滴漉授爵：斟了一杯酒，將酒杯遞給對方。漉，水往下滲。
48 君是水族，宜作鼈飲：此句意思是說，你這個「鼈」人，也跟水有關，所以也要喝。

49 喧競：爭吵、爭執。

50 戞戞：讀作「夾夾」，擬聲詞，形容物體相互撞擊聲音。

51 媪：讀作「棉襖」的襖，指老婦人。同今「媼」字，是媼的異體字。

52 篝：讀作「勾」，燈籠；此處當動詞用，指點燈。

53 司隸：古代官名，《周禮》中「秋官」之屬，負責盜賊逮捕事務。

54 太山帝君：又稱泰山府君，是泰山神，掌管人間生死；唐玄宗封泰山神為天齊王，宋真宗封為仁聖天齊王，後又追封東嶽天齊仁聖大帝，元世祖封之為東嶽天齊大生仁皇帝。明清以來，山東祀奉的廟宇很多。

55 造暴客惡錄：將盜賊所犯罪行記錄在案。暴客：前來偷東西的人，即盜賊。惡錄，記錄犯人罪行的冊子。

56 罪愆：罪過。愆，讀作「千」，過錯、過失、罪行。

57 荏苒：讀作「忍染」，緩慢。《文選・潘岳・悼亡詩三首之一》：「荏苒冬春謝，寒暑忽流易。」

58 無賴子：流氓無賴。

59 不逞：心懷不滿而為非作歹之人。典出《後漢書・卷六四・史弼傳》：「外聚剽輕不逞之徒，內荒酒樂。」（在外聚集強悍勇猛的為非作歹之輩，在內縱情於飲酒取樂。）

60 垣：讀作「圓」，矮牆。

61 編菅：原指以菅草編的草苫，用於覆蓋屋頂，此處指「束茅」，即火把。菅，讀作「兼」，一種植物名稱，根短堅韌，可做刷帚。

62 袒：裸露。

63 戟指：劍指，今之太極劍或武術所捻劍訣，道士作法常用此手勢，俗稱捻訣。戟，讀作「擠」。呵：大聲喝斥、責罵，通「訶」字。

64 袴：同今「褲」字，是褲的異體字。

65 緩急：危急、急切需要或緊急的事情。

66 積殖自封：賺了錢自己獨享。殖，生財牟利。封，富厚。

67 宥：讀作「右」，容忍、寬容、寬恕。

68 齎：讀作「雞」，贈送物品給人。

69 承祧：原意是被收養而獲繼承權的男子。祧，讀作「挑食」的挑。

70 隴：田埂。

71 瞰：讀作「看」，原意是從高處往下看，俯瞰。此指覬覦。

72 啗：讀作「旦」，以重利、錢財誘惑他人。

73 益都：古縣名，今山東省青州市。西鄙：西郊。

74 經紀：經營打理。

75 琉璃：用黏土、長石、石青等為原料燒製而成的器皿，可加在黏土外層，再燒成缸、瓦、盆、磚等。

76 碁：讀作「期」，棋具。同今「棋」字，是棋的異體字。

77 肆：市集的店鋪。

78 直：金錢、價格，通「值」字。

79 籌：算盤。

80 點籍：清查帳簿。

81 賚：讀作「賴」，賞賜、賜予。

82 鞭撻：以鞭子抽打。撻，讀作「踏」。罰膝立：罰跪。

83 俚曲：通俗的歌謠。

84 輿：車子、車輛。

85 禹步：道教法師開壇作法時，為求遣神召靈而禮拜星斗的步態動作，又稱步罡（讀作「剛」）踏斗。

86 霑足：雨水充沛。霑，讀作「沾」。

87 障面：古代年輕女子外出時，以面紗遮臉。

88 覿：讀作「迪」，見。

89 荼：讀作「圖」，苦菜。薊：讀作「季」，菊科薊屬植物的泛稱，可供食用或藥用。

90 山左：山東舊稱，因山東位於太行山左側。

91 匪僻：歹徒。

◆**馮鎮巒評點**：千古百萬無頭鬼，恨不聞此言。

古往今來，多少執迷不悟、為非作歹之徒失去了性命，只恨當初沒人像丁紫陌這樣，能苦口婆心的勸他們改過向善。

小二
全憑片語
指迷津自
是聰明絕
世人鄰里
休驚多異
術白蓮花
現女兒身

山東滕縣有個叫趙旺的人，他與妻子都信奉佛教，不食葷腥，鄉里爲他取了個「善人」的稱號。家中經濟尚可自足，有個女兒名叫小二，美貌聰慧，趙氏夫婦視爲掌上明珠。小二六歲時，夫婦倆讓她與哥哥長春一起跟隨老師讀書，五年內即將五經背得滾瓜爛熟。小二有個同學丁生，字紫陌，大她三歲，文采卓越，兩人感情甚好。丁紫陌將心意告訴母親，請母親向趙家提親，但趙旺希望女兒許配給大戶人家，遂未答應。

不久，趙旺迷信白蓮教，後來教徒徐鴻儒起義謀反，趙家亦淪爲叛黨。小二知書達禮，舉凡撒豆成兵、剪紙爲馬的法術，她一看就會。當時，向徐鴻儒拜師學藝的少女共有六人，以小二本領最高，徐鴻儒自當傾囊相授；趙旺因女兒緣故，亦得徐鴻儒重用。那時，丁紫陌十八歲，已是滕縣秀才，卻不肯談論婚事，原因無他，正是無法忘懷小二。他偷偷逃走，投靠徐鴻儒麾下；小二見到他非常高興，極爲禮遇。小二是徐鴻儒高徒，主掌軍務，日夜忙碌進出，就連父母也不得過問。夜晚丁紫陌常來相見，小二於是支開僕役，兩人聊至三更半夜。丁紫陌私下對她說：「我此番前來，你可明白我心意？」小二說：「不知道。」丁紫陌說：「我無意趨炎附勢，之所以投靠叛軍，其實是爲了你。徐鴻儒乃旁門左道，終將自取滅亡，你是聰明人，怎看不透這一點？你若能隨我逃走，總算不辜負我心意。」小二一陣茫然，有如大夢初醒，說：「背著雙親私奔，是爲不義，請讓我向他們稟告一聲。」兩人便到趙旺房裡陳述利害，趙父執迷不悟，說：「師父是神人，怎會有差錯？」小二心知勸父親不動，便盤起頭髮、梳成髮髻，表示要與丁紫陌結爲夫妻。她拿出兩個紙紮的老鷹，與丁紫陌各跨坐一隻；紙鷹張開翅膀，傳來一陣肅肅聲，兩人即如比翼鳥般雙雙飛去。

天大亮時，兩人已自滕州飛行近四百里，抵達省境內的萊蕪。小二用手指在紙鷹頭上捏了一下，紙鷹瞬間收斂翅膀，降落地面。收起紙鷹後，小二又變出兩頭驢子，兩人騎著奔至山陰，佯裝成逃避戰亂的難民，並租了間屋子。由於兩人匆忙逃出，未帶太多行李及旅費，米糧等儲備也不夠。丁紫陌對此很是擔憂，向鄰居借米糧，卻無人肯借。小二則面無愁容，拿了些首飾典當，換成現金使用。兩人在屋裡平和相處，有時玩猜燈謎，或背誦書籍，以一較高低；贏的人，可以伸出兩指在輸的人手腕上打一下。有位翁姓鄰居是綠林大盜，有天搶劫回來，小二說：「有這種富有的鄰居，哪裡需要擔心？暫且跟他借一千兩銀子來用，應該沒什麼問題吧！」丁紫陌認爲沒那麼簡單，小二說：「我會讓他心甘情願把錢拿出來。」便剪了一張紙，做成判官模樣，放在地上，用雞籠蓋著。

然後，小二握著丁紫陌的手來到床上，拿出珍藏的酒，燙溫了來喝。兩人玩起翻《周禮》、行酒令的遊戲，意即一人隨意說出某冊第幾頁、第幾人，然後一同翻書查閱，若那人名字裡面有食、水、酉這三個部首，就要罰喝酒；倘若名字與酒有關，就得加罰一倍。結果，小二查出的是個「酒人」，丁紫陌便拿大酒杯斟滿酒，催她一口飲盡。小二喝完後，祈禱著：「若我們借得到錢，就代表你將翻到罰喝酒的部首。」丁紫陌一翻書，查到的是「鼈人」，小二大笑道：「事情辦妥了！」便斟滿一杯酒給他。丁紫陌卻不服輸，小二辯道：「你翻到的是水中動物，自當學鼈喝酒。」兩人爭吵之間，聽到雞籠傳出戛戛聲響，小二站起來說：「錢借到了。」小二打開雞籠檢查，見裡面有個布袋，裝的全是白花花的銀子。丁紫陌又驚又喜。後來，翁家老婦抱著小孩前來串門子，偷偷說：「我家主人回到家後，晚上獨自一人點燈坐在房裡。忽然，地板裂開一道深不見底的縫隙，有個判官從裡面走出，說：『我乃地府司隸，泰山神召集陰曹官員，要將強盜匪徒記錄在案，需一千架銀燈，每架十兩重；若捐獻一百架，就可撤銷罪行。』我家主人很害怕，趕緊焚香叩拜，奉上千兩銀子。判官於是緩緩沒入地底，地板也合了起來。」丁氏夫婦聽畢，故意裝出嘖嘖稱奇的驚訝模樣。之後，他們逐漸買了些牛馬，畜養奴僕婢女，蓋了自己的房子。

鄉里流氓覬覦其錢財，便召集一些歹徒翻牆搶劫丁家。丁氏夫婦自睡夢中驚醒，只見火把照得裡外通明，滿屋子都是匪徒。有兩人挾持丁紫陌，有一人則將手伸進小二衣服裡上下其手。小二裸身站起，捻著劍指，大聲斥喝：「站住，站住！」十三名強盜竟全都吐著舌頭，呆立原地，癡傻如木偶。小二這才穿好褲子下床，召集家僕，一個個拿下那些盜匪，逼他們供出實情。小二斥責盜匪：「我們大老遠來此避難，就是希望大家互相扶持，何以如此不仁不義！人總有手頭緊迫之時，若需用錢不妨直說，我哪裡是賺了錢獨自享受的人？你們的行為有如豺狼，本該全都殺光，只因我於心不忍，今日暫且放你們離去，若再犯，絕不寬恕！」一幫匪徒叩首拜謝，一哄而散。

過了不久，徐鴻儒被官府擒獲，趙旺夫婦與兒子都被處斬，丁紫陌則帶錢贖回趙長春的幼子。孩子當時三歲，丁紫陌視如己出，讓他跟著姓丁，取名承祧。於是，鄉里之人逐漸知道他們家與白蓮教有所關連。有次正逢蝗蟲危害莊稼，小二在田裡放了數百隻紙鷹，蝗蟲紛紛遠避，未侵擾他們家的田，農作物才得以倖免於難。鄉里的人都很嫉妒，一起向官府告發，說他們是徐鴻儒同黨。官府垂涎丁家財富，視其為肥羊，收押了丁紫陌。丁紫陌花重金賄賂縣令，這才免於牢獄之災。小二說：「我們的錢財非以正當手段得來，損失一些也是應該。但此地人心險惡，不可久留。」於是廉售家業，離開萊蕪山陰，搬到兩百五十里外益都西郊的一處小村落。

小二天資聰慧，善於持家，經營打理本領比男人還高明。她曾開設琉璃工廠，時常親自指導工人，棋具、燈具一切樣式色彩皆新穎絢麗，其他店家都比不上，即便售價高昂仍很快賣光。過了幾年，丁家已然富甲一方。小二對奴僕婢女管理甚嚴，家中數百人皆有所用。閒暇時，便與丁紫陌烹茶下棋，或讀書觀史爲樂。每五日考核一次錢糧出入及奴僕工作，小二親自撥打算盤，丁紫陌清點帳簿，一一報出奴僕姓名。勤勞的奴僕自有不同獎賞，懶惰的人則鞭打罰跪，可謂賞罰分明。考核當晚，全家放假不必工作，丁氏夫妻擺設宴席，召女婢唱歌取樂。小二明察秋毫，沒人敢欺騙她。給予下人的賞賜總超過他們的付出，因而辦起事來一向順利。村中有兩百多戶人家，小二總視情況給貧者資金，讓他們做點小生意，村子從此沒有遊手好閒之人。有年正逢大旱，小二讓村民在郊外設祭壇，晚上即乘車前去，步罡踏斗，施展法術，而後天降甘霖，五里之內土地都受雨水浸潤，村人視她若神明。小二外出從不戴面紗，村人全見過她容貌。有些少年會聚在一起私下論其姿色，待正面相逢，則個個對她肅然起敬，無人敢抬頭直視。每逢秋天，村中有些孩子沒法下田耕種，小二便付錢讓他們採苦菜。如此二十年，苦菜堆滿了好幾間房子，村人都暗中譏笑她。有年，山東大鬧飢荒，甚至出現人吃人景況，小二終於拿出這些苦菜，摻雜穀糧，以救濟災民，附近幾個村子都存活下來，無人逃難至外地。

記下奇聞異事的作者如是說：「小二所作所爲應爲天賦所致，非後天習得。然，若非丁紫陌一番話令其幡然悔悟，恐怕她早已被處死。由此觀之，世上天資聰穎卻誤入歧途而死者，應不在少數。當年與小二一起學藝的五名同學，怎知其中沒有像她這般出色之人，只恨她們沒能遇見丁紫陌罷了。」

庚娘

金大用，中州舊家[1]子也。聘尤太守[2]女，字庚娘，麗而賢。逑好甚敦[3]。以流寇之亂，家人離逷[4]。金攜家南竄。途遇少年，亦偕妻以逃者，自言廣陵王十八[5]，願為前驅。金喜，行止與俱。至河上，女隱告金曰：「勿與少年同舟。彼屢顧我，目動而色變，中叵測也。」金諾之。王殷勤，覓巨舟，代金運裝，劬勞臻至[6]。金不忍卻。又念其攜有少婦，應亦無他。婦與庚娘同居，意度亦頗溫婉。王坐舡[7]頭上，與櫓人[8]傾語，似其熟識戚好。未幾，日落，水程迢遞，漫漫不辨南北。金四顧幽險，頗涉疑怪。

頃之，皎月初升，見彌望[9]皆蘆葦。既泊，王邀金父子出戶一豁[10]。乃乘間擠金入水。金父見之，欲號[11]。舟人以篙築[12]之，亦溺。生母聞聲出窺，又築溺之。王始喊救。母出時，庚娘在後，已微窺之。既聞一家盡溺，即亦不驚。但哭曰：「翁姑[13]俱沒，我安適歸！」王入勸：「娘子勿憂，請從我至金陵[14]。家中田廬，頗足贍給，保無虞也。」女收涕曰：「得如此，願亦足矣。」王大悅，給奉良殷。既暮，曳女求懽[15]。女託體姅[16]，王乃就婦宿。初更既盡，夫婦喧競，不知何由。但聞婦曰：「若所為，雷霆恐碎汝顱矣！」王乃撾[17]婦。婦呼云：「便死休！誠不願為殺人賊婦！」王吼怒，捽[18]婦出。便聞骨董[19]一聲，遂譁言婦溺矣。

未幾，抵金陵，導庚娘至家，登堂見媼[20]。媼訝非故婦。王言：「婦墮水死，新娶此耳。」歸房，又欲犯之。庚娘笑曰：「三十許男子，尚未經人道[21]耶?市兒初合巹[22]，亦須一杯薄漿酒；汝家沃饒，當即不

難。清醒相對，是何體段？」王喜，具酒對酌。庚娘執爵[23]，勸酬殷懇。王漸醉，辭不飲。庚娘引巨椀[24]，強媚勸之。王不忍拒，又飲之。於是酣醉，裸脫促寢。庚娘撤器滅燭，託言溲溺[25]。出房，以刀入，暗中以手索王項[26]，王猶捉臂作昵聲[27]。庚娘力切之，不死，號而起；又揮之，始殪[28]。媼彷彿有聞，趨問之。女亦殺之。王弟十九覺焉。庚娘知不免，急自刎[29]。刀鈍鈌[30]不可入，啟戶而奔。十九逐之，已投池中矣。呼告居人，救之已死，色麗如生。共驗王尸，見窗上一函，開視，則女備述其冤狀。羣以為烈，謀斂貲作殯[31]。天明，集視者數千人；見其容，皆朝拜之。終日間，得金百，於是葬諸南郊。好事者，為之珠冠袍服，瘞藏[32]豐滿焉。

初，金生之溺也，浮片板上，得不死。將曉，至淮上[33]，為小舟所救。舟蓋富民尹翁專設以拯溺者。金既蘇，詣翁申謝。翁優厚之。留教其子。金以不知親耗[34]，將往探訪，故不決。俄白[35]：「撈得死叟及媼。」金疑是父母，奔驗果然。翁代營棺木。生方哀慟，又白：「拯一溺婦，自言金生其夫。」生揮涕驚出，女子已至，殊非庚娘，乃王十八婦也。向金大哭，請勿相棄。金曰：「我方寸[36]已亂，何暇謀人？」婦益悲。尹得其故，喜為天報，勸金納婦。金以居喪為辭，且將復仇，懼細弱作累。婦曰：「如君言，脫庚娘猶在，將以報仇居喪去之耶？」翁以其言善，請暫代收養，金乃許之。卜葬翁媼，婦縗絰[37]哭泣，如喪翁姑。既葬，金懷刃托缽，將赴廣陵。婦止之曰：「妾唐氏，祖居金陵，與豺子同鄉。前言廣陵者，詐也。且江湖水寇，半伊同黨，仇不能復，祇取禍耳。」金徘徊不知所謀。忽傳女子誅仇事，洋溢河渠，姓名甚悉。金聞之一快，然益悲。辭婦曰：「幸不污辱。家有烈婦如此，何忍負心再娶？」婦以業有成說，不肯中離，願自居於媵妾[38]。

會有副將軍袁公，與尹有舊，適將西發，過尹；見生，大相知愛，請為記室[39]。無何，流寇犯順[40]，袁有大勳；金以參機務[41]，敘勞[42]，授游擊[43]以歸。夫婦始成合巹之禮。居數日，攜婦詣金陵，將以展[44]庚娘之墓。暫過鎮江[45]，欲登金山[46]。漾舟[47]中流，欻[48]一艇過，中有一嫗及少婦，怪少婦頗類庚娘。舟疾過，婦自窗中窺金，神情益肖。驚疑不敢追問，急呼曰：「看羣鴨兒飛上天耶！」[49]少婦聞之，亦呼云：「饞猧兒欲喫貓子腥耶！」[50]蓋當年閨中之隱謔[51]也。金大驚，返棹[52]近之，真庚娘。青衣[53]扶過舟，相抱哀哭，傷感行旅。唐氏以嫡禮[54]見庚娘。庚娘驚問，金始備述其由。庚娘執手曰：「同舟一話，心常不忘，不圖吳越一家[55]矣。蒙代葬翁姑，所當首謝，何以此禮相向？」乃以齒序[56]，唐少庚娘一歲，妹之。

先是，庚娘既葬，自不知歷幾春秋。忽一人呼曰：「庚娘，汝夫不死，尚當重圓。」遂如夢醒。捫[57]之，四面皆壁，始悟身死已葬。祇覺悶悶，亦無所苦。有惡少窺其葬具豐美，發冢[58]破棺，方將搜括，見庚娘猶活，相共駭懼。庚娘恐其害己，哀之曰：「幸汝輩來，使我得睹天日。頭上簪珥[59]，悉將去。願鬻[60]我為尼，更可少得直[61]。我亦不洩也。」盜稽首[62]曰：「娘子貞烈，神人共欽。小人輩不過貧乏無計，作此不仁。但無漏言幸矣，何敢鬻作尼！」庚娘曰：「此我自樂之。」又一盜曰：「鎮江耿夫人，寡而無子，若見娘子，必大喜。」庚娘謝之。自拔珠飾，悉付盜。盜不敢受；固與之，乃共拜受。遂載去，至耿夫人家，託言舡風所迷。耿夫人，巨家，寡媼自度。見庚娘大喜，以為己出。適母子自金山歸也。庚娘緬述其故。金乃登舟拜母，母款之若壻[63]。邀至家，留數日始歸。後往來不絕焉。

異史氏曰：「大變當前，淫者生之，貞者死焉。生者裂人眥[64]，死者雪人涕耳。至如談笑不驚，手刃仇讎[65]，千古烈丈夫中，豈多匹儔[66]哉！誰謂女子，遂不可比蹤彥雲[67]也？」◆

1 中州：今河南省。舊家：久居其地而頗有名望的家族。
2 太守：知府。
3 逑好甚敦：夫妻感情和諧。逑，配偶。好，感情。
4 逷：讀作「替」，遠也。同今「逖」字，是逖的異體字。
5 廣陵：古地名，今揚州。十八：家中排行十八。
6 劬勞臻至：辛勞至極。劬，讀作「渠」，辛苦、辛勞。
7 舡：讀作「鄉」，同今「船」字，是船的異體字。
8 櫓人：船夫。櫓，讀作「魯」，讓船前進的划水工具。
9 彌望：一望無際。
10 出戶一豁：出門散心。
11 號：呼叫求救。
12 篙：讀作「高」，撐船的竹竿或木棍。築：捅、刺。
13 翁姑：公婆。
14 金陵：古地名，今南京市及江寧縣。
15 懽：同今「歡」字，是歡的異體字，此解作歡好、交歡之意。
16 姅：讀作「半」，女子的生理期、月經。
17 撾：讀作「抓」，毆打。
18 捽：讀作「族」，揪著髮辮。
19 骨董：擬聲詞，事物投入水中的聲響，即「撲通」一聲。
20 媪：讀作「棉襖」的襖，指老婦人。同今「媼」字，是媼的異體字。
21 人道：此指男女交歡之事。
22 市兒：市井之徒。合巹：指成婚，古時成親的夫婦要對飲合巹酒；巹，讀作「錦」。
23 爵：古代一種形似鳥雀的三腳酒器，此指酒杯。
24 椀：同今「碗」字，是碗的異體字。
25 溲溺：小便。溲，讀作「搜」。
26 項：頸子。
27 昵聲：親密話語。昵，讀作「逆」，親密。
28 殪：讀作「億」，死亡。
29 自刎：用刀割頸自殺。刎，讀作「吻」。

30 鈌：讀作「決」，缺損，通「缺」字。
31 賫：指財物、錢財，通「資」字。殯：讀作「鬢」，埋葬、掩埋。
32 瘞藏：讀作「意葬」，埋於地底的殉葬器具。
33 淮上：指江蘇省淮陰（今淮安市淮陰區）一帶。
34 耗：音訊。
35 白：讀作「博」，告訴、告知。
36 方寸：指心。
37 縗絰：讀作「崔跌」，麻布製成的喪服。
38 媵妾：侍妾。媵，讀作「硬」，古代之陪嫁女。
39 記室：古代官名。書記官，負責文書工作的幕僚。
40 犯順：造反、叛變。
41 參機務：參與重要軍事機要的出謀劃策。
42 敘勞：論功行賞。
43 游擊：古代官名，明清兩代指軍營將官（從三品），地位次於參將（正三品）。
44 展：探視、祭拜。
45 鎮江：古代府名，今江蘇省鎮江市。
46 金山：今江蘇省鎮江市西北約五公里處。
47 漾舟：泛舟。
48 欻：讀作「乎」，忽然之意。同今「歘」字，是歘的異體字。
49 看葦鴨兒飛上天耶：此乃山東方言俚語，稱成年男子的陽具為鴨兒。暗指男性生殖器官勃起。
50 饞猧兒欲喫貓子腥耶：暗指發情，想要行房的性衝動。猧兒，小狗；猧，讀作「窩」。貓子腥，指貓碗裡的魚。
51 隱謔：戲謔的暗語。
52 返棹：把船掉頭。棹，讀作「趙」，此處借指船，同「櫂」字。
53 青衣：指婢女，古時婢女穿青色衣服。
54 嫡禮：拜見正房夫人的禮儀。嫡，正妻、正室。
55 吳越一家：春秋時期，吳國與越國本是兩個諸侯國，越王勾踐殺了夫差之父，後夫差為報仇而攻打越國，勾踐被俘，忍辱負重，最終滅了吳國。此借指歷史故事，用以暗喻冤家變為親家。

56 齒序：以年齡定長幼之分。
57 捫：讀作「門」，撫摸、觸摸。
58 冢，讀作「腫」，墳墓。
59 簪珥：頭簪與耳環，此指各式各樣的首飾。
60 鬻：讀作「玉」，賣。
61 直：金錢，通「值」字。
62 稽首：叩首的跪拜禮，是極為敬重、隆重的禮節。
63 壻：女婿。同今「婿」字，是婿的異體字。

64 眥：讀作「字」，眼眶。
65 讐：通「仇」字，仇怨。同今「讎」字，是讎的異體字。
66 匹儔：讀作「痞愁」，相比、相等。
67 比蹤彥雲：意指與能力傑出的男子並駕齊驅，有巾幗不讓鬚眉之意。比蹤，並駕、行事相類。王凌，字彥雲，太原祁縣人，古代三國時期曹魏的將領，乃東漢末年謀誅董卓的司徒王允之姪；曹魏末，因反對司馬氏專權而被殺。

◆**何守奇評點**：庚娘貞烈，所不待言，乃其智誠不可及也。使其貞而不智，安能剚（讀作「字」）刃於仇人之胸若是快哉！

庚娘貞烈，無須多言，她的智慧非尋常女子可及。假若她貞烈卻無智慧，又怎有辦法大快人心的將刀子插入仇人胸膛呢！

河南名門望族子弟金大用，妻子是尤知府的女兒，字庚娘，美麗又賢慧；夫妻感情甚篤。時值流寇作亂，一家人離鄉遠去，金大用攜帶家眷往南逃竄。途中遇一名少年也帶著妻子逃難，自稱揚州人，姓王，在家中排行十八，願爲他們引路。金大用甚喜，遂與這對夫妻同行。到了河上，庚娘偷偷告訴金大用：「別與王十八同船。他偷看了我好幾次，目光閃爍不定，恐居心不良。」金大用答應。然王十八非常殷勤，尋來一艘大船，還幫金大用搬行李，伺候得辛苦周到。金大用不忍推辭，又想王十八也帶著一名少婦，應該不會起什麼歹念。王婦與庚娘同住一室，態度也很溫婉。王十八坐在船頭，與船夫竊竊私語，兩人似乎熟識交好。不多久，太陽西沉，船行漸遠，河水一望無際，不辨方向。金大用環顧四周，水域偏遠險阻，心中頗爲起疑。

不久，明月升起，舉目所見皆蘆葦。船停了下來，王十八邀金氏父子出來船艙散心，趁機將金大用推入河中。金父見狀欲呼救，卻遭船夫以竹篙撞擊，亦溺入水中。金母聽到聲響，出船艙看看，又被撞到河裡。王十八這才呼喊求救。金母出船艙時，庚娘尾隨在後，已略微看到婆婆落水情形。聽聞全家皆溺斃，她處變不驚，只哭著說：「公婆都死了，我哪裡有家可回呢？」王十八進入船艙，加以勸慰：「娘子不必擔憂，請隨我到金陵。我家有田產房舍，足夠供養你，可保衣食無虞。」庚娘止住眼淚，說：「若能如此，也心滿意足了。」王十八大爲高興，非常周到的伺候著她。到了傍晚，便拉著她想交歡。庚娘託言身體正逢月事，王十八只好與自己妻子同寢。初更過後，夫妻大聲爭吵，不知是何緣故。只聞王婦說：「你所作所爲天理難容，頭顱定會被雷電劈開！」王十八便毆打妻子。王婦呼喊：「我情願一死，也不願當殺人凶手的妻子！」王十八怒吼一聲，揪著她頭髮拖出船艙，接著聽到「撲通」一聲，王十八便大喊自己妻子掉到水裡淹死了。

過了一會兒，船隻抵達金陵，王十八領著庚娘回家，入大廳見王母。王母驚訝問起原本媳婦到哪裡去了。王十八答：「妻子掉入水裡淹死，這位是我新娶的妻子。」回到房中，王十八又想侵犯庚娘。庚娘笑稱：「三十幾歲的男人，難道沒嘗過男歡女愛的滋味嗎？即便是普通人家，新婚之夜也還需喝一杯合巹酒；你家境如此富裕，難道喝不起一杯薄酒。清醒即幹那檔事兒，成何體統？」王十八心喜，備酒與她對飲。庚娘拿著酒杯，殷勤向他勸酒。漸漸的，王十八有些醉意，推辭不飲。庚娘拿了一個大碗，繼續獻媚勸酒。王十八不忍拒絕，又飲下，終於酩酊大醉，脫光衣服催她就寢。庚娘撤掉酒具，吹熄蠟燭，假借要出去如廁。走出房門後，拿著刀子回來，在黑暗中摸索王十八的脖子，王十八還捉住她手臂說了些親暱挑逗話語。庚娘一刀朝他脖子砍下，沒死，他起身呼喊；庚娘又揮一刀，這才死去。王母隱約聽到聲音，急忙前來詢問，庚娘也殺了她。王弟十九察覺有異，庚娘知難以倖免，急欲自刎。但刀子缺了一角無法砍下，只好開門逃走。王十九追趕不及，庚娘已經投池自殺。王十九呼叫附近居民救起她，已然斷氣，膚色卻仍亮麗，宛若活人。眾人一起進屋檢查王十八屍體，見窗臺上有封書信，打開一看，庚娘將自己冤情盡數寫在信上。眾人認爲她是貞潔烈女，便籌錢爲之治喪。到了天亮，竟聚集上千名圍觀者，見其遺容，紛紛瞻仰朝拜。一天之內籌得上百兩銀子，葬其於城南郊外。熱心之人爲她換上珍珠冠帽、披上長袍，殉葬物品十分豐厚。

當初，金大用溺水，抓了塊木板浮在水面上，得以不死。天快亮時，漂流至江蘇淮陰附近，爲一艘小船所救；原來，那艘船是富豪尹翁專門設來解救溺水之人。金大用甦醒後，前往造訪尹翁，向他道謝。尹翁十分厚待他，欲留他住下教兒子讀書。金大用因不知雙親音訊，想加以搜查，一時間拿不定主意。不一會兒有人來通報：「撈到兩具死屍，分別是老翁與老婦。」金大用擔心是自己父母，趕緊前往查驗，果然如此。尹翁代他張羅棺木。金大用哀痛之際，又有來人通報：「救了一名婦人，自稱是金大用之妻。」金大用一驚，抹了涕淚跑出去，女子已到，但非庚娘，而是王十八之妻。她朝金大用大哭，請他別遺棄自己。金大用說：「我如今心亂如麻，哪有閒工夫照料別人妻子？」王妻聽了更加悲傷。尹翁知曉原委後，歡欣的說這是上天安排，勸金大用接納王妻。金大用以服喪爲由推辭，並說要報仇，擔心帶著一名弱女子恐怕拖累自己。王妻則說：「就你所言，假若庚娘還活著，你會以報仇服喪爲藉口趕她走嗎？」尹翁認爲所言有理，便要他暫時收留王妻，金大用這才答應。他挑了黃道吉日埋葬雙親，王妻披麻帶孝，哭得如自己公婆過世一般。喪事安定後，金大用拿一柄利刃藏在懷中，手托著缽，打算一路行乞至揚州。王妻勸阻：「小女子姓唐，祖居金陵，和王十八那歹人是同鄉。他先前說自己是揚州人，那是騙你的。且江湖匪寇，有一半是他同黨，你的仇不但報不了，只會惹禍上身而已。」金大用舉棋不定，不知該如何是好。忽然，有個女子殺了仇家的事蹟，已在各條水道傳揚開來，姓名也一清二楚。金大用聽了之後大快人心，也更加痛不欲生。他向唐氏辭婚，說：「幸好庚娘未遭賊人汙辱。家有如此貞烈女子，如何忍心負她再娶？」唐氏說這門婚事早已定下，不肯離開，願意自居爲小妾。

那時有位袁副將軍，與尹翁是舊識，正好要調派至西部，前來向尹翁辭行。他見到金大用，相知相惜，請他入軍中做書記幕僚。不多久，流寇造反，袁副將軍平亂有功，金大用因參與重大軍務亦論功行賞，授予游擊一職，就此返鄉，這才與唐氏結爲夫妻。在家住了幾天，金大用帶著唐氏造訪金陵，打算到庚娘墓前祭拜。兩人剛經過鎮江，欲登金山。船划至江心，忽有一艘小船駛來，船上坐著一老婦一少婦，金大用驚覺少婦樣貌與庚娘頗神似。小船疾駛而過，少婦從窗戶窺見金大用，神情更像庚娘。金大用又驚又疑，不敢貿然追問，忽急中生智，高聲喊道：「你看有一群鴨子飛上天了！」少婦聽見，也回應叫道：「有隻饞狗想吃貓碗裡的魚了！」原來，這是他們夫妻當年在閨房的玩笑暗語。金大用大驚，趕緊掉轉船頭，駛近小船，那少婦果眞是庚娘。婢女扶著庚娘過船來，兩人相抱痛哭，來往旅客無不隨之傷感。唐氏以侍妾之禮謁見庚娘，庚娘驚訝問起緣由，金大用便告知事情原委。庚娘握著唐氏的手，說：「當初同船，你所說的一席話，我心中時常惦記，不料冤家竟變成了一家人。承蒙你代我埋葬公婆，應當是我叩首拜謝，你怎麼反而向我行起禮來？」兩人便以年齡定長幼，唐氏小庚娘一歲，以妹妹自居。

原來，先前庚娘下葬後，不知過了多久，忽聽一人喚道：「庚娘，你丈夫沒死，夫妻當有破鏡重圓之日。」她竟活了過來，如夢初醒。觸摸四周皆牆壁，這才明瞭自己已身亡下葬；只覺心中鬱悶，也不怎麼苦。正有幾名惡少年，見庚娘陪葬品甚豐厚，欲掘開墳墓、撬開棺材搜刮殆盡，見庚娘還活著，全都嚇得半死。庚娘怕他們傷害自己，哀求道：「幸好你們來了，才使我重見天日。頭上的簪子飾物，你們全都拿去。只求賣我做尼姑，還能換取一些錢財。我絕不洩露此事。」盜墓賊叩著頭，說：「娘子貞烈，神人共欽。小人不過貧苦無法度日，才做此歹事。你不洩露此事已是萬幸，怎敢將你賣去當尼姑！」庚娘說：「這是我自願的。」一名盜匪又說：「鎮江耿夫人，守寡無子，若見娘子，定很歡喜。」庚娘向他道謝，便摘下首飾，全都給了盜墓賊。他們不敢接受，庚娘堅持要給，眾人才一同叩拜接受，而後載著庚娘前去耿夫人家。庚娘託言乘船遇上風浪，迷失了方向。耿夫人是富貴人家，一人守寡度日，見到庚娘，大爲高興，視她爲己出。金大用正遇到她們母女倆從金山歸來，庚娘一一細述了自己經歷。金大用於是登船拜見岳母，耿夫人以女婿之禮款待，邀他到家裡作客，金大用待了數日才返家。此後，兩家人來往不絕。

記下奇聞異事的作者如是說：「眼前發生一場大災難，歹人活著，貞烈之人卻死了。活著的，讓人生氣得眼睛都瞪裂了；死去的，讓人傷心得眼淚都哭乾了。像庚娘這樣處變不驚、談笑自若，然後手刃仇敵的人，千古英雄豪傑中又有幾人！誰說，女子就不能與王彥雲這樣的人並駕齊驅呢？」

宮夢弼

柳芳華，保定[1]人。財雄一鄉，慷慨好客，座上常百人。急人之急，千金不靳[2]。賓友假[3]貸常不還。惟一客宮夢弼，陝[4]人，生平無所乞請。每至，輒經歲。詞旨清灑，柳與寢處時最多。柳子名和，時總角[5]，叔之。宮亦喜與和戲。每和自塾歸，輒與發貼地磚，埋石子偽作埋金為笑。屋五架[6]，掘藏幾徧[7]。眾笑其行稚，而和獨悅愛之，尤較諸客昵[8]。後十餘年，家漸虛，不能供多客之求，於是客漸稀；然十數人徹宵談讌[9]，猶是常也。

年既暮，日益落，尚割畝得直[10]，以備雞黍[11]。和亦揮霍，學父結小友，柳不之禁。無何，柳病卒，至無以治凶具[12]。宮乃自出囊金，為柳經紀[13]。和益德之。事無大小，悉委宮叔。宮時自外入，必袖瓦礫，至室則拋擲暗陬[14]，更不解其何意。和每對宮憂貧。宮曰：「子不知作苦之難。無論無金；即授汝千金，可立盡也。男子患不自立，何患貧？」一日，辭欲歸。和泣囑速返，宮諾之，遂去。和貧不自給，典質漸空。日望宮至，以為經理[15]，而宮滅迹[16]匿影，去如黃鶴[17]矣。

先是，柳生時，為和論親於無極[18]黃氏，素封[19]也。後聞柳貧，陰有悔心。柳卒，訃告[20]之，即亦不弔；猶以道遠曲原[21]之。和服除，母遣自詣岳所，定婚期，冀[22]黃憐顧。比[23]至，黃聞其衣履穿敝，斥門者不納。寄語云：「歸謀百金，可復來；不然，請自此絕。」和聞言痛哭。

對門劉媼[24]，憐而進之食，贈錢三百，慰令歸。母亦哀憤無策。因念舊客負欠者十常八九，俾[25]擇富貴

者求助焉。和曰：「昔之交我者為我財耳。使兒駟馬高車[26]，假千金，亦即匪[27]難；如此景象，誰猶念曩[28]恩、憶故好耶？且父與人金貲[29]，曾無契保[30]，責負亦難憑也。」母故強之。和從教。凡二十餘日，不能致一文；惟優[31]人李四，舊受恩卹[32]，聞其事，義贈一金。母子痛哭，自此絕望矣。

黃女已及笄[33]，聞父絕和，竊不直[34]之。黃欲女別適。女泣曰：「柳郎非生而貧者也。使富倍他日，豈仇[35]我者所能奪乎？今貧而棄之，不仁！」黃不悅，曲諭[36]百端，女終不搖。翁嫗[37]並怒，旦夕唾罵之，女亦安焉。無何，夜遭寇劫，黃夫婦炮烙[38]幾死，家中席捲一空。荏苒[39]三載，家益零替。有西賈[40]聞女美，願以五十金致聘。黃利而許之，將強奪其志。女察知其謀，毀裝塗面，乘夜遁去，丐食於途。閱[41]兩月，始達保定，訪和居址，直造其家。母以為乞人婦，故咄[42]之。女嗚咽自陳。母把手泣曰：「兒何形骸至此耶！」女又慘然而告以故。母子俱哭。便為盥沐，顏色光澤，眉目煥映。母子俱喜。然家三口，日僅一啗。母泣曰：「吾母子固應爾；所憐者，負吾賢婦！」女笑慰之曰：「新婦在乞人中，稔其況味[43]，今日視之，覺有天堂地獄之別。」母為解頤[44]。

女一日入閒舍中，見斷草叢叢，無隙地；漸入內室，塵埃積中，暗陬有物堆積，蹴之迕足[45]，拾視皆朱提[46]。驚走告和。和同往驗視，則宮往日所拋瓦礫，盡為白金。因念兒時常與瘞[47]石室中，得毋皆金？而故第已典於東家。急贖歸。斷磚殘缺，所藏石子儼然露焉，頗覺失望；及發他磚，則燦燦皆白鏹[48]也。頃刻間，數巨萬矣。由是贖田產，市[49]奴僕，門庭華好過昔日。因自奮曰：「若不自立，負我宮叔！◆」刻志下帷[50]，三年中鄉選[51]。乃躬齎[52]白金往酬劉媼。鮮衣射目；僕十餘輩，皆騎怒馬[53]如龍。媼僅一屋，和便坐榻上。人譁馬騰，充溢里巷。

黃翁自女失亡[54]，西賈逼退聘財，業已耗去殆半，售居宅，始得償。以故困窘如和曩日。聞舊壻烜燿[55]，閉戶自傷而已。媼沽酒[56]備饌款和，因述女賢，且惜女遁。問和娶否。和曰：「娶矣。」食已，強媼往視新婦，載與俱歸。至家，女華妝出，羣婢簇擁若仙。相見大駭，遂敘往舊，殷問父母起居。居數日，款洽優厚，製好衣，上下一新，始送令返。媼詣黃許報女耗[57]，兼致存問。夫婦大驚。媼勸往投女，黃有難色。既而凍餒[58]難堪，不得已如保定。

既到門，見閈閎[59]峻麗，閽人[60]怒目張，終日不得通。一婦人出，黃溫色卑詞，告以姓氏，求暗達女知。少間，婦出，導入耳舍[61]。曰：「娘子極欲一覲；然恐郎君知，尚候隙也。翁幾時來此？得毋饑否？」黃因訴所苦。婦人以酒一盛、饌二簋[62]，出置黃前。又贈五金，曰：「郎君宴房中，娘子恐不得來。明旦，宜早去，勿為郎聞。」黃諾之。早起趣裝，則管鑰[63]未啟，止於門中，坐襆囊[64]以待。忽譁主人出。黃將斂避，和已睹之，怪問誰何，家人悉無以應。和怒曰：「是必奸宄[65]！可執赴有司[66]。」眾應聲出，短綆繃[67]繫樹間。黃慚懼不知置詞。未幾，昨夕婦出，跪曰：「是某舅氏。以前夕來晚，故未告主人。」和命釋縛。婦送出門，曰：「忘囑門者，遂致參差[68]。娘子言：相思[69]時，可使老夫人偽為賣花者，同劉媼來。」黃諾，歸述於嫗。

嫗念女若渴，以告劉媼，媼果與俱至和家。凡啟十餘關[70]，始達女所。女著帔[71]頂髻，珠翠綺紈[72]，散香氣撲人；嚶嚀[73]一聲，大小婢媼，奔入滿側，移金椅牀，置雙夾膝[74]。慧婢瀹茗[75]；各以隱語道寒暄，相視淚熒[76]。至晚，除室[77]安二媼；裀褥溫耎[78]，並昔年富時所未經。居三五日，女意殷渥。媼輒引空處，泣白前非。女曰：「我子母有何過不忘；但郎忿不解，妨他聞也。」每和至，便走匿。

一日，方促膝坐，和遽[79]入，見之，怒詬曰：「何物村媼，敢引身與娘子接坐！宜撮鬢毛[80]令盡！」劉媪急進曰：「此老身瓜葛[81]，王嫂賣花者，幸勿罪責。」和乃上手謝過。即坐曰：「姥來數日，我大忙，未得展敘[82]。黃家老畜產尚在否？」笑云：「都佳。但是貧不可過。官人大富貴，何不一念翁婿情也？」和擊桌曰：「曩年非姥憐賜一甌[83]粥，更何得旋鄉土！今欲得而寢處[84]之，何念焉！」言至忿際，輒頓足起罵。女恚[85]曰：「彼即不仁，是我父母。我迢迢遠來，手皴瘃[86]，足趾皆穿，亦自謂無負郎君；何乃對子罵父，使人難堪？」和始斂怒，起身去。黃嫗愧喪無色，辭欲歸。女以二十金私付之。既歸，曠[87]絕音問，女深以為念。和乃遣人招之。夫妻至，慚怍[88]無以自容。和謝曰：「舊歲辱臨，又不明告，遂使開罪良多。」黃但唯唯[89]。和為更易衣履。留月餘，黃心終不自安，數告歸。和遺白金百兩曰：「西賈五十金，我今倍之。」黃汗顏受之。和以輿[90]馬送還，暮歲稱小豐[91]焉。

異史氏曰：「雍門泣後，朱履杳然[92]，令人憒氣杜門[93]，不欲復交一客。然良朋葬骨，化石成金，不可謂非慷慨好客之報也。閨中人坐享高奉，儼然如嬪嬙[94]，非貞異如黃卿，孰克當此而無愧者乎？造物[95]之不妄降福澤也如是。」

鄉有富者，居積取盈，搜算入骨[96]。窖鏹[97]數百，惟恐人知，故衣敗絮、啗糠粃[98]以示貧。親友偶來，亦曾無作雞黍之事。或言其家不貧，便瞋目[99]作怒，其仇如不共戴天。暮年，日餐榆屑[100]一升，臂上皮摺垂一寸長，而所窖終不肯發。後漸尫羸[101]。瀕死，兩子環問之，猶未遽告；迨覺果危急，欲告子，子至，已舌蹇[102]不能聲，惟爬抓心頭，呵呵[103]而已。死後，子孫不能具棺木，遂藁[104]葬焉。嗚呼！若窖金而以為富，則大帑[105]數千萬，何不可指為我有哉？愚已！

宮夢弼
今日塵沙足濟貧
昔年金玉等沙塵
平原好客成虛話
毛遂應推第一人
宮夢弼

1 保定：古代府名，今河北省保定市。
2 靳：讀作「進」，吝惜、吝嗇。
3 假：借。
4 陝：陝西。
5 總角：比喻童年。古代男孩女孩會編紮頭髮，形如兩角，稱為「總角」，故用以指稱未成年男女。
6 五架：房屋面積很寬廣。五，指數量或範圍很多很廣之意。架，房屋建築的結構。
7 徧：同今「遍」字，是遍的異體字。
8 昵：讀作「逆」，親密、親近。
9 談讌：宴飲談話。讌，宴飲，同「醼」字。
10 直：金錢，通「值」字。
11 雞黍：以雞作菜，以黍作飯，指以家常菜餚招待賓客，亦表示招待朋友情真意摯。
12 凶具：棺木。
13 經紀：經營、打理。
14 陬：讀作「鄒」，指角落。
15 經理：經營、打理。
16 迹：蹤跡、行跡、痕跡。同今「跡」字，是跡的異體字。
17 去如黃鶴：一去不返。唐代詩人崔顥〈黃鶴樓詩〉曾云：「黃鶴一去不復返，白雲千載空悠悠。」
18 無極：古代縣名，今河北省無極縣。
19 素封：指無官爵封邑，卻財產富裕的人。
20 訃告：報喪。訃，讀作「富」，報喪的訊息，此指訃聞。
21 曲原：並非真心誠意原諒他人過失。
22 冀：希冀、期望。
23 比：讀作「必」，等到。
24 媪：讀作「棉襖」的襖，指老婦人。同今「媼」字，是媼的異體字。
25 俾：讀作「必」，使、讓。
26 駟馬高車：形容有錢人家車馬陣容壯大。

27 匪：不。
28 曩：讀作「囊」的三聲，以前、昔日之意。
29 貲：指財物、錢財，通「資」字。
30 契保：立定契約與擔保之人。
31 優：優伶、俳優，古代從事歌舞或戲劇表演工作者。
32 卹：救濟、接濟，同「恤」字。
33 及笄：滿十五歲。
34 不直：不以為然。
35 仇：讀作「求」，配偶。此處當動詞用，解作「娶」。
36 曲諭：百般好言，勸慰開導。
37 嫗：讀作「玉」，老婦人。
38 炮烙：讀作「袍絡」，古代的一種酷刑，以燒紅的鐵器或鐵柱灼燙身體。
39 荏苒：讀作「忍染」，指時間流逝。《文選．潘岳．悼亡詩三首之一》：「荏苒冬春謝，寒暑忽流易。」
40 賈：讀作「古」，買賣經商的人。
41 閱：經過。
42 咄：讀作「惰」，喝斥、怒罵。
43 稔其況味：了解箇中滋味。
44 解頤：指笑得連下巴都掉下來，開心大笑。
45 蹴之迕足：踩之礙腳。蹴，讀作「促」，踏踩。迕足，礙腳：迕，讀作「午」。
46 朱提：銀子。提，讀作「時」。
47 瘞：讀作「意」，用土掩埋、埋葬。
48 鏹：讀作「搶」，古代貫串銅錢的繩索，泛指錢幣。
49 市：買。
50 下帷：閉關發憤苦讀。
51 鄉選：高中舉人。
52 齎：讀作「雞」，贈送物品給人。
53 怒馬：健壯的馬。
54 失亡：逃離。

55 壻：女婿：同今「婿」字，是婿的異體字。烜燿：有錢有勢；烜，讀作「選」，明亮、顯著。
56 沽酒：買酒。沽，讀作「估」。
57 耗：音訊。
58 餒：飢餓。
59 閈閎：讀作「漢紅」，里巷的大門。
60 閽人：守門人。閽，讀作「昏」。
61 耳舍：耳房，大堂兩旁的小房間。
62 簋：讀作「軌」，古代祭祀時，盛黍稷的圓形器皿。
63 管鑰：指鑰匙，亦作「管籥（讀作「月」）」。
64 襆囊：裝行李的包裹。襆，讀作「樸」，包袱、行囊。
65 奸宄：歹徒，為非作歹犯法之人。宄，讀作「軌」。
66 有司：官員、官吏。
67 短綆：短繩；綆，讀作「梗」，繩索。繃：讀作「崩」，細綁。
68 參差：引申為差錯之意。
69 相思：想念女兒。
70 關：門閂，此指門。
71 帔：讀作「配」，古代婦女披在肩上的無袖衣飾，即今之披肩。
72 綺紈：指精細華美的絲織品。
73 嚶嚀：形容女子聲音清脆嬌細。
74 夾膝：竹夾膝，又稱竹夫人，古時消暑的器具；用光滑精細的竹皮編製成長圓形竹籠，如同今天的抱枕。
75 瀹茗：燒水泡茶。瀹，讀作「越」，煮。
76 淚熒：閃閃發光的淚珠。熒，讀作「迎」，微弱光影閃動的樣子。
77 除室：打掃房間。
78 裀褥溫耎：被褥溫暖柔軟。裀，讀作「因」，墊褥。耎，讀作「軟」，通「軟」字。
79 遽：忽然、突然。
80 撮鬢毛：拔取耳旁兩側的毛髮，此處借指頭髮。
81 瓜葛：比喻輾轉相連的親戚關係。
82 展敘：交談、說話。

83 甌：讀作「歐」，盆、盂等瓦器，此指碗。
84 寢處：「寢處其皮」的簡稱，意指恨之入骨。典出《左傳・襄公二十一年》：「然二子者譬於禽獸，臣食其肉而寢處其皮矣。」（然而，此二子行為如同禽獸，臣恨不得吃他們的肉，剝掉他們的皮，睡在上面。）
85 恚：讀作「惠」，惱怒、生氣。
86 皴瘃：讀作「村竹」，皮膚凍裂。
87 曠：隔絕。
88 慚怍：自慚形穢。怍，讀作「坐」，慚愧。
89 唯唯：恭敬應諾之詞。
90 輿：車子、車輛。
91 暮歲：晚年。小豐：小康。
92 雍門泣後，朱履杳然：意指富豪之家沒落後，賓客不再上門，背棄昔日恩情。
93 杜門：閉門索居。
94 嬪嬙：讀作「頻牆」，古代宮中的女官，此指帝王的妃嬪。
95 造物：造物主，生天地萬物的天道。
96 搜算入骨：形容賺錢手段非常苛刻，此指錙銖必較，異常刻薄。
97 窖鏹：囤積、儲蓄的金錢，此指埋於地下的錢財。鏹，讀作「搶」，古代貫串銅錢的繩索，泛指錢幣。
98 糠秕：讀作「康比」，粗糙的食物。
99 瞋目：怒目而視。瞋：讀作「陳」的一聲。
100 榆屑：以白榆樹皮或榆莢磨成的粉末，乾旱天災時，可製成麵食或粥充飢。
101 尪羸：讀作「汪雷」，瘦弱。
102 蹇：讀作「簡」，僵硬、遲鈍。
103 呵呵：擬聲詞，形容喉嚨發出的聲音。
104 槀：乾枯的草。同今「槁」字，是槁的異體字。
105 大帑：國庫。帑，讀作「躺」。

◆**但明倫評點**：負我宮叔一語，既能自立，而又不忘本，如此之人，豈終淪落。

宣告自己「絕不辜負宮叔期望」這句話，既能發憤圖強，又能不忘本，這樣的人，豈會淪落而終。

柳芳華是河北保定人氏，乃一方首富，慷慨好客，家中常有上百名門客。他助人於危難，一向不惜千金，朋友常借錢不還。門客中，僅一位陝西人宮夢弼從未求取過任何東西。每次到柳家，他總會住上一兩年；談吐優雅豁達，柳芳華與他相處的時間最多。柳芳華之子柳和，當時年紀尚幼，稱宮夢弼為叔叔，宮夢弼也喜與之嬉戲。柳和每次從私塾回家，叔姪倆便揭開家中地磚，在底下埋石子，假裝在埋金子，以此為樂，幾乎埋遍了宅邸中所有房舍。眾人都笑宮夢弼行為幼稚，只有柳和喜歡他，也比其他門客更親近他。十幾年後，柳芳華家道中落，已無法滿足眾門客請求，門客遂漸稀少；然十多人的通宵飲宴，倒還常見。

柳芳華晚年時，家境更加衰敗，得賣田產換錢，才能準備食物招待客人。柳和也很揮霍，學習父親四處結交朋友，柳芳華從不禁止。過了不久，柳芳華病逝，家裡已淪落到沒錢買棺材治喪的境地，宮夢弼便自掏腰包為柳芳華料理後事。柳和感恩戴德，將家中大小事都委託宮夢弼處理。宮夢弼時常外出，回來後袖中必藏有瓦片礫石，到了室內便拿出來丟在陰暗角落，不知是何用意。柳和常對著宮夢弼喊窮，宮夢弼總說：「你從未體會過工作之艱難。別說我現在沒錢，就是給你一千兩銀子，你也會馬上花光。男子只擔心無法自食其力，窮一點，哪裡有什麼好擔心的？」有天，宮夢弼辭別返家，柳和哭著囑他快些回來，宮夢弼允諾後便離開。柳和窮得無法自給自足，家產也典當得差不多了，每日都盼著宮夢弼回來替自己打點家務，宮夢弼卻從此銷聲匿跡，如黃鶴一去不復返。

早先，柳芳華還在世時，曾替柳和向省境內的無極黃家，談了一門親事。黃家乃有錢人家，後來聽說柳家變窮，暗自有悔婚之意。柳芳華去世後，發訃聞給黃家，他們也不來弔喪；柳和以為是路途遙遠之故，便原諒了黃家。柳和服喪期滿後，母親要他到岳家商量婚期，希望黃家能給予同情和照顧。到了黃家，黃父聽聞柳和衣衫襤褸，便喝斥守門人別放他進來，又要守門人轉告：「回去籌一百兩銀子就可以再來，否則從此斷絕來往。」柳和聽了只能痛哭。

黃家對門的劉老婦人可憐柳和，給了他一些食物吃，還相贈三百文錢，勸他回家。柳母對此悲憤不已，卻毫無辦法，想到以前有那麼多欠錢不還的門客，便要柳和選些富貴人家前往求助。柳和說：「昔日那些人與我們交往，是因爲柳家有錢。若我坐著高車大馬前去，要借一千兩銀子那可不難；如今家裡貧窮，誰還會顧念過往恩德、舊時交好之情呢？況且，父親借人錢財，從未立下契約或找人作保，如今連討債的憑證也沒有。」柳母堅持他去，柳和只好遵從。過了二十多天，借不到一文錢；只有戲子李四，從前受過柳家恩惠，聽聞此事，仗義相助，送來一兩銀子。柳和母子抱頭痛哭，從此絕望。

黃家閨女此時已年滿十五，聽說父親拒婚，暗自不以爲然。黃父要女兒另擇親事，黃女哭著說：「柳郎不是生下來就窮的，假若現在他家比過去還要富有，您還會把我許配給別人嗎？只因他現在貧窮就拒婚，是不仁也！」黃父心中不悅，百般勸導，黃女始終不爲所動。雙親氣得半死，早晚罵她不停，黃女仍不予理會。過沒多久，黃家遭賊寇夜半搶劫，黃氏夫婦受了炮烙之傷，險些送命，家中財物更被洗劫一空。如此慢慢過了三年，黃家家道中落。有位西方的商人聽聞黃女貌美，願以五十兩銀子作聘禮；黃父見有利可圖於是答應，打算強迫女兒出嫁。黃女察覺父母計謀，便毀了衣裳，塗黑了臉，趁夜逃出家門，一路上行乞爲生。走了兩個多月，這才來到保定，問了柳和住處，直接前往柳家。柳母以爲她是乞丐，要趕她走；黃女哭著自陳身分，柳母聽了，握著她的手，哭道：「你怎麼變得如此落魄潦倒？」黃女悲傷的說出事情種種。柳和母子聲淚俱下，趕緊準備熱水讓她沐浴，梳洗過後，眉清目秀，光豔照人，柳和母子見了眉開眼笑。從此一家三口，每天只吃一餐。柳母哭著說：「我們母子本該過這種苦日子，可憐的是，要兒媳與我們一同受苦。」黃女笑著安慰婆婆：「我在外乞討時，也挨餓受凍，如今情況，已然天堂地獄之別。」柳母聞言，開懷大笑。

有天，黃女走到屋裡一處荒廢已久的房舍，那裏到處長滿荒草，沒有地方可行走；她緩緩走進內廳，裡面積滿了塵埃，見一處陰暗角落堆著些什麼東西；稍微一踢，覺得那些東西很礙腳，撿起一看，竟全都是銀子，便驚訝的跑去告訴柳和。柳和與她一同前來檢視，沒想到宮夢弼以前拋棄的瓦礫全都變成了白銀。想起幼時常與宮夢弼玩埋石子遊戲，難道，當年埋的那些石頭瓦片如今也變成了金子？然柳家舊宅早已典當，於是趕緊贖回房子。地磚大多變得殘破不堪，埋著的石子似乎都露了出來，柳和大失所望；隨手揭開其他地磚一看，竟都是閃閃發光的銀子。不一會兒工夫，便得到數萬兩銀子。柳和又贖回田產，買來奴僕，門庭改建得比昔日更加華美，並從此發憤圖強，自言：「若不能自立自強，便是辜負宮叔！」於是閉門謝客，刻苦讀書，三年後考中舉人。他帶了一百兩銀子，前去答謝黃家對門的劉老婦人。柳和衣著鮮豔奪目，十幾名奴僕之輩也都騎著神龍般的駿馬。劉老婦人僅有一間房子，柳和便坐在床榻與之談話。僕人喧譁，馬匹嘶叫，吵鬧聲充塞了整條巷子。

黃父則因女兒離家出走，西方商人逼他退還聘金，但已用去大半，只得賣掉房子，才還清債務；黃家窮得跟當年的柳和一樣。如今，黃家聽聞柳和變得有錢有勢，也只能關起門獨自傷感。劉老婦人買來酒菜招待柳和，稱讚黃女賢德，憐惜她離家出走，不知身在何方。劉老婦人又問柳和是否已娶妻，柳和答：「娶了。」飯後，柳和堅持邀請劉老婦人見見自己妻子，便帶她一同乘車回家。到家後，黃女盛裝打扮出來見客，一群丫鬟簇擁著她，宛若天上仙女。兩人相見大驚，敘起舊來，黃女殷切詢問著雙親近況。劉老婦人住了幾天，柳氏夫妻對她款待非常，爲她裁製新衣，全身上下煥然一新，這才派人送她返家。劉老婦人回去後，趕緊到黃家相告黃女消息，並轉達黃女問候之意。黃氏夫婦聞言大驚。劉老婦人勸他們前往投奔女兒，只見黃父面有難色；後兩人凍餓不堪，不得已才前往保定。

到了柳家門口，見門樓高聳，華麗氣派。守門人給黃父臉色看，一整天下來都不肯通報。正好有個婦人走出，黃父低聲下氣，告知自己名姓，求她暗中轉達女兒。不久，婦人出來，領他到偏房，說：「我家少奶奶非常想見你，又怕少爺知道，還得等待機會才行。黃老爺什麼時候來的？肚子餓了嗎？」黃父便說了自己苦衷。婦人於是擺了一壺酒、兩盤菜給他，又贈五兩銀子，說：「少爺在房內飲宴，少奶奶恐無暇與您相見。明日一早您快些離開，別讓少爺知道。」黃父允諾。第二天一早便收拾行李準備離開，然大門未開，只好坐在包袱上等待。忽然一陣喧譁，說是主人出門。黃父正欲迴避，柳和已見到他，問他是誰，家僕無人知曉。柳和怒道：「必是歹人！把他捉到官府去。」眾人應聲而出，用短繩將黃父綁在樹上。黃父又慚愧又害怕，說不出話來。不久，昨日的婦人出來，跪著說：「他是我舅父，因昨天到得晚，所以未通報主人。」柳和便要人釋放他。婦人送黃父出門時，說：「昨天忘了叮囑守門人，才出了這種差錯。我們少奶奶說，若想念她，可以讓老夫人裝扮成賣花的人，與劉老婦人一同前來。」黃父允諾，回家後將此事告知妻子。

黃母非常想念女兒，便與劉老婦人一塊兒來到柳和家。一路上通過十幾扇門，才來到黃女的房間。她身穿披肩，頭梳高髻，髮上插著珠釵翡翠，穿著綾羅綢緞，全身散發香氣，直撲人面；她輕聲吩咐，老少僕婦便趕忙上前侍奉，搬來一張鑲金躺椅，放上兩個消暑的竹夫人，還有伶俐的丫環沏茶伺候。母女倆以暗語相互問候，相視淚光瑩瑩。到了晚上，黃女命人打掃房間安置二婦，被褥溫暖柔軟，當年即便黃家富裕時也未有過這般享受。住了三五天，黃女殷勤招待。黃母常拉著女兒到無人處哭著認錯，黃女說：「我們母女之間沒什麼好記仇的，只是郎君的氣至今未消，不能讓他知道。」每當柳和前來，黃母便趕快躲避。

有天，母女正促膝談話，柳和突然進來撞見，怒斥道：「哪來的鄉野村婦，竟敢和少奶奶平肩並坐！該把頭髮拔光！」劉老婦人急忙上前解圍：「這是我的親戚，賣花的王嫂，切莫責怪。」柳和於是向劉老婦人施禮道歉：「您都來了幾天，我太忙，顧不上和您談話。黃家那廝老畜牲還活著嗎？」劉老婦人笑著說：「都好，只是日子過得太窮困了。官人大富大貴，何不稍念翁婿之情，接濟他們？」柳和拍桌震怒，道：「當年若非您可憐我，賜我一碗粥喝，我連家都回不了！現在恨不得剝了他們的皮當墊褥來睡，還談什麼翁婿之情！」說到氣憤處，不禁跺腳大罵。黃女生氣的說：「就算他們當年對你無情，也是我的父母。我千里迢迢來到你家，凍壞了手，鞋子和腳掌也都磨破，自問沒有對不起你的地方；你爲何要當著我這做女兒的面責罵我父親，讓人難堪？」柳和這才收起憤怒，起身離去。黃母羞愧得面色木然，便向女兒辭別，黃女私下給了她二十兩銀子，回去後便失了音訊。黃女一直深深思念父母，柳和只好派人接他們來。黃家二老來到後，羞愧得無以自容。柳和道歉：「去年你們來到，也不直接告訴我，所以才多有得罪。」黃父只連聲稱是。柳和命人替他們更換新衣新鞋。留下來住了一個多月，黃父始終內心不安，向柳和辭別欲歸。柳和贈黃父一百兩銀子，說：「那西方商人給你五十兩銀子，我今天加倍給你。」黃父汗顏接受。柳和派車送岳父岳母回去，兩老晚年日子過得還算小康。

記下奇聞異事的作者如是說：「富貴之家失勢，昔日有交情的朋友斷絕了來往，令人氣憤閉門，不願再交一友。然而像宮夢弼那樣的好友，買棺營葬，化石成金，便不能不說是慷慨好客的回報。本為一介閨女子，竟能享受帝王嬪妃待遇，除了黃女這般貞烈的女子，誰能當之無愧？上天，是不會隨便降福於人的。」

本縣有個富翁，囤積貨物、高價賣出，以此牟取暴利。他在地窖藏了數百兩銀子，唯恐別人知道，便故意衣衫襤褸、吃穀糠麥麩，顯得自己很貧窮。偶有親友拜訪，也從不請人吃飯。若有人說他家根本不窮，便瞪眼怒視，似有不共戴天之仇。到了晚年，他每天只吃一升榆樹屑，手臂皮膚瘦得能垂到一寸長，但藏著的銀子始終不肯取出。後來漸漸面黃肌瘦，餓得快死了，兩個兒子守在身邊問他，富翁仍不告訴藏金之事；等到病危時欲相告，兒子來到身邊之際，他的舌頭已僵硬得無法言語，只能捶胸發出「呵呵」聲而已。死後，子孫連買棺材的錢都沒有，只好用草蓆裹著，將就著埋了。唉！如果把錢藏在窖中算是富有，那麼國庫中的幾千萬兩金銀，不就可以說歸我所有了？真是愚蠢啊！

雊鵒[1]

王汾濱言：其鄉有養八哥者，教以語言，甚狎[2]習，出遊必與之俱，相將數年矣。一日，將過絳州[3]，去家尚遠，而資斧已罄[4]。其人愁苦無策。鳥云：「何不售我？送我王邸[5]，當得善價，不愁歸路無貲[6]也。」其人云：「我安忍！」鳥言：「不妨。主人得價疾行，待我城西二十里大樹下。」其人從之。攜至城，相問答，觀者漸眾。有中貴見之，聞諸王。王召入，欲買之。其人曰：「小人相依為命，不願賣。」王問鳥：「汝願住否？」言：「願住。」王喜。鳥又言：「給價十金，勿多予。」王益喜，立畀[7]十金。其人故作懊恨狀而去。

王與鳥言，應對便捷。呼肉啖之。食已，鳥曰：「臣要浴。」王命金盆貯水，開籠令浴。浴已，飛簷間，梳翎[8]抖羽，尚與王喋喋不休。頃之，羽燥，翩躚[9]而起。操晉[10]聲曰：「臣去呀！」顧盼已失所在❶。王及內侍，仰面咨嗟[11]。急覓其人，則已渺矣。後有往秦中[12]者，見其人攜鳥在西安[13]市上。畢載積[14]先生記。❷

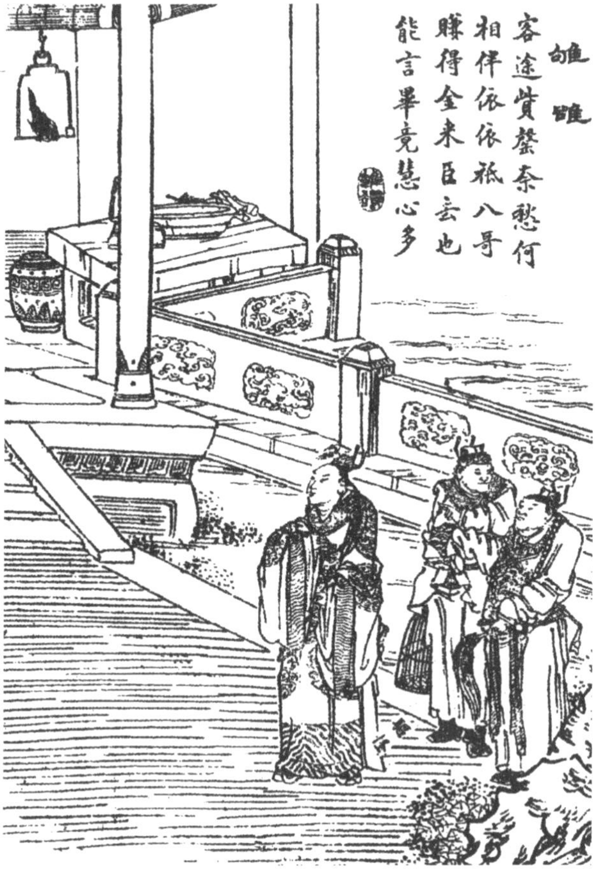

◆**但明倫評點**：既能作計，而復以從容出之，使人不疑，此可為念秧之祖。

既設圈套在先，又能不令人生疑的從容離開王府，這隻八哥真可稱得上是念秧的始祖。

編撰者按：「念秧」一詞，典出《聊齋志異・卷四・念秧篇》，是指設計圈套引人上鉤，藉機騙取財物者流。

◆**王阮亭（即王士禎）云**：「可與鸚鵡、秦吉了同傳。」

這則故事，與白居易〈鸚鵡〉、〈秦吉了〉二詩有異曲同工之妙，可一同收錄之。

編撰者按：白居易的〈鸚鵡〉，講述一隻受到主人憐愛的鸚鵡，但牠並不領情，只想離開牢籠，自由飛翔。此詩與〈雊鵒〉雖不同卻相似——〈雊鵒〉中的八哥受到王爺賞識，卻一心想著舊主，最終脫離牢籠束縛，背叛新主而投奔舊主。〈秦吉了〉一詩則描述秦吉了這種能學人言的鳥，類似〈雊鵒〉中的八哥。

1 雊鵒：讀作「夠玉」，八哥的別名；也作「鴝鵒」，讀作「渠玉」。
2 狎：讀作「霞」，親近。
3 絳州：古代州名，今山西省新絳縣。絳，讀作「匠」。
4 罄：讀作「慶」，用盡。
5 王邸：指位於絳州的明朝靈丘王府。
6 貲：指財物、錢財，通「資」字。
7 畀：讀作「碧」，賜與、給予。
8 翎：讀作「零」，鳥羽。

9 翩躚：形容飛舞輕盈的樣子。躚，讀作「仙」。
10 晉：指山西省。春秋時期，晉國位於山西，故簡稱山西為晉。
11 咨嗟：讀作「姿皆」，感嘆、嘆息。
12 秦中：古代秦國故地，今陝西省。
13 西安：今陝西省西安市。
14 畢載積：畢際有（一六二三～一六九三），字載積，號存吾，明末戶部尚書畢自嚴之子；清順治二年（一六四五年）考中拔貢，曾任山西省稷山知縣，娶王士禎的姑母為妻，是山東淄川當地威望很高的縉紳。蒲松齡在畢家開館授徒三十年，兩人交情深厚。

出身山西的王汾濱曾說過這樣一個故事——家鄉有個人養八哥，並教八哥說話，人鳥之間培養出深厚感情。那人出外遊玩必定帶著八哥，如此相處了數年。有天，路經省境內的絳州，離家鄉還很遠，盤纏卻已用盡。那人愁眉苦臉，一籌莫展。八哥說：「何不把我賣了？送我到王府，一定能賣到好價錢，就不愁沒錢回家了。」那人說：「我怎麼捨得！」八哥說：「無妨。主人賣得價錢就趕快走，在城西二十里大樹下等我。」那人遂聽從八哥計策。他將八哥帶到城裡，彼此一問一答，圍觀者漸多。群眾中有個王府太監見到，回去稟告王爺，王爺召來此人欲出價購買。那人說：「小人與八哥相依爲命，不願賣。」王爺就問八哥：「你可願到王府來住？」八哥說：「我願意。」王爺很高興。八哥又說：「出價十兩銀子便可，不要多給。」王爺更加歡喜，立刻付了十兩銀子。那人故作懊悔模樣，然後便離開了。

八哥與王爺對話，應對如流。王爺命人拿肉餵牠，八哥吃完便說：「臣要沐浴。」王爺又命人拿金盆裝水，打開籠子讓牠沐浴。洗完澡，八哥飛到屋簷上，梳理羽毛，又抖了抖，還與王爺喋喋不休。不久，羽毛乾了，八哥翩然起飛，操著山西口音說：「臣走了！」轉瞬即不見蹤影。王爺與府上侍從只能仰頭嘆息。王爺急尋那名賣八哥的人，卻已不知去向。之後有人去到陝西，見那人帶著八哥出現在西安市集。

此則故事乃由畢載積先生所記錄。

劉海石

劉海石，蒲臺[1]人，避亂於濱州[2]。時十四歲，與濱州生劉滄客同函丈[3]，因相善，訂為昆季[4]。無何，海石失怙恃[5]，奉喪[6]而歸，音問遂闕[7]。滄客家頗裕。年四十，生二子：長子吉，十七歲，為邑[8]名士；次子亦慧。滄客又內[9]邑中倪氏女，大嬖[10]之。後半年，長子患腦痛卒，夫妻大慘。無幾何，妻病又卒；踰數月，長媳又死；而婢僕之喪亡，且相繼也：滄客哀悼，殆不能堪。

一日，方坐愁悶，忽閽人[11]通海石至。滄客喜，急出門迎以入。方欲展寒溫[12]，海石忽驚曰：「兄有滅門之禍，不知耶？」滄客愕然，莫解所以。海石曰：「久失聞問，竊疑近況未必佳也。」滄客泫然[13]，因以狀對。海石欷歔[14]。既而笑曰：「災殃未艾，余初為兄弔也。然幸而遇僕，請為兄賀。」滄客曰：「久不晤，豈近精『越人術』[15]耶？」海石曰：「是非所長。陽宅風鑑[16]，頗能習之。」滄客喜，便求相宅。海石入宅，內外徧[17]觀之。已而請睹諸眷口；滄客從其教，使子媳婢妾，俱見於堂。

滄客一一指示。至倪，海石仰天而視，大笑不已。眾方驚疑，但見倪女戰慄無色；身暴縮短，僅二尺餘。海石以界方[18]擊其首，作石缶[19]聲。海石揪其髮，檢腦後，見白髮數莖，欲拔之。女縮項跪啼，言即去，但求勿拔。海石怒曰：「汝凶心尚未死耶？」就項後拔去之。女隨手而變，黑色如貍[20]。眾大駭。海石掇納袖中，顧子婦曰：「媳受毒已深，背上當有異，請驗之。」婦羞，不肯袒[21]示。劉子固強之，見背上白毛，長四指許。海石以針挑出，曰：「此毛已老，七日即不可救。」又視劉子，亦有毛，裁[22]二指。曰：

「似此可月餘死耳。」滄客以及婢僕，並刺之。曰：「僕適不來，一門無噍類[23]矣。」問：「此何物？」曰：「亦狐屬。吸人神氣以為靈，最利人死。」滄客曰：「久不見君，何能神異如此！無乃仙乎？」笑曰：「特從師習小技耳，何遽[24]云仙。」問其師，答云：「山石道人。適此物，我不能死之，將歸獻俘於師。」

言已，告別。覺袖中空空，駭曰：「亡[25]之矣！尾末有大毛未去，今已遁去。」眾俱駭然。海石曰：「領毛已盡，不能化人，止能化獸，遁當不遠。」於是入室而相其貓，出門而嗾[26]其犬，皆曰無之。啟圈笑曰：「在此矣。」滄客視之，多一豕[27]。聞海石笑，遂伏，不敢少動。提耳捉出，視尾上白毛一莖，硬如針◆。方將檢拔，而豕轉側哀鳴，不聽拔。海石曰：「汝造孽既多，拔一毛猶不肯耶？」執而拔之，隨手復化為狸。納袖欲出。滄客苦留，乃為一飯。問後會，曰：「此難預定。我師立願弘，常使我等遨世上，拔救眾生，未必無再見時。」及別後，細思其名，始悟曰：「海石殆仙矣。『山石』合一『岩』字，蓋呂仙[28]諱也。」

1蒲臺：古代縣名，今山東省博興縣。
2濱州：古代州名，今山東省濱州市。
3同函丈：指同學。函丈，古代席地而坐，先生與學生之間距離相隔一丈，讓先生授課時有活動的空間。
4訂為昆季：結拜為義兄義弟。
5怙恃：讀作「護士」，分別指父、母。
6奉喪：護送亡者的靈柩。
7闕：缺少之意，通「缺」字。
8邑：此處指縣市。
9內：通「納」字。
10嬖：讀作「畢」，寵愛。

11閽人：守門人。閽，讀作「昏」。
12寒溫：寒暄。
13泫然：流淚的樣子。
14欷歔：感嘆、悲嘆，通「唏噓」。
15越人術：醫術。
16風鑑：算命、占卜吉凶。
17徧：同今「遍」字，是遍的異體字。
18界方：文鎮，或稱紙鎮，一般為木製，也有用玉石、象牙、水晶等製成。
19缶：讀作「否」，指古代一種瓦製的打擊樂器。
20貍：形體似狐而較小，色灰褐，體毛雜黃色且有斑點。此指家貓。

21袒：裸露，依上文意，此指露背。

22裁：僅、只之意，通「纔」、「才」二字。

23無噍類：指不再有活著嚼食的人，此指無活口。噍，讀作「較」，咀嚼之意。

24遽：立刻、馬上。

25亡：逃。

26嗾：讀作「叟」，以口作聲（例如吹口哨），對狗發出命令，指揮狗做事。

27豕：讀作「使」，豬之意。

28呂仙：呂洞賓，名巖，字洞賓，自號純陽子，唐京兆府（今陝西省長安縣）人；相傳修道成仙，為八仙之一，人稱為「呂祖」，也稱「呂純陽」。

◆**但明倫評點**：尾大不掉者有獸心，有獸行必其末有如針一毛在也。拔之真可以利天下矣。

尾巴過大就不易擺動，這樣的人帶有獸心和與獸行，其尾巴末端必有一根如針的毛——拔了，當真可為天下人除害。

山東蒲臺人劉海石，因躲避戰亂來到省境內的濱州。當時他十四歲，與濱州本地書生劉滄客是同學，兩人交情甚好，結拜為兄弟。不多久，劉海石父母雙亡，他護柩回鄉，兩人從此失去音訊。

劉滄客家境頗豐，過了許多年，年四十歲的他已有兩子：長子名吉，十七歲，是該縣秀才；次子也很聰慧。劉滄客又娶了縣裡倪家之女為妾，寵愛至極。半年後，長子患頭痛病過世，夫妻傷感不已；沒多久，妻子也生病去世。數月之後，長媳也死了，婢女與僕人亦接二連三過世。劉滄客悲痛欲絕，幾乎要活不下去。

有天，正坐著發愁，守門人忽通報劉海石來訪。劉滄客喜出望外，急忙出門相迎。劉滄客正要寒暄，劉海石語出驚人的說：「兄長有滅門之禍，你不知道嗎？」劉滄客一臉驚愕，說不出話來。劉海石說：「許久未通音訊，我猜想你最近應該過得不太好吧？」劉滄客淚流滿面，告知了近況。劉海石先嘆了口氣，後又笑道：「災禍還沒結束，所以我先為兄長感到難過，但幸好你遇到了我，值得慶賀。」劉滄客說：「許久不見，難道你精通醫術？」劉海石說：「醫術我哪裡懂。不過替人看看風水，占卜吉凶還略知一二。」劉滄客很高興，便請他看一下家宅。劉海石進入宅院，從裡到外看了一遍，又讓劉滄客把家眷都叫出來讓他看看。劉滄客聽從吩咐，讓兒子、媳婦、婢女、侍妾，全都聚到大廳拜見劉海石。

劉滄客一一介紹，輪到侍妾倪女時，劉海石突然仰頭大笑不止。眾人正感驚疑，只見倪女全身戰慄，臉色發白，身形暴縮得極短，僅剩二尺多。劉海石拿起紙鎮朝她頭上砸去，發出有如敲打瓦罐的撞擊聲。劉海石抓她頭髮，檢查腦後，見數根白髮，正要拔起，倪女縮起脖子，跪地啼哭，說自己馬上離開，只求不要拔。劉海石怒道：「你還存有害人之心嗎？」便伸手到她頸後拔去白髮。倪女隨即搖身一變，成了隻大小如貓的黑色動物。眾人見狀大爲驚恐，劉海石抓住牠放進袖中，對劉滄客的次媳說：「你中毒已深，背上應有異狀，請讓我一觀。」媳婦害羞，不肯露背讓他檢查。劉滄客次子堅持妻子照辦，只見她背上長出白毛，足有四指長。劉海石用針一一挑出，說：「這毛已根深蒂固，再晚七天就沒救了。」又看劉滄客次子，也長了毛，才兩指長，劉海石說：「像這種的，還要一個多月才死。」接著將劉滄客及一眾婢女僕人身上的白毛全都挑掉，然後說：「我再不來，你們一家都活不了。」劉滄客問：「牠是什麼東西？」劉海石答：「是狐狸的一種。專門吸人元氣，以此修煉成精，最善於置人死地。」劉滄客說：「久不見你，怎能有如此神通！難道成仙了嗎？」劉海石笑說：「我特地拜師學些雕蟲小技罷了，怎可能一下子就成仙？」劉滄客問他師承何人，劉海石答：「山石道人。這東西，我殺不死，得帶回去讓師父處置。」

說完，便向劉滄客辭行。忽覺袖中空蕩蕩的，大驚道：「牠逃掉了！尾巴還有一根長毛沒拔，現在已經逃了。」眾人一陣驚恐。劉海石說：「脖子毛已拔除，牠再不能化爲人形，只能變成動物，應該逃不遠。」於是進屋看看貓，又出來叫叫狗，無甚異狀，接著打開豬圈，笑道：「原來躲在這裡。」劉滄客一看，多了一隻豬。豬聽到劉海石笑，立刻趴下，不敢亂動。牠被揪著耳朵出來，果見尾巴有根硬如針的白毛。正要拔除，豬便開始扭動，哀哀鳴叫，不讓他拔。劉海石說：「你造了這麼多孽，拔一根毛也不肯嗎？」便按住牠，將毛拔掉，轉眼又變回了貍。劉海石將牠收回袖中，就要離開。劉滄客苦苦求他留下，吃一頓飯再走。客人臨去前，劉滄客問何時能再相見，劉海石答：「這很難說。我師父立下宏願，常派我們遨遊人間拯救苦難，未必沒有再會之時。」待劉海石離去，劉滄客仔細推敲其名，才恍然大悟道：「海石大概要成仙了。『山石』合起來就是『岩』字，正是呂洞賓名諱。」

泥鬼

余鄉唐太史濟武①，數歲時，有表親某，相攜戲寺中。太史童年磊落②，膽即最豪，見廡③中泥鬼，睜瑠璃④眼，甚光而巨，愛之，陰以指抉⑤取，懷之而歸。既抵家，某暴病不語。移時忽起，厲聲曰：「何故抉我睛！」譟叫不休◆。眾莫之知，太史始言所作。家人乃祝曰：「童子無知，戲傷尊目，行⑥奉還也。」乃大言曰：「如此，我便當去。」言訖⑦，仆⑧地遂絕，良久而甦，問其所言，茫不自覺。乃送睛仍安鬼眶中。

異史氏曰：「登堂索睛，土偶何其靈也？顧太史抉睛，而何以遷怒於同遊？蓋以玉堂⑨之貴，而且至性觥觥⑩，觀其上書北闕，拂袖南山⑪，神且憚⑫之，而況鬼乎？」

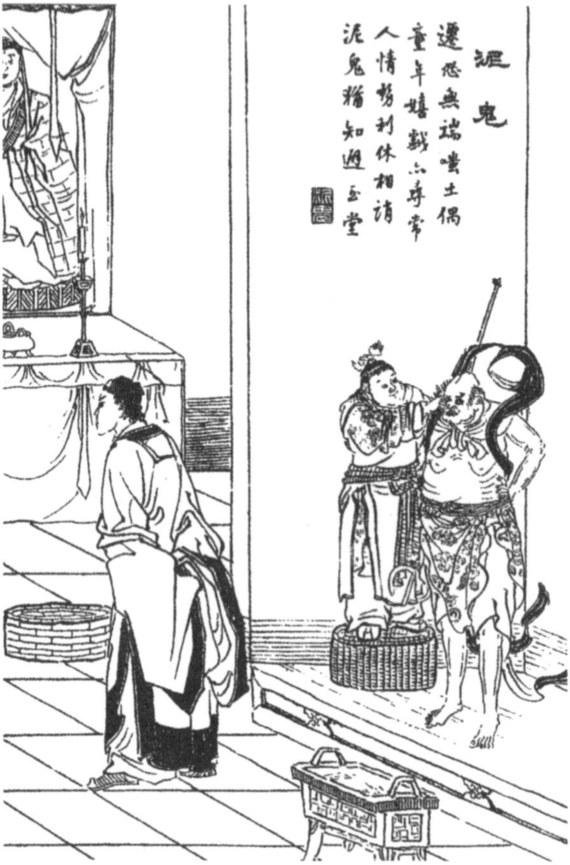

◆**但明倫評點**：鬼亦勢利，專欺弱人。

鬼也勢利，專門欺負弱小。

我的同鄉唐濟武太史，年幼時與某位表親一起到寺廟嬉戲。唐太史從小不拘禮節，膽識最大，見廂房中的泥鬼睜著兩顆琉璃眼珠，又大又亮，非常喜愛，便偷偷用手指挖出，放在懷中帶回家。一進家門，那位表親突然患病不語，不久忽起身厲聲道：「爲何挖走我的眼珠？」吵嚷不休。大家都不明白怎麼回事，唐太史這才告訴他們。於是家人祈求：「小孩無知，貪玩弄傷了您的眼睛，將會送還。」那位表親朗聲說道：「既然如此，我這就離開。」說完，倒地昏迷，許久才醒，問他知不知道自己說了些什麼，茫然不知。便趕緊送回眼珠，放回泥鬼的眼眶。

記下奇聞異事的作者如是說：「登門索要眼珠，土作的泥偶怎麼也有靈氣？不過，挖眼珠的人是唐太史，何以遷怒同遊的表親？想必因爲唐太史日後貴爲翰林，且個性剛正；看他敢於上書勸諫皇帝，後又罷官歸隱山林，神明尚且忌憚他，更何況是鬼呢？」

1唐太史濟武：唐夢賚（讀作「賴」），字濟武，號嵐亭，別字豹岩，山東淄川人，是蒲松齡的同鄉，兩人交情甚好，曾為《聊齋志異》作序；清世祖順治六年（西元一六四九年）進士，授庶吉士；八年，授翰林院檢討，九年罷歸，那時他才廿六歲，從此著書作文，閒居鄉里。

2磊落：個性灑脫，不受禮節約束。

3廡：讀作「午」，廂房。

4瑠璃：琉璃，指用黏土、長石、石青等為原料燒製而成的器皿，可加在黏土外層，再燒成缸、瓦、盆、磚等。瑠，同今「琉」字，是琉的異體字。

5抉：讀作「決」，挖、挑出。

6行：將。

7訖：讀作「氣」，完畢、終了。

8仆：讀作「撲」，倒臥、跌倒而趴在地上。

9玉堂：宋代以後，翰林院的代稱，因宋太宗曾手書「玉堂之署」四字匾額懸掛於翰林院而得名。

10觥觥：讀作「公公」，剛正的樣子。

11上書北闕，拂袖南山：典出唐代詩人孟浩然〈歲暮歸南山〉：「北闕休上書，南山歸敝廬。不才明主棄，多病故人疏。」藉以說明唐夢賚因上書論政一事，而後辭官歸隱——清順治八年（一六五一年），唐夢賚任翰林院檢討，上書勸諫，忤逆朝中要員而捲入宮廷派系鬥爭，次年罷歸。

12憚：讀作「蛋」，畏懼、懼怕。

夢別

王春李先生①之祖，與先叔祖玉田公②交最善。一夜，夢公至其家，黯然相語。問：「何來？」曰：「僕將長往，故與君別耳。」問：「何之？」曰：「遠矣。」遂出。送至谷中，見石壁有裂罅③，便拱手作別，以背向罅，逡巡④倒行而入，呼之不應，因而驚寤⑤。及明，以告太公敬一⑥，且使備弔具。曰：「玉田公捐舍⑦矣！」太公請先探之，信，而後弔之。不聽，竟以素服往。至門，則提旛⑧挂矣。

嗚呼！古人於友，其死生相信如此；喪輿待巨卿而行⑨，豈妄哉！

李王春先生的祖父，與我叔公玉田公交情最好。一晚，李祖夢見叔公來到家裡，神色黯然的與之談話。李祖問：「你怎麼來了？」叔公答：「我要離開好一陣子，所以來向你道別。」李祖又問：「要去哪裡？」叔公說：「很遠的地方。」接著便走出門。李祖送他到山谷中，見石壁上有裂縫，叔公拱手辭別，背朝著那道縫隙緩緩的倒退沒入。任憑李祖怎麼呼喚，叔公都不回應，然後他就驚醒了。等到天亮，李祖對老父說：「玉田公與世長辭了！」便讓家人備妥弔唁用品。太公要李祖打探清楚後，再去弔唁不遲。李祖不聽勸，竟直接穿上喪服出發。一到玉田公的家門，就看到門口掛著靈旛。

唉，古人交友，連對方的生死都能彼此感應；東漢張劭出殯時，靈柩一直等到摯友范式前來才肯起行，這種事情怎能說是虛妄！

夢別
夢境依稀話別情
黯然相對感生平
素車白馬臨喪日
何異喪輿待巨卿

1王春李先生：李憲，字王春，山東淄川人，蒲松齡摯友李堯臣（字希梅）的父親。明崇禎九年（西元一六三六年）舉人，清順治三年（一六四六年）進士，任浙江孝豐縣（今屬浙江省安吉縣）知縣，卒于官。

2先叔祖玉田公：蒲生汶，字澄甫，明萬曆十三年（一五八五年）舉人，二十年（一五九二年）進士，官直隸省玉田縣（現今河北省玉田縣）知縣。

3罅：讀作「下」，縫隙。

4逡巡：徘徊。逡，讀作「群」的一聲。

5寤：讀作「物」，醒來、睡醒。

6太公敬一：李思豫，字敬一，山東淄川名人，是李堯臣的祖父；李堯臣乃蒲松齡摯友，所以尊稱其祖父為太公。

7捐舍：捨棄房屋，即與世長辭之意。

8旛：讀作「翻」，喪家懸掛於門口的白色長布條，用以招死者魂魄，俗稱招魂旛。

9喪輿待巨卿而行：典出《搜神記》：范式，字巨卿，年少時與汝南張劭（字元伯）交好。張劭死後，入范式夢裡告知喪期，並囑臨葬。范乃素車白馬前往，范未至，靈柩至墓穴前不肯進；待范至，叩棺致唁，執紼而引，柩於是向前。

番僧

釋體空[1]言：「在青州[2]，見二番僧[3]，象[4]貌奇古；耳綴雙環，被黃布，鬚髮鬈如[5]。自言從西域[6]來。聞太守[7]重佛，謁之。太守遣二隸，送詣叢林[8]。和尚靈轡[9]，不甚禮之。執事者[10]見其人異，私款之，止宿焉。或問：『西域多異人，羅漢[11]得無有奇術否？』其一囅然[12]笑，出手於袖，掌中托小塔，高裁[13]盈尺，玲瓏可愛。壁上最高處，有小龕[14]，僧擲塔其中，矗然端立，無少偏倚。視塔上有舍利放光，照耀一室。少間，以手招之，仍落掌中。其一僧乃袒臂[15]，伸左肱[16]，長可六七尺，而右肱縮無有矣；轉伸右肱，亦如左狀。」◆

釋體空法師說：「我在山東青州時，曾見過兩位番僧，模樣十分古怪；耳朵戴了一對銅環，身披黃布，鬍鬚和頭髮皆捲曲，他們自稱來自西域，聽聞當地知府信奉佛教，故前去拜見。知府便派兩名衙役送他們到寺院拜訪，方丈靈轡對他們不甚尊敬。執事僧見他們長相特異，便私下招待，還讓他們借宿。

「有僧人問他們：『聽聞，西域有很多擅長特異功能的人，兩位尊者可懂些什麼奇特法術？』其中一名僧人開懷大笑，從袖子裡伸出手來，掌中托著一只小塔，高才一尺，小巧可愛。牆壁最高處，正放著一個小佛龕，番僧便將小塔往佛龕一丟，竟不偏不倚的端正直立；又見塔上舍利散發出光芒，照亮了整間屋子。不一會兒，番僧招了招手，小塔便落回掌中。接著，另一名番僧掀衣露出手臂，一伸左手，竟長達六七尺，右手卻縮得不見；而後換伸右手，也和伸左手時情狀一模一樣。」

1 釋體空：僧人名。釋，出家人的通稱；體空為其法號。
2 青州：今山東省青州市。
3 番僧：來自邊疆地域的僧人。
4 象：樣貌、形象。
5 鬈如：毛髮捲曲的樣子。鬈，讀作「全」。
6 西域：漢代西域，指玉門關、陽關以西之地，今新疆地區即西域之地。
7 太守：此指青州知府。
8 叢林：僧侶聚集修行之所，如寺院、道場等。

9 靈轡：本故事中，和尚的法號。轡，讀作「佩」。
10 執事者：協助方丈管理寺內僧眾及供應生活所需的僧人，俗稱執事僧。
11 羅漢：阿羅漢之簡稱，此處是對番僧的敬稱。
12 輾然：開懷大笑貌。輾，讀作「產」。
13 裁：僅、只之意，通「纔」、「才」二字。
14 龕：讀作「勘」，供奉神、佛像或祖先牌位的石室或櫥櫃。
15 袒臂：露出手臂。袒，讀作「坦」，裸露之意。
16 肱：讀作「公」，胳膊，此指手。

◆**何守奇評點**：番僧所為，並非彼教中精妙處，宜和尚之不禮也。

番僧所表演的奇妙法術，並非其教派最精妙之所在，想來和靈轡和尚不甚禮遇他們有關吧。

犬燈

韓光祿大千[1]之僕，夜宿廈[2]間，見樓上有燈，如明星。未幾，熒熒[3]飄落，及地化為犬。睨[4]之，轉舍後去。急起，潛尾之，入園中，化為女子。心知其狐，還臥故所。俄，女子自後來，僕陽[5]寐以觀其變。女俯而撼之。僕偽作醒狀，問其為誰。女不答。僕曰：「樓上燈光，非子也耶？」女曰：「既知之，何問焉？」遂共宿止，晝別宵會，以為常。

主人知之，使二人夾僕臥；二人既醒，則身臥牀下，亦不知墮自何時。主人益怒，謂僕曰：「來時，當捉之來；不然，則有鞭楚[6]！」僕不敢言，諾而退。因念：捉之難；不捉，懼罪。展轉[7]無策。忽憶女子一小紅衫，密著其體，未肯暫脫，必其要害，執此可以脅之。夜分，女至，問：「主人囑汝捉我乎？」曰：「良有之。但我兩人情好，何肯此為？」及寢，陰掬[8]其衫。女急啼，力脫而去。從此遂絕。

後僕自他方歸，遙見女子坐道周[9]；至前，則舉袖障面[10]。僕下騎，呼曰：「何作此態？」女乃起，握手曰：「我謂子已忘舊好矣。既戀戀有故人意，情尚可原。前事出於主命，亦不汝怪也。但緣分已盡，今設小酌，請入為別。」時秋初，高粱正茂。女攜與俱入，則中有巨第[11]。繫馬而入，廳堂中酒肴已列。甫坐，羣婢行炙[12]。日將暮，僕有事，欲覆主命，遂別。既出，則依然田隴[13]耳。◆

1 韓光祿大千：韓茂椿，字大千，山東淄川人，明代通政司右通政使韓源之子。清康熙年間，以歲貢蔭授光祿寺署丞，後升太僕寺主簿。

光祿，古代官名，漢武帝改中大夫為光祿大夫，執掌議論之官，至唐、宋以後成階官之名，為從二品官員；元、明又升為從一品；清時升為正一品，是文臣中的最高官階，無固定職守，相當於現今的顧問。

2 廈：依據朱其鎧先生的注解，在蒲松齡的家鄉，沒有前牆的房屋稱為廈屋，又稱敞棚或敞屋。

3 熒熒：讀作「迎迎」，微弱光影閃動的樣子。

4 睨：讀作「逆」，斜眼看、偷窺。

5 陽：假裝，通「佯」字。

6 鞭楚：用棍棒亂打。

7 展轉：翻來覆去無法入眠，同「輾轉」。

8 掬：讀作「菊」，以手扯取。

9 道周：路旁。

10 障面：掩面。

11 第：宅院。

12 行炙：傳遞菜餚，此指上菜。

13 隴：田埂。

◆**何守奇評點**：究不知小紅衫為何物。

故事最後還是沒交代，女子所穿的小紅衫是什麼東西。

光祿大夫韓大千有個僕人，一晚在敞屋睡覺時，見樓上有道燈光閃亮如星。沒多久，燈火閃爍飄落，到了地上竟化爲一條狗。僕人斜眼一瞧，狗跑到房舍後方。他急忙起身，偷偷尾隨，進到庭園，狗又變成了女子。僕人知其爲狐妖，便回去睡覺。一會兒，女子從後面走來，僕人佯裝睡著，靜觀其變。女子彎下腰搖了搖他，僕人假意醒來問牠是誰，女子不答。僕人問：「樓上的燈光，就是你嗎？」女子說：「既然知道，何必問呢？」兩人於是同床共枕。女子白天便離開，到了晚上又來幽會，之後常常如此。

主人知道後，叫來兩個人，將僕人夾在中間睡覺；二人醒來後，發現自己竟躺在床下，不知何時掉了下去。主人更生氣了，對僕人說：「女子來的時候，把牠捉來，否則亂棍伺候！」僕人不敢多言，允諾退下，心想：捉牠，十分爲難，不捉，又怕主人怪罪，輾轉整晚都想不出辦法。忽想到女子身上穿著一件小紅衫，緊緊包裹著身子不肯脫下，這定是要害，可以此相脅。夜晚，女子來到，問：「主人囑咐你捉我嗎？」僕人說：「是有這事。但我倆感情深厚，怎麼肯做？」待兩人就寢時，僕人偷偷扯下小紅衫，女子霎時尖叫，奮力掙脫而去，從此不曾再來。

後來，僕人從外地回來，遠遠見到女子坐在路邊；僕人走到牠面前，牠便舉起袖子遮住了臉。僕人下馬呼喚道：「爲何擺出此種姿態？」女子起身，握著他的手說：「我以爲你已忘記我們的情分。既然還戀著情意，我就原諒你。之前你奉的是主人命令，我也就不責怪你了。但我們緣分已盡，今日設宴小酌，請進來作別。」那時是初秋，高粱長得正茂盛，女子挽著他的手進入高粱叢，裡面竟有一棟豪宅。僕人繫好馬後走了進去，大廳已備好酒菜。兩人剛坐定，一群婢女送上菜餚。天色漸暗，僕人有事要辦，須得向主人覆命，兩人就此辭別。出了門回頭一看，依然只見一片農田而已。

黑獸

聞李太公敬一1言：「某公在瀋陽2，宴集山顛。俯瞰山下，有虎啣物來，以爪穴地，瘞3之而去。使人探所瘞，得死鹿。乃取鹿而虛掩其穴。少間，虎導一黑獸至◆，毛長數寸。虎前驅，若邀尊客。既至穴，獸眈眈蹲伺。虎探穴失鹿，戰伏不敢少動。獸怒其誑4，以爪擊虎額，虎立斃。獸亦逕去。」

異史氏曰：「獸不知何名。然問其形，殊不大於虎，而何延頸受死，懼之如此其甚哉？凡物各有所制，理不可解。如獮最畏狨5：遙見之，則百十成羣，羅6而跪，無敢遁者。凝睛定息，聽狨至，以爪偏揣其肥瘠7；肥者則以片石誌顛頂。獮戴石而伏，悚若木雞8，惟恐墮落。狨揣誌已，乃次第按石取食，餘始鬨散。余嘗謂貪吏似狨，亦且揣民之肥瘠而志之，而裂食之；而民之戢耳聽食9，莫敢喘息，蚩蚩10之情，亦猶是也。可哀也夫！」

1 太公敬一：李思豫，字敬一，山東淄川名人，是李堯臣的祖父；李堯臣乃蒲松齡摯友，所以尊稱其祖父為太公。
2 瀋陽：今遼寧省瀋陽市。
3 瘞：讀作「意」，用土掩埋、埋葬。
4 誑：讀作「狂」，欺騙。
5 獮：讀作「顯」，獮猴。狨：讀作「榮」，俗稱金絲猴，體型矮小，身被黃色絲狀軟毛，耳上有白色長叢毛。
6 羅：排列、分布。
7 偏：同今「遍」字，是遍的異體字。瘠：讀作「吉」，身形消瘦。
8 悚若木雞：害怕得像隻木頭做的雞，呆立在原地。
9 戢耳聽食：收起耳朵不敢輕舉妄動，任憑貪官剝削。戢，讀作「及」，收斂之意。
10 蚩蚩：讀作「癡癡」，敦厚老實的樣子。

◆**馮鎮巒評點**：物各有制，其理最精。

萬物各有天敵，理當如此。

黑獸
鄰人蓋底竟成靈白額威
渭ㄟ聲餘苻跂由來權於
虎不知此獸可能除

曾聽太公敬一說過這麼一個故事：「某位於瀋陽任職的大人，有次在山頂宴客。正往山下俯瞰之時，見一隻老虎叼著東西走來，用爪子在地上挖了個洞，埋好東西後才離開。大人便派人挖開來看看，見是一頭死鹿，命人抬走，再將坑洞埋好。不久，老虎領了一頭黑獸回來，那是隻毛長數寸的黑獸。老虎作勢前傾身子，似在邀請賓客一般。及至坑洞，黑獸虎視眈眈的蹲在一旁等候。老虎挖開洞，發現鹿不見了，嚇得顫抖不已，霎時趴在地上不敢亂動。黑獸惱怒受騙，以爪子攻擊老虎額頭，老虎當場暴斃。黑獸隨後便離開了。」

記下奇聞異事的作者如是說：「黑獸不知是什麼動物？問其形體，並不比老虎大，老虎何以引頸受死，害怕到此種地步？世間萬物，一物剋一物，其中道理不可解。舉例來說，獮猴最怕金絲猴：獮猴遠遠見到牠，便幾十幾百隻的聚集成群，成排成列的跪在一起，沒有一隻敢逃跑的。所有的獮猴屏氣凝神，等待金絲猴到來，任憑牠以爪子一隻隻挑肥揀瘦；肥的，便用石片在頭頂做記號。獮猴頭戴石片，趴在地上，呆若木雞，唯恐石片掉落。做好標記後，金絲猴便按次序一隻隻抓來吃掉，其餘獮猴這才一哄而散。我曾說，貪官汙吏正如金絲猴，也按人民肥瘦做標記，而後一個個詐取錢財；只是，人民俯首帖耳，任憑宰割，一聲都不敢吭，模樣之軟弱憨厚不啻跟獮猴一個樣。眞是可悲可嘆啊！

（卷三未完，請見下冊）

參考書目

王邦雄，《莊子內七篇‧外秋水‧雜天下的現代解讀》（台北：遠流出版社，2013 年 5 月）
牟宗三，《中國哲學十九講》（台北：台灣學生書局，1999 年 9 月）
朱其鎧，《全本新注聊齋誌異》全三冊（北京：人民文學出版社，1989 年 9 月）
何明鳳，〈《聊齋志異》中的「異史氏曰」與評論〉，《文史雜誌》2011 年第四期
張友鶴，《聊齋誌異會校會注會評本》（台北：里仁書局，1991 年 9 月）
郭慶藩，《莊子集釋》（台北：天工出版社，1989 年）
馮藝超，〈《子不語》正、續二書中僵屍故事初探〉，《東華漢學》第六期，2007 年 12 月，頁 189-222
楊廣敏、張學豔，〈近三十年《聊齋志異》評點研究綜述〉，《蒲松齡研究》2009 年第四期
樓宇烈，《王弼集校釋‧老子指略》（台北：華正書局，1992 年 12 月）
盧源淡注譯，蒲松齡原著，《詳注‧精譯‧細說聊齋志異》全八冊（新北市：台科大圖書股份有限公司，2015 年 3 月）

電子工具書

中央研究院漢籍電子文獻 http://hanji.sinica.edu.tw
百度百科 http://baike.baidu.com/"http://baike.baidu.com
佛光大辭典 https://www.fgs.org.tw/fgs_book/fgs_drser.aspx
教育部重編國語辭典修訂本 http://dict.revised.moe.edu.tw/cbdic
教育部異體字字典 http://dict.variants.moe.edu.tw
維基百科 https://zh.wikipedia.org/zh-tw

好讀出版 圖說經典26

聊齋志異三：幽冥審判

原　　著／(清)蒲松齡
編　　撰／曾珮琦
繪　　圖／尤淑瑜
總 編 輯／鄧茵茵
文字編輯／簡伊婕、王智群
美術編輯／許志忠
行銷企劃／劉恩綺
圖片整輯／鄧語葶

國家圖書館出版品預行編目資料

聊齋志異三：幽冥審判／
(清) 蒲松齡原著；曾珮琦編撰
—— 初版 —— 臺中市：好讀，2017.05
面：　公分，——（圖說經典；26）
ISBN 978-986-178-411-3（平裝）
857.27　　105022454

發 行 所／好讀出版有限公司
台中市407西屯區何厝里19鄰大有街13號
TEL:04-23157795　FAX:04-23144188　http://howdo.morningstar.com.tw
(如對本書編輯或內容有意見，請來電或上網告訴我們)
法律顧問／陳思成律師

戶名／知己圖書股份有限公司
劃撥帳號：15060393
服務專線：04-23595819 轉230
傳真專線：04-23597123
E-mail：service@morningstar.com.tw（如需詳細出版書目、訂書、歡迎洽詢）
晨星網路書店：www.morningstar.com.tw

印刷／上好印刷股份有限公司　TEL:04-23150280
初版／西元2017年5月1日
定價／299元
如有破損或裝訂錯誤，請寄回台中市407工業區30路1號更換（好讀倉儲部收）

ISBN 978-986-178-411-3

讀者回函

只要寄回本回函，就能不定時收到晨星出版集團最新電子報及相關優惠活動訊息，並有機會參加抽獎，獲得贈書。因此有電子信箱的讀者，千萬別吝於寫上你的信箱地址。

書名：聊齋志異三：幽冥審判

姓名：＿＿＿＿＿＿＿＿＿＿＿＿＿＿＿＿＿性別：□男 □女

生日：＿＿＿年＿＿＿月＿＿＿日　教育程度：＿＿＿＿＿＿＿＿＿

職業：□學生　□教師　□一般職員　□企業主管

□家庭主婦　□自由業　□醫護　□軍警　□其他＿＿＿＿＿＿

電子郵件信箱（e-mail）：＿＿＿＿＿＿＿＿＿＿＿＿＿＿＿＿

電話：＿＿＿＿＿＿＿＿＿＿＿＿＿＿＿＿＿＿＿＿＿＿＿＿

聯絡地址：□□□□□

＿＿＿＿＿＿＿＿＿＿＿＿＿＿＿＿＿＿＿＿＿＿＿＿＿＿＿

你怎麼發現這本書的？

□學校選書　□書店　□網路書店＿＿＿＿＿＿＿＿＿＿＿＿＿

□朋友推薦　□報章雜誌報導　□其他＿＿＿＿＿＿＿＿＿＿＿

買這本書的原因是：＿＿＿＿＿＿＿＿＿＿＿＿＿＿＿＿＿＿＿

□內容題材深得我心　□價格便宜　□封面與內頁設計很優　□其他＿＿＿＿＿

你對這本書還有其他意見嗎？請通通告訴我們：

＿＿＿＿＿＿＿＿＿＿＿＿＿＿＿＿＿＿＿＿＿＿＿＿＿＿＿

＿＿＿＿＿＿＿＿＿＿＿＿＿＿＿＿＿＿＿＿＿＿＿＿＿＿＿

你購買過幾本好讀的書？（不包括現在這一本）

□沒買過　□1～5本　□6～10本　□11～20本　□太多了

你希望能如何得到更多好讀的出版訊息？

□常寄電子報　□網站常常更新　□常在報章雜誌上看到好讀新書消息

□我有更棒的想法＿＿＿＿＿＿＿＿＿＿＿＿＿＿＿＿＿＿＿

最後請推薦幾個閱讀同好的姓名與E-mail，讓他們也能收到好讀的近期書訊：

＿＿＿＿＿＿＿＿＿＿＿＿＿＿＿＿＿＿＿＿＿＿＿＿＿＿＿

＿＿＿＿＿＿＿＿＿＿＿＿＿＿＿＿＿＿＿＿＿＿＿＿＿＿＿

我們確實接收到你對好讀的心意了，再次感謝你抽空填寫這份回函，請有空時上網或來信與我們交換意見，好讀出版有限公司編輯部同仁感謝你！

好讀的部落格：howdo.morningstar.com.tw

好讀的粉絲團：www.facebook.com/howdobooks

請填妥後對折黏貼，直接投郵即可，無須貼郵票。

廣告回函
臺灣中區郵政管理局
登記證第3877號
免貼郵票

好讀出版有限公司　編輯部收

407 台中市西屯區何厝里大有街13號
電話：04-23157795-6　傳真：04-23144188

沿虛線對折

買好讀出版書籍的方法：

一、先請你上晨星網路書店 http://www.morningstar.com.tw
　　檢索書目或直接在網上購買

二、以郵政劃撥購書：帳號15060393 戶名：知己圖書股份有限公司
　　並在通信欄中註明你想買的書名與數量

三、大量訂購者可直接以客服專線洽詢，有專人為您服務：
　　客服專線：04-23595819轉232 傳真：04-23597123

四、客服信箱：service@morningstar.com.tw